HARALD SCHNEIDER

Rheingewinn

HAFENMORDE Während sich Palzki auf Einladung seiner Cousine Elke Bissinger auf einem Hafenfest des Wormser Jachtclubs aufhält, wird dessen 1. Vorsitzende ermordet im Hafenbecken gefunden. Wegen einer seit Jahren anhaltenden Fehde, lässt der Wormser Kripochef Palzkis zufällig anwesenden Chef Klaus P. Diefenbach festnehmen. Im Auftrag des Ludwigshafener Polizeipräsidenten muss Palzki fortan inoffiziell ermitteln. Hilfe erhält er von Elkes Mann Claus, der im Jachtclub Hafenmeister ist. Palzki entdeckt nach und nach die düsteren Geheimnisse und Pläne einzelner Vereinsmitglieder und eines Bootshändlers. Als die Leiche eines Bootsbesitzers auftaucht und eine Jacht explodiert, kommt es zu einer rasanten Verfolgungsjagd auf dem Rhein bis ins Speyerer Reffenthal. Nur langsam und unter größten Schwierigkeiten kann Palzki die offenen Fragen zu passenden Puzzlestücken verbinden. Kann er seinen bisher gefährlichsten Einsatz zum erfolgreichen Abschluss bringen und einen handfesten Skandal aufdecken?

© Peter Kauert

Harald Schneider, 1962 in Speyer geboren, wohnt in Schifferstadt und arbeitete 20 Jahre lang als Betriebswirt in einem Medienkonzern. Seine Schriftstellerkarriere begann während des Studiums mit Kurzkrimis für die Regenbogenpresse. Der Vater von vier Kindern veröffentlichte mehrere Kinderbuchserien. Seit 2008 hat er in der Metropolregion Rhein-Neckar-Pfalz den skurrilen Kommissar Reiner Palzki etabliert, der, neben seinem mittlerweile 23. Fall »Rheingewinn«, in zahlreichen Ratekrimis in der Tageszeitung Rheinpfalz und verschiedenen Kundenmagazinen ermittelt. Schneider erreichte bei der Wahl zum Lieblingsautor der Pfälzer den 3. Platz nach Sebastian Fitzek und Rafik Schami.

HARALD SCHNEIDER

Rheingewinn

KRIMINALROMAN

GMEINER

Immer informiert

Spannung pur – mit unserem Newsletter informieren wir Sie
regelmäßig über Wissenswertes aus unserer Bücherwelt.

Gefällt mir!

Facebook: @Gmeiner.Verlag
Instagram: @gmeinerverlag
Twitter: @GmeinerVerlag

Besuchen Sie uns im Internet:
www.gmeiner-verlag.de

© 2023 – Gmeiner-Verlag GmbH
Im Ehnried 5, 88605 Meßkirch
Telefon 0 75 75 / 20 95 - 0
info@gmeiner-verlag.de
Alle Rechte vorbehalten
1. Auflage 2023

Lektorat: Claudia Senghaas, Kirchardt
Herstellung: Mirjam Hecht
Umschlaggestaltung: U.O.R.G. Lutz Eberle, Stuttgart
unter Verwendung eines Fotos von: © Marc Braner / stock.adobe.com
Druck: GGP Media GmbH, Pößneck
Printed in Germany
ISBN 978-3-8392-0502-0

»Was ist mit dir los? Du siehst so schlecht aus!«
»In der Tat, ich suche den Mörder meiner Frau.«
»Was? Um Himmels willen, deine Frau wurde ermordet?«
»Nein, ich sagte doch, dass ich noch suche.«

INHALT

PERSONENGLOSSAR

Stammpersonal

Reiner Palzki	Kriminalhauptkommissar und stellvertretender Dienststellenleiter der Kriminalinspektion Schifferstadt
Klaus P. Diefenbach	Palzkis Chef, Spitzname KPD
Gerhard Steinbeißer, Jutta Wagner, Jürgen	Kollegen Reiner Palzkis
Stefanie Palzki	Reiner Palzkis Ehefrau mit den Kindern Melanie, Paul, Lisa und Lars
Frau Ackermann	Palzkis Nachbarin, die Frau, die schneller spricht als ihr Schatten
Dietmar Becker	Krimischreibender Student
Doktor Matthias Metzger	Not-Notarzt

*

Realpersonen

Elke Bissinger	Reiner Palzkis Cousine, Ehefrau von Claus
Doktor Claus Bissinger	Hafenmeister des *Motor-Yacht-Club Worms e. V.*

Doktor Hans-Jürgen Krebs	1. Vorsitzender des MYC und Zahnarzt
Professor Hans-Bernd Hopf	Mediziner im Ruhestand
Stefan Baum	Jurist und Kassenwart des *MYC*
Kerstin und Manfred Prangenberg	Vorstandsmitglied Kerstin und ihr Ehemann
Oliver Allegro	Bootshändler und Geschäftsführer der *Allegro Handels GmbH*
Günter Wallmen	Gehilfe von Doktor Metzger
Robert Schmidt	Inhaber der *Currysau* in Speyer

DIE VERHÄNGNISVOLLE EINLADUNG

Es hätte so ein schöner Tag werden können.

Der stämmige und kräftige Mittfünfziger hob bedrohlich seine Schultern und schaute mir mit stechendem Blick direkt in die Augen, dabei grinste er unheilvoll wie ein Westernheld kurz vor dem Ziehen der Waffe. Als psychologisch geschulter Polizeibeamter deutete ich seine unterbewusst ausstrahlenden Körpersignale als kurz bevorstehende Katastrophe. Er meinte mich, keine Frage. Während er langsam auf mich zuschritt, schoss mein Adrenalinspiegel auf ein nie erlebtes Allzeithoch. Bewegungsunfähig starrte ich mit halb offenem Mund die sportliche Gestalt an, die eine Aura und eine Autorität ausströmte, die keinerlei Widerrede duldeten.

Sein Grinsen wurde breiter, dennoch schätzte ich die von ihm ausgehende potenzielle Gefahr nicht ungefährlicher ein, eher im Gegenteil. Er fragte mit drohender Stimme: »Na, erkennst du mich nicht wieder?«

Durch seine unerwartete Frage gewann ich etwas Zeit. Noch immer hatte ich keinen vernünftigen Plan, wie ich dieser Situation begegnen konnte. Einzig der Ort, an dem wir uns befanden, gab mir ein Fünkchen Hoffnung. Würde es mein Gegner wagen, mich mitten in der Ludwigshafener *Rheingalerie* anzugreifen? Die Passanten, die uninteressiert mit scheinbaren Scheuklappen an uns vorbeihetzten, um das nächste Geschäft zu entern, waren mir keine

Hilfe. Niemand nahm in der Anonymität des Einkaufstempels meine Notsituation wahr. Selbst wenn es den hiesigen Kollegen später gelingen sollte, Zeugen für dieses Aufeinandertreffen zu finden: Mir würde das, gesundheitlich gesehen, rein gar nichts nutzen. Ich überlegte, wann ich diesen Burschen überführt und in den Knast gebracht haben könnte. Es musste wohl sehr lange her sein, denn er sah mir eher nach lebenslanger Haft als nach einer Bewährungsstrafe wegen zu schnellen Fahrens aus.

»Du erkennst mich wirklich nicht mehr, oder?« Mein Gegner blieb abrupt stehen und lachte. Seltsamerweise war es kein höhnisches Lachen, eher ein freundliches.

»Ich habe zurzeit Urlaub, daher sehe ich vielleicht etwas verlottert aus.« Er strich sich mit der Hand über seinen ziemlich zerrupften Dreitagebart. »Mannomann, du erkennst mich wirklich nicht mehr, Reiner.« Seine Hand schnellte nach vorne.

Im Reflex zuckte ich zusammen, bis ich bemerkte, dass er mir lediglich die Hand zur Begrüßung reichte. Zwecks Deeskalation schlug ich sofort ein, blieb aber in Habachtstellung.

»Da kommt auch schon die Elke.« Er schaute in Richtung eines Schuhgeschäfts.

»Welche Elke?«, fragte ich, doch der Kerl grinste nur.

»Hallo, Reiner«, begrüßte mich die Frau im gleichen Moment, in dem ich sie erkannte: Elke Bissinger, meine Cousine, die ich schon eine Weile nicht mehr gesehen hatte. Eine zentnerschwere Last fiel von meinen Schultern.

»Mit deinem Bart habe ich dich wirklich nicht erkannt«, erklärte ich Elkes Mann, Claus, während sich mein Adrenalinspiegel spürbar senkte.

»Das kratzige Ding kommt spätestens morgen wieder ab«, sagte meine Cousine mit fester Stimme. Dann wandte sie sich an mich: »Was machst du alleine in der *Rheingalerie*? So viel ich weiß, zählt in deinen Augen Einkaufen zu den modernen Todsünden. Deine Frau hat uns zu diesem Thema ein paar wilde Geschichten über dich erzählt.«

Wie recht sie mit ihrer Vorstellung hatte. Zwei- oder dreimal hatte Stefanie versucht, mit mir gemeinsam Klamotten kaufen zu gehen. Jedes Mal erreichten wir nach kürzester Zeit die höchste aller innerfamiliären Eskalationsstufen. Ich war mir sicher, dass man die Scheidungsquoten halbieren könnte, wenn es ein Gesetz gäbe, das Ehepaaren verbot, gemeinsam Kleidung zu kaufen.

»Stefanie ist mit Melanie beim Kieferorthopäden in der Fußgängerzone. Da zurzeit meine Schwiegermutter bei uns ist, habe ich angeboten, die beiden nach Ludwigshafen zu fahren.« Dass ich mit diesem Angebot meiner Schwiegermutter aus dem Weg gehen wollte, hielt ich nicht für erwähnenswert.

»Und da wartest du hier?«

»Der Wagen steht oben auf dem Parkdeck. Ich war vorhin kurz draußen am Rheinufer, aber für Anfang April finde ich es noch ziemlich frisch.« Ich deutete ein Frösteln an.

Claus schaute bereits die ganze Zeit seine Frau mit seltsamem Blick an. »Sehe ich wirklich so schlimm aus mit den Bartstoppeln? Reiner hat mich angestarrt, als wäre ich ein Verbrecher.«

»Nein, nein«, wiegelte ich sofort ab. »Ich habe dich nur verwechselt. Irgendwie hast du mich im ersten Moment an – ach, ist ja egal. Ich habe einfach nicht damit gerechnet, euch an diesem Ort zu treffen.«

»Alles in Ordnung«, beschwichtigte meine Cousine und blickte in die Ferne. »Da hinten sehe ich Stefanie und Melanie kommen.«

Nach einem mittelgroßen Begrüßungsintermezzo, von

dem unsere Tochter wegen ihrer Ohrstöpsel rein gar nichts mitbekam, meinte Stefanie mit einem listigen Blick zu den beiden Bissingers: »Eigentlich müsste ich jetzt die Gelegenheit am Schopf packen und meinen Mann in eines der Kleidergeschäfte zerren. Sämtliche Hosen und Hemden, die ich ihm in den vergangenen 20 Jahren gekauft habe, hat er bei seinen Ermittlungen im Dienst ruiniert. Schaut ihn euch ruhig mal näher an: Reiner läuft in Klamotten herum, die im vergangenen Jahrtausend gekauft wurden.«

»Ich achte eben sehr auf Nachhaltigkeit, damals wurden noch bequeme Sachen produziert«, konterte ich und wollte das Gespräch in eine andere Richtung lenken, hatte aber nicht mit der Hartnäckigkeit meiner Frau gerechnet.

»Ich wusste mir nicht anders zu helfen, als ihm ein paar Sachen im Internet zu bestellen«, meinte sie seufzend. »Ich hoffe, dass die Kleider passen und vor allem, dass sie rechtzeitig geliefert werden, bevor Reiners Urlaub vorüber ist. Mit diesem Outfit werde ich ihn jedenfalls nicht arbeiten gehen lassen.«

»Schreibst du mir dann eine Entschuldigung?«, fragte ich, um das Thema ins Lächerliche zu ziehen.

»Reiner hat auch Urlaub?«, fragte Elke. »Das trifft sich gut. Was meinst du, Claus?«

Ihr Mann sah sie ratlos an.

»Das Hafenfest meine ich«, zischte sie ihm zu.

»Ach so, ja, natürlich.« Er schaute zu mir. »Am Samstag haben wir unser jährliches Hafenfest. Wollt ihr nicht dazukommen? Das ist immer sehr lustig, und ihr lernt bestimmt ein paar nette Leute kennen.«

Stefanie strahlte. »Was meinst du, Reiner? Wir gehen sowieso viel zu selten gemeinsam aus. Und da zurzeit meine Mutter bei uns ist, brauchen wir die Kinder nicht mitzunehmen.«

Ich dachte weniger an unsere Kinder. Ein paar Stunden ohne meine Schwiegermutter waren ein paar gute Stunden.

»Sollen wir etwas mitbringen?«, freute sich eine glückliche Stefanie. »Einen Salat oder einen Kuchen?«

»Nein, nur gute Laune«, sagte Elke. »Den Weg kennt ihr ja.«

Elkes Mann Claus war im Vorstand des *Jachtklubs Worms*, der ein eigenes Vereinsgelände nebst Hafen unterhielt. Vor zwei Jahren hatten sie uns auf ihrem Motorboot zu einem kleinen Ausflug auf Rhein und Neckar eingeladen. Seit diesem Tag weiß ich, dass man durchaus auch auf einem Fluss seekrank werden kann. »Bist du noch Hafenmeister?«

Claus bestätigte und begann sofort zu schwärmen. »Wir haben in den vergangenen Jahren kräftig renoviert und das Gelände samt Vereinsheim auf Vordermann gebracht. Als aktuelles Projekt erneuern wir gerade die Tankanlage der vereinseigenen Tankstelle.«

Ich bemerkte, wie Stefanie plötzlich erblasste.

»Was ist los?«, fragte ich sie ängstlich, da ich nichts gesagt hatte und somit zumindest verbal in kein Fettnäpfchen getreten sein konnte.

»Wir können nicht zum Hafenfest.«

»Warum nicht? Den Weg nach Worms finde ich sogar ohne Navi.«

Meine Cousine nickte. Sie verstand Stefanies Problem, ohne dass sie es ausgesprochen hatte. »Es ist ein zwangloses Fest, niemand kommt im Anzug oder Abendkleid. Eine sportlich legere Kleidung ist völlig okay.«

»Aber nicht dieser ausgebeulte Museumslook«, meinte meine Frau bissig und starrte mich an. »Wenn du mit mir zu dem Hafenfest willst, hast du jetzt genau eine einzige Chance.« Ihre Augen schweiften in tödlicher Entschlossenheit auf das Bekleidungsgeschäft schräg gegenüber.

Ein Verweis auf das Fernsehprogramm am kommenden Samstag, um dem Fest entgehen zu können, hätte zum ersten Kapitalverbrechen in der *Rheingalerie* geführt. Mit demütigem Blick gab ich mein Einverständnis. Fremdbestimmung dieser Art war ich seit Jahren bis zum Exzess ausgeliefert.

Zum Abschied schlug mir Claus grinsend auf die Schultern. »Armer Reiner, die Ehe ist kein Paradies, das ist sie noch nie gewesen.« Er zwinkerte mir schelmisch zu, ohne dass es seine Frau bemerkte.

»Da freue ich mich jetzt sehr darauf«, meinte Stefanie, nachdem sich Bissingers verabschiedet hatten.

»Aufs Klamottenkaufen?«, fragte ich entsetzt.

Meine Frau zog eine Schnute. »Ich meine natürlich das Hafenfest.«

»Wie lange dauert das denn noch?«, maulte nun Melanie, die einen ihrer Ohrstöpsel entfernt hatte. »Ich will nach Hause, in einer halben Stunde muss ich im Chat sein.«

»Da wirst du Pech haben«, meinte ihre Mutter. »Ich gehe erst noch mit Papa in das Kleidergeschäft dort drüben.«

Melanie wurde leichenblass. »Ne, oder?«

»Das Leben ist nicht immer ein Paradies«, gab ich ihr zu verstehen.

»In dieser Familie ist es die Hölle«, antwortete sie trocken. »Sobald ich 16 bin, ziehe ich aus.«

»18, wolltest du sagen«, verbesserte ich sie. »Obwohl, wenn ich es mir recht überlege …«

»Hört auf zu streiten und euch gegenseitig hochzuschaukeln«, unterbrach uns Stefanie streng. »Du kannst solang in der Buchhandlung auf uns warten, Melanie. Such dir ein schönes Buch aus.«

»*Ein Buch*?« Melanies Stimme überschlug sich beinahe. »Was soll ich mit einem Buch? Ihr findet mich im Laden gegenüber bei den Handys.« Trotzig trabte sie davon.

Stefanie schnaufte ein paarmal fest durch. »Das mit Melanies Auszug mit 16 Jahren lasse ich mir noch mal durch den Kopf gehen.«

Die deutsche Sprache gilt als die Sprache der Dichter und Denker. Mit der immensen Wortvielfalt kann keine andere Sprache der Welt mithalten. Wenn es darum geht, Emotionen, blumige Beschreibungen oder detaillierte Sachverhalte niederzuschreiben, ist die deutsche Sprache geradezu prädestiniert. Hinzu kommt, dass die mannigfaltigen Einflüsse aus anderen Sprachfamilien seit Jahrhunderten für eine lebendige Verständigung sorgen.

Trotz dieser perfekten Voraussetzungen ist es leider unmöglich, die Szenen, die sich in der nächsten Stunde zwischen dem Ehepaar Palzki abspielten, mit Worten zu beschreiben. Sämtliche Versuche scheiterten bereits im Ansatz kläglich. Autor, Lektorat und der Weltsicherheitsrat entschieden in einer Dringlichkeitssitzung, dass es dem Fortgang der Geschichte nicht allzu abträglich ist, wenn der Nachwelt Informationen zum Kleiderkauf der Familie Palzki verschwiegen werden.

EINE FAST FRIEDLICHE IDYLLE ...

»Bist du soweit?«

»Ja«, rief ich zurück. Stefanie wuselte seit den frühen Morgenstunden aufgeregt in der Wohnung herum. Bereits gestern hatte sie eine prall gefüllte Wagenladung Lebensmittel nebst mehreren Limokästen besorgt, damit der Rest der Familie sowie ihre Mutter in unserer immerhin mehrstündigen Abwesenheit nicht Hunger leiden mussten. Warum sie ausgerechnet heute eine große Aufräumaktion im Wohnzimmer und in der Küche starten musste, erschloss sich mir nicht. Ich hütete mich aber davor, sie nach ihrem Motiv zu fragen. Hatte sie die Einladung zum Hafenfest mit einer Einladung zur Weltumsegelung verwechselt? Gegen Mittag hatte sie begonnen, ihren Kleiderschrank auszuräumen. Jedenfalls hatte ich diesen Eindruck. Während ich mich geistig auf unseren Termin vorbereitete und zeitunglesend auf der Couch lag, vernahm ich vereinzelte Satzfetzen aus dem Schlafzimmer wie beispielsweise: »Nein, das ist wohl zu bunt« oder »viel zu eng« oder »nicht mehr modern« oder »zu aufdringlich« oder »ich weiß nicht«.

»Ich dachte, du bist fertig?« Ich erschrak. Stefanies Stimme klang jetzt viel lauter. Ich faltete die Zeitung zusammen und entdeckte, dass meine Frau vor mir stand. Um ihr mit einem Lob zu imponieren und zugleich ihre Selbstzweifel zu zerstreuen, flötete ich ihr zu: »Du siehst gut aus, Stefanie. Das Zeu…, äh, das Ding steht dir wirklich fantastisch.«

»Mist«, sagte sie und verzog ihren Mund. »Dann ziehe ich vielleicht doch besser das …«

»Was soll das!«, unterbrach ich sie harscher als beabsichtigt. »Das passt alles gut zusammen, und außerdem sollten wir langsam losfahren.«

Meine Frau sah mich streng an. »Du bist ja auch noch nicht fertig. Bis eben hast du Zeitung gelesen.«

»Natürlich bin ich fertig.« Ich sprang möglichst leichtfüßig von der Couch auf. »Ich habe die neue Hose an und auch eines der neuen Hemden, die wir gekauft haben.« Die Hose zwickte unangenehm an mehreren Stellen gleichzeitig. »Ich muss nur noch die Schuhe anziehen.« Ich hatte noch nie verstanden, warum Frauen so viel Zeit investierten, um »fertig« zu sein.

»Na ja, meinetwegen«, murmelte sie. »Was willst du mit dieser verbeulten Tasche?«

»Mitnehmen«, erklärte ich mit ernster Miene. »Da sind meine Sodbrennentabletten drin. Wer weiß, vielleicht gibt es beim Hafenfest Weinzwang, und die ausgeschenkte Sorte ist eine von den sauren Sorten.«

»Und was hast du sonst noch in der Tasche? Einen halben Werkzeugkasten?«

»Ach Quatsch«, spielte ich herunter. »Nur ein paar Kleinigkeiten, damit ich für alle Eventualitäten gerüstet bin. Die Tasche lasse ich nachher im Wagen liegen.«

Die Verabschiedung von unseren Kindern war schonungslos kurz. Melanie schaute nicht einmal von ihrem Handy auf, Paul vermittelte dagegen den Eindruck, als warte er nur darauf, dass wir losfuhren, damit er irgendetwas Unheilvolles anstellen konnte. Die dreijährigen Zwillinge Lisa und Lars befanden sich mitten in einer bilateralen Diskussion und bewarfen sich gegenseitig mit *Duplo*-Steinen. Die diplomatischen Friedensverhandlungen überließen wir Stefanies Mutter und schlichen uns nach draußen.

»Bin ich wirklich so eine schlechte Mutter?«, fragte mich meine Frau während der Fahrt. »Ich freue mich so auf dieses Fest, und den Kindern scheint das vollkommen egal zu sein. Hauptsache, die Wäsche wird gewaschen und das Essen steht pünktlich auf dem Tisch.«

»Jetzt beruhige dich doch«, antwortete ich mit warmer Stimme. »Den Kleinen kannst du wirklich keinen Vorwurf machen, oder hast du dich mit drei Jahren für die Sorgen deiner Eltern interessiert?«

»Das nicht, aber von Melanie und Paul hätte ich mehr Interesse erwartet«, entgegnete sie. »Sie hätten uns wenigstens viel Spaß wünschen können.«

»Die beiden werden selbstständig, Stefanie. Eltern sind für pubertierende Kinder nur ein notwendiges Übel. Sie meinen es sicherlich nicht böse. Jetzt lasse aber mal deine unbegründeten Sorgen zu Hause und freue dich mit mir auf die kommenden Stunden. Das wird bestimmt ein schöner Tag.«

Meine Frau schaute mich zweifelnd von der Seite an. »Und du? Freust du dich auch? Oder würdest du lieber auf der Couch liegen und in die Glotze starren?«

»Aber nein!«, wehrte ich mich energisch und zog die am Oberschenkel kneifende Hose zurecht. »Ich freue mich genauso wie du. Ich hatte schließlich in den vergangenen zwei Wochen Urlaub, und das Hafenfest ist weit entfernt von meiner Dienststelle. Es ist auszuschließen, dass mir ausgerechnet dort mein Chef oder ein Kollege über die Füße laufen oder es gar zu einem Kapitalverbrechen kommt.«

Stefanie nickte zaghaft. »Für mich ist es auf jeden Fall sehr beruhigend, dass Herr Diefenbach nicht dabei ist. Jedes Mal, wenn wir gemeinsam mit deinem Chef irgendwo eingeladen waren, gab es einen Todesfall.«

»Heute wird es höchstens ein paar sprichwörtliche Bierleichen geben«, konterte ich. »Außer, es herrscht Weinzwang. Für diesen Fall habe ich mit meinen Tabletten vorgesorgt.«

»Das glaube ich nicht«, sagte meine Frau. »Elke meinte, dass es ein ungezwungenes Fest wird. Ich freue mich darauf, ein paar nette Leute kennenzulernen. Was meinst du, sollen wir im Sommer eine Flusskreuzfahrt buchen?«

Schlagartig wurde mir übel. »Erinnerst du dich noch an die Fahrt auf dem Motorboot von Claus und Elke? Ich habe zwei Tage benötigt, um meinen Gleichgewichtssinn wieder in die Reihe zu bekommen.«

Stefanie versuchte, mich mit unbewiesenen Argumenten zu überzeugen, dass eine Flusskreuzfahrt nicht mit einer Fahrt auf einer kleinen Jacht vergleichbar sei. Als nonverbale Antwort konzentrierte ich mich auf den Verkehr und gab ab und zu ein neutrales Brummen von mir.

Bald fuhren wir im Wormser Süden auf der B9 parallel am Tiergarten vorbei. Da ich mir keine Blöße geben wollte, ließ ich das Navi ausgeschaltet. Die Streckenführung zum Jachthafen war kompliziert, auch wenn dieser höchstens 500 Meter Luftlinie von der B9 entfernt lag. Ohne mich zu verfahren, fanden wir auf halber Strecke den größeren, aber zum Teil versandeten Floßhafen.

»Da drüben geht's rein«, erinnerte sich Stefanie und zeigte auf eine Schotterpiste, die wohl aus gutem Grund nur für Anlieger frei zu befahren war. Wir schaukelten und hüpften im Schritttempo von Schlagloch zu Schlagloch am Gelände des Kanuvereins vorbei und erreichten schließlich ohne einen Achsenbruch das offene Tor des Jachthafens.

Zur linken Seite befand sich der etwa vier Fußballfelder große Binnenhafen, dessen Wasserfläche aufgrund des herrschenden Niedrigwassers einige Meter tiefer lag. Der längliche Jachthafen lag parallel zum Rhein, getrennt durch einen etwa 20 Meter breiten Damm, auf dem kurz vor dem Durchstich zum Fluss am anderen Ende des Hafens, das Vereinsheim hochwassergeschützt auf mächtigen Betonstelzen stand. Die aus schwimmenden und miteinander verbundenen Pontons bestehenden Anlegestellen befanden sich zentral mitten im Hafen und waren fast allesamt mit Booten in den unterschiedlichsten Größen und Varianten belegt. Über eine je nach Wasserstand verstellbare metallene Treppenstiege konnte der Pontonbereich betreten werden. Eine größere Jacht fuhr gerade mit einem waghalsigen Tempo in Richtung Rhein, was für einen mächtigen Wellengang im Hafen sorgte und die vertäuten Boote kräftig schaukeln ließ.

»Da hat es jemand ziemlich eilig«, sagte ich zu meiner Frau. Ich registrierte, dass Stefanie in die entgegengesetzte Richtung schaute. Auf einer großen Wiese, die innerhalb des eingezäunten Geländes lag, waren zahlreiche Bierzeltgarnituren aufgebaut, die gut zur Hälfte mit Menschen besetzt waren.

»Wir sind da«, meinte Stefanie und zeigte auf die schätzungsweise 40 – 50 Personen.

Ein unangenehmes Gefühl beschlich mich, denn ich hatte etwas entdeckt, was mir gar nicht gefallen wollte.

»Was ist mit dir los, Reiner? Warum bist du plötzlich so blass?« Sie zögerte eine Sekunde. »Du hast den Wagen deines Chefs entdeckt, stimmt's?«

Ich schüttelte den Kopf, schaute aber dennoch auf den Fuhrpark der Gäste am Rand der Wiese. »Viel schlimmer«, stammelte ich.

»Schlimmer?« Stefanies Unterkiefer klappte nach unten. »Eine Leiche?«

»Können wir unauffällig wenden und wieder heimfahren?«, nuschelte ich ihr zu.

»Was ist denn mit dir los?«, fragte sie. Meiner Frau fehlte eindeutig der Weitblick. Ich zeigte mit zittriger Hand auf die parkenden Autos.

»Porsche, Lamborghini, Maserati, schau dir das doch mal an«, stammelte ich. »Hier sind wir fehl am Platz. Ich kann hier unmöglich parken. Für den Wert meines Wagens würde man nicht einmal einen Satz Reifen für eine dieser Karossen bekommen.«

Stefanie schüttelte verärgert den Kopf. »Ist das dein ganzes Problem, mein lieber Mann? Elke hat uns vergangenes Jahr erzählt, dass im Verein viele Ärzte, Rechtsanwälte und mittelständische Unternehmer Mitglied sind. Das sind aber auch nur Menschen wie du und ich. Egal ob reich oder nicht: Alle kochen nur mit Wasser.«

Nachdem ich mehrere Schrecksekunden überwunden und mich beruhigt hatte, musste ich ihr insgeheim recht geben. Zu viele hochrangige Mitglieder der Gesellschaft hatte ich in meiner Karriere zur Strecke gebracht, was aber nicht hieß, dass jeder Akademiker per se ein Verbrecher ist. Ob sich ein Mensch im Laufe seines Lebens zum Mörder oder Verbrecher entwickelt, ist nicht allein vom sozialen Status abhängig. Einen wesentlichen Unterschied gibt es meiner Meinung dennoch: Je höher der Bildungsstand der Täter war, desto gewiefter waren dessen Methoden, was vermutlich an dem erworbenen Wissen lag. Ein Chemiker hatte zweifellos Expertisen in der Anwendung seltener Gifte, ein Arzt kannte Möglichkeiten, die jeden schlampig arbeiteten Gerichtsmediziner täuschten, und ein Ingenieur verfügte als raffinierter Fallenbauer über einen physikalischen Background.

Am intellektuell anderen Ende standen Täter mit eher einfachem Gemüt, die ihre Opfer mit einer Bratpfanne erschlugen, weil sie in einer Chatgruppe gelesen haben, dass Pfannen antihaftbeschichtet sind.

Ich atmete kurz durch und parkte frech zwischen einem Porsche und einem Mercedes AMG. Getrieben von einem inneren Unruhegefühl scannte ich in Ruhe sämtliche Wagen und deren Kennzeichen ab.

Stefanie lächelte mich belustigt an. »Schaust du, ob Diefenbachs Dienstwagen darunter ist?«

Ich wollte gerade antworten, da wurden wir Zeugen eines Streits zweier Personen.

»Das können wir doch nachher in Ruhe klären, Stefan«, ereiferte sich ein sportlich schlanker Endfünfziger mit gestutztem Schnurrbart.

»Ich lass mich nicht schon wieder hinhalten« antwortete ein etwas untersetzter Mann, der eine dicke Zigarre in der Hand hielt. »Als Rechtsanwalt kann ich dir aber den Tipp geben, besser auf deine Frau Kerstin aufzupassen.«

»Lass meine Frau aus dem Spiel. Außerdem hat sie mit

der Sache nichts zu tun.« Der Schnurrbartträger klang für einen kurzen Moment verwirrt.

»Ich meine ja nur«, antwortete sein Kontrahent. »Hast du sie gesehen?« Er wartete ein paar Sekunden ab. »Hans-Jürgen ist gerade mit seiner Jacht raus auf den Rhein.«

»Willst du damit etwa andeuten, dass …?« Sein Kontrahent stand kurz vor einem Wutanfall, doch sofort beruhigte er sich wieder. »Du willst bloß ablenken, weil du …«

In diesem Moment trat von hinten Claus Bissinger auf die beiden zu und legte beschwichtigend seine Arme auf deren Schultern. »Macht mal halblang, ihr beiden Streithähne«, sagte er und lachte dabei. »Wir trinken jetzt erst mal zusammen ein frisch gezapftes Bier, dann sieht die Welt wieder besser aus.« Dann entdeckte er uns.

»Ah, hallo, da kommt ja unser hoher Besuch.«

Unsicher gingen wir auf die drei zu. Der Zeitpunkt unserer Ankunft war nicht der passendste, was Claus aber mit seiner Lockerheit überspielte.

»Darf ich euch Reiner Palzki und seine Frau Stefanie vorstellen?«, sagte er zu seinen Vereinskollegen, die sich wieder beruhigt hatten. »Reiner ist der Cousin meiner Frau und ein sehr bekannter und besonders erfolgreicher Kriminalpolizist.«

Die beiden zuckten unisono zusammen. »*Der* Reiner Palzki aus Schifferstadt?«, fragte einer der beiden. »Ich habe schon viel von Ihnen gehört beziehungsweise gelesen.«

»Hoffentlich nur Gutes«, entgegnete ich geschmeichelt.

»Jaja, natürlich«, bestätigte er sofort. »Ich hoffe, Sie sind nicht beruflich bei uns?«

Claus Bissinger nahm mir die Antwort mit einem Lachen ab. »Keine Angst, Stefan.« Zu uns gewandt, erklärte er: »Das ist Stefan Baum. Er ist Jurist und in unserem Verein der Kassenwart.« Nachdem wir die Hände geschüttelt hatte, stellte uns Claus die andere Person vor. »Das ist Manfred Prangenberg, seine Frau Kerstin ist Vorstandsmitglied.«

»Dann kommt mal mit«, sagte Claus nach der Begrüßungszeremonie. Baum und Prangenberg wünschten uns viel Spaß und gingen einträchtig in Richtung Ausschanktheke, als wäre nichts geschehen.

»Dort vorne sitzt die Elke.« Meine Cousine war in ein Gespräch vertieft und kehrte uns den Rücken zu. »Elke, dein Cousin ist da«, rief ihr Mann.

Elke drehte sich um und stand auf. »Hallo, ihr beiden, nett, dass es geklappt hat. Setzt euch doch zu uns.« Während wir ihrer Aufforderung nachkamen, stellte sie uns ihren Gesprächspartner vor. »Das ist Hans-Bernd Hopf, einer unserer Ärzte im Verein.«

»Längst im Unruhestand«, ergänzte Hopf humorvoll und bescheiden. »Herzlich willkommen auf unserer Vereinsanlage. Elke hat mir vorhin von Ihnen erzählt.«

»Habt ihr den Weg gut gefunden?«, fragte meine Cousine interessiert.

»Kein Problem«, antwortete ich stolz. »Ich habe gehört, es gibt Bier?« Mit meiner direkten Frage heimste ich bei Hopf ein paar Sympathiepunkte ein, wie mir sein Grinsen verriet. Außerdem hatte er ein halb gefülltes Bierglas vor sich stehen.

»Ich bringe Ihnen ein Glas mit«, sagte der pensionierte Arzt. Er trank sein Glas auf ex leer und stand auf. »Was darf ich Ihnen bringen, Frau Palzki?«

»Einen Apfelsaftschorle, wenn es Ihnen nichts ausmacht. Mein Mann hat eben ohne mich beschlossen, dass ich auf dem Heimweg fahren darf.«

Eine beschwichtigende Antwort erübrigte sich, da sich nun Claus zu uns setzte. »Wir haben glücklicherweise einen sehr warmen Tag erwischt«, meinte er. »Trotzdem wird es gegen Abend kühler werden. Wenn es euch zu kalt wird, könnt ihr dann gerne direkt in unser Vereinsheim rübergehen. Irgendwann werden wir wahrscheinlich alle drin hocken.«

»Und der Ausschank?«, fragte ich neugierig.

»Alles doppelt angelegt«, erklärte Claus. »Einmal hier draußen sowie drinnen im Vereinsheim. Wir sind für alle Eventualitäten gerüstet. Für Wassersportfreunde wie uns gibt es kein schlechtes Wetter.« Er zeigte in Richtung Gebäude. »Passt bitte bei der provisorischen Absperrung neben der Treppe zu den Anlegestegen auf. Wir erweitern zurzeit die unterirdischen Tanks unserer vereinseigenen Tankstelle.«

Die beiden Zapfsäulen, die auf den Pontons im Wasser standen, hatte uns Claus schon beim vergangenen Besuch gezeigt. Jeder, egal ob Vereinsmitglied oder nicht, konnte mit seinem Boot in den Hafen fahren und mit einer Kreditkarte Diesel oder Superbenzin tanken. Der notwendige Treibstoff lagerte unterirdisch im oberen Bereich des Dammes und war gegen Hoch- und Druckwasser geschützt.

Im Lauf der nächsten Stunde stellten uns Elke und Claus weitere Mitglieder vor, deren Namen ich mir aufgrund der Menge nicht merken konnte. Mein Namensgedächtnis ist leider nicht sehr ausgeprägt, was für einen Polizeibeamten alles andere als ideal ist. Aber es war wie meistens im Leben: Man konnte nicht alles haben.

Beim dritten Bier erreichte mein Zufriedenheitspegel ein nahezu perfektes Level. Stefanie sah vergnügt aus und strahlte, das Wetter spielte mit, das Bier war kalt und schmeckte super, und die Leute, die wir kennenlernten, waren allesamt nett und wirkten kein bisschen abgehoben oder eingebildet. Diese friedliche Idylle könnte ewig anhalten. Leider war *ewig* im saloppen Sprachgebrauch ein ausgesprochen relativer Begriff.

Ein lauter Hilferuf ließ uns aufschrecken. »Da schwimmt ein Toter im Hafen!«, schrie eine hochfrequente Frauenstimme.

Mit offenem Mund starrte ich Stefanie an, sie starrte im gleichen Ausmaß zurück. »Da will uns jemand veralbern, oder?«, meinte ich in der Hoffnung, dass dem wirklich so war.

Neugierig sowie in homöopathischem Ansatz beruflich motiviert stand ich langsam auf und folgte einem runden Dutzend Personen, die in Richtung Wasser eilten. Meine Hoffnung erfüllte sich nicht. Bereits vom oberen Rand des Hafenbeckens konnte ich die Misere sehen: Ich stand neben der Treppe, die zu den Pontons führte, und die sich auf der gegenüberliegenden Seite des Hafenzugangs befand. In dieser Ecke sammelte sich regelmäßig viel Treibgut, vor allem Hölzer und Plastikmüll. Claus hatte mir erklärt, dass es im Rhein vor der Hafenzufahrt einen Strudel gab, der fast alles, was in Ufernähe rheinabwärts trieb, in den Hafen umlenkte. Auch zum jetzigen Zeitpunkt schwammen an dieser Stelle einige Bretter sowie viele Äste und Laub. Aufgrund der dunklen Jacke hätte man den Toten bei einem flüchtigen Hinschauen leicht übersehen können. Vermutlich sorgte die geschlossene Jacke des Toten für den notwendigen Auftrieb, denn Brust und Bauch befanden sich deutlich über der Wasserfläche, während Beine und Arme nicht zu sehen waren. Das Gesicht war übersät mit Laub und sonstigem Unrat.

Mehrere Personen standen bereits unten am Wasserrand und debattierten, wie man die Leiche, die höchstens fünf Meter vom Ufer entfernt trieb, bergen könnte. Während ich die Metalltreppe nach unten ging, rannte mir der Kassenwart Stefan Baum entgegen, was mich für einen kurzen Moment verwunderte. Doch dann sah ich, wie dieser eine der Holzlatten, mit der die Baugrube rund um die Benzintanks abgesichert war, mit roher Gewalt abriss und wieder nach unten rannte. Ein weiteres Vereinsmitglied war inzwischen ins Wasser gestiegen. Stefan Baum reichte ihm die Latte, und bereits beim zweiten Versuch konnte dieser die Leiche fassen und mit ruckartigen Bewegungen in Richtung Ufer treiben lassen.

»Meine Güte, das ist der Hans-Jürgen!«, schrie er, als er das Gesicht des Toten erkennen konnte. Mithilfe von zwei weiteren Personen wuchteten sie die Leiche auf das Schrägufer.

Während die Vereinsmitglieder ratlos und zweifelsohne schockiert herumstanden, hatte ich längst mein Handy gezückt und mit knappen Worten über den Notruf die örtliche Polizei informiert. Egal, ob ein Fremdverschulden vorlag oder nicht, dies war eindeutig ein Fall für die Polizei, und ich hatte nicht die geringste Motivation, mich in diese Sache einzubringen.

»Wir müssen die Polizei rufen«, hörte ich Stefan Baum zu den anderen sagen.

»Habe ich bereits veranlasst«, mischte ich mich ein. »Wer ist der Tote?«, fragte ich, um der Wormser Polizei eine kurze Starthilfe geben zu können.

»Das ist der Hans-Jürgen, also Hans-Jürgen Krebs«, erklärte mir Stefan Baum. »Das ist … äh … war unser Erster Vorsitzender. Und Zahnarzt war er auch, aber das ist ja jetzt egal.«

Den Vornamen hatte ich heute schon einmal gehört. »Ist das der, der vor einer guten Stunde mit seiner Jacht wie wild aus dem Hafen gedüst ist?«

Eine mir fremde Person antwortete: »Könnte sein, sein Boot liegt nicht in seiner Box.«

»Was ist passiert?« Von oben kam schnaufend Claus Bissinger angerannt. »Um Himmels willen!«, rief er, als er den

Ersten Vorsitzenden auf dem Ufer liegen sah. »Tot?«, fragte er ungläubig.

»Wo warst du?«, stellte ich eine Gegenfrage. Inzwischen standen wahrscheinlich alle Besucher des Festes am Hafenbecken.

»Ich war in der Büros im Vereinsheim«, erläuterte Claus. »Wie ist das passiert, ein Unfall?«

»Keine Ahnung«, beschied ich ihm. »Die Wormser Polizei wird gleich hier sein.«

»Was machen Sie da?«, rief ich Hans-Bernd Hopf zu, der sich über die Leiche beugte.

»Vielleicht kann ich helfen«, antwortete der Mediziner im Ruhestand.

»Dem kann niemand mehr helfen«, attestierte ich als Nichtmediziner. »Bitte berühren Sie ihn nicht, die Spurensicherung wird bald kommen.«

»Spurensicherung?«, wunderte sich Claus und kombinierte: »Mord?«

Ich zog die Schultern hoch. »Außer er war Nichtschwimmer. Was aber nicht den Einschusskanal an der Schläfe erklärt.« Ob meine Feststellung den Tatsachen entsprach, wusste ich nicht, da ich die nichtblutende Wunde über dem linken Auge eben erst entdeckt hatte. Vieles sprach für ein Projektil, das keine nennenswerten Gefäße verletzt hatte und direkt in das Gehirn eingedrungen war.

»Erschossen?« Claus bekam große Augen, »Auf unserem Vereinsgelände?«

»Seine Jacht liegt nicht am Steg«, mischte sich Stefan Baum ein. »Vor einer guten Stunde soll er mit hohem Tempo den Hafen verlassen haben.«

Da ich noch kein Sondersignal hörte, stellte ich eine weitere Frage, die an die Anwesenden gerichtet war. »Kann jemand sagen, ob eine Person fehlt? Oder weiß jemand, ob der Tote alleine mit seiner Jacht unterwegs war?« Dies würde bedeuten, dass irgendwo auf dem Rhein ein herrenloses Boot trieb.

Ich hörte nur vielstimmiges Gemurmel. Niemand hatte etwas gesehen, keine Person wurde vermisst.

Kurz darauf fuhr ein langer Fahrzeugtross mit Höllenlärm auf das Gelände des Jachthafens. Warum die Beamten ihre Anfahrt auf dem Zufahrtsweg, der sowieso für den öffentlichen Verkehr gesperrt war, mit mindestens einem halben Dutzend Martinshörner ankündigen mussten, war mir ein Rätsel.

Das vorderste Fahrzeug, es war ein Zivilfahrzeug, versuchte, bis zum Treppenabgang zu fahren. Wegen der an dieser Stelle nur noch lückenhaft vorhandenen Absperrung der Baugrube konnte nur ein gewagtes Lenk- und Bremsmanöver den Absturz in die offen liegenden Benzintanks und somit eine gigantische Explosion verhindern.

Der Wagen hielt an, das Martinshorn verstummte, und der Enkel von John Wayne öffnete die Tür. Der stämmige Beamte stieg so formvollendet aus seinem Wagen wie die Westernlegende seinerzeit vom Pferd. Jede seiner Bewegungen, selbst seine todernste Mimik, musste er mit hohem Zeitaufwand vor einem Spiegel einstudiert haben. Seine Kleidung, bestehend aus Jeans, Jeanshemd mit Fransen sowie vor 40 Jahren modernen Cowboystiefeln, sollte seine Autorität unterstreichen. Getoppt wurde sein Outfit durch einen speckigen Westernhut. Nur der Gürtel mit den Colts fehlte, wobei ich vermutete, dass dieser im Auto lag.

Ich seufzte. Warum musste ausgerechnet immer ich mit solchen sehr speziellen und weltfremden Egomanen zu tun haben? Klar, ich konnte jetzt in die zweite Reihe treten und den weiteren Verlauf als Zuschauer beobachten. Als Polizeibeamter sah ich es aber als meine Pflicht an, die Lage zu klären und die erste Kontaktaufnahme auf ein erträgliches Niveau zu bringen, bevor der selbst ernannte Westernheld um sich schoss und den Verein grundlos dezimierte. Mutig trat ich auf ihn zu.

Sofort hatte mich Wayne im Visier. Breitbeinig bellte er mich an: »Was hat das zu bedeuten?« Er zeigte auf die offene Grube mit den beiden Tanks.

»Das sind Benzintanks«, brüllte ich zurück.

»Sie brauchen mich nicht anzuschreien«, schrie er zurück. »Ich bin nicht taub.« Inzwischen waren auch die anderen Martinshörner verstummt.

»Da muss ich mich wohl getäuscht haben«, sagte ich nun in normaler Lautstärke. »So laut, wie Sie anfuhren, da dachte ich …«

Mit einer unwirschen Armbewegung gab er mir zu verstehen, dass ich schweigen sollte.

»Was ist das?« Er zeigte erneut auf die offene Grube.

Leider war mein Mund mal wieder schneller als mein Gehirn. »Also blind und nicht taub.« Ich wusste sofort, dass ich einen neuen Feind hatte. Bevor er eine Kurzwaffe aus dem Wagen holte oder seiner Artillerie den Schießbefehl gab, ergänzte ich: »Das sind die Benzintanks der Tankstelle des Vereins. Wenn Sie dort mit Ihrem Wagen reingefallen wären, hätten die Wormser heute ein schönes Feuerwerk bewundern können. Schade um Ihren Hut, davon wäre nicht mehr viel übrig geblieben.«

Ich hatte den Westernhelden in eine ihm ungewohnte Situation gebracht. Bestimmt war ich einer der Ersten, der ihm nicht unterwürfig gegenübertrat, sondern mehr oder wenig offen provozierte. Sein großer Unterkiefer mahlte nervös, was ihn ausgesprochen debil aussehen ließ. Er schaute für einen kurzen Moment in die Grube, dann fixierte er mich wieder: »Darüber sprechen wir noch.« Mindestens 20 Beamte und Beamtinnen standen vor ihren Fahrzeugen und warteten ab.

»Möchten Sie etwas über den Ermordeten erfahren?«

»Ermordet?«, brummte er sofort. »Wer sind Sie überhaupt? Woher wollen Sie wissen, dass jemand ermordet wurde?«

»Hans-Jürgen Krebs, der Erste Vorsitzende des Vereins«, sagte ich. »Das ist der Tote, meine ich. Mein Name ist Reiner Palzki.«

Der Westernheld stutzte. »Palzki? Etwa *der* Palzki aus Schifferstadt?« Er betrachtete mich näher. »Aber ja, jetzt erkenne ich Sie wieder. Vor ein paar Jahren, die Sache bei den *Nibelungenfestspielen*, können Sie sich erinnern?« Seine Gesichtszüge verkrampften sich, seine Stimme war rauer geworden.

»Ja, ja«, antwortete ich fröhlich und stichelte weiter, »das war damals ein gewaltiges Desaster für die Wormser Kripo. Haben wir Schifferstadter nicht einen Maulwurf in Ihren Reihen aufgedeckt?«

»Und wenn schon«, konterte mein Gegenüber zornig. »Heute übernehme ich die Leitung. Kein Möchtegernbeamter aus einer anderen Dienststelle hat mir etwas zu sagen.« Ihm fiel etwas ein, hektisch blickte er sich um. »Treibt sich Ihr verrückter Vorgesetzter auch auf diesem Gelände herum? Diefenbach?« Er schnaufte hart durch. »Mit dem habe ich noch ein Hühnchen zu rupfen. Und das nicht nur ich, die Hälfte der Wormser Beamten würde ihn nur zu gerne ein Weilchen in Untersuchungshaft stecken. Argumente hätten wir genug, auch Richter und Staatsanwalt wären auf unserer Seite.«

Ich hatte nicht die geringste Lust, über meinen Chef zu sprechen. »Ich bin aus privaten Gründen auf dem Fest. Diefenbach ist nicht da.«

»Privat?«, hakte John Wayne nach und nickte vielwissend. »Ich wusste gar nicht, dass man als Polizeibeamter so viel verdient, um sich eine Jacht leisten zu können. Jedenfalls werde ich mich nachher um Sie und Ihre finanziellen Verhältnisse kümmern. Jetzt zeigen Sie mir aber mal die Leiche.«

Ich verzichtete darauf, das Missverständnis mit der Jacht und meinen finanziellen Möglichkeiten aufzuklären. Mit der ausgestreckten Hand deutete ich auf den toten Vereinsvorsitzenden. »Er trieb im Wasser, Vereinsmitglieder haben ihn herausgezogen.«

Wayne gab mit einer groben Armbewegung seinen Mitarbeitern zu verstehen, dass sie mit ihrer Arbeit beginnen konnten.

Claus, in seiner Funktion als Hafenmeister, half den Beamten mit diversen Hilfsmitteln, die er aus einem der Nebengebäude besorgte, die Leiche nach oben zu bringen, damit Arzt und die Spurensicherung mehr Platz für die Untersuchung hatten. Weitere Beamte waren auf Geheiß ihres Chefs in das Wasser gestiegen und sammelten mit breiten Rechen das Treibgut in blaue Säcke.

Die restlichen Beamten nahmen die Personalien der Anwesenden auf. Irgendwann standen Stefanie und meine Cousine Elke neben mir.

»Du scheinst die Verbrechen magisch anzuziehen«, sagte meine Frau. »Und dieses Mal sogar ohne deinen Chef.«

»Da kann doch der Reiner nichts dafür«, verteidigte mich Elke. »Es ist nur schade, dass unser Hafenfest nun beendet ist. Und natürlich wegen Hans-Jürgen. Ich kann mir nicht vorstellen, wer ihn umgebracht hat. Er war ein so lieber und netter Mensch.« Sie schaute mich an. »Bis du dir sicher, dass er umgebracht wurde?«

Ich nickte betroffen. Der Tote lag inzwischen auf einer Folie neben der Baugrube. Während der Erstuntersuchung durch den Notarzt hatte ich mich unauffällig in der Nähe postiert und so mitbekommen, dass tatsächlich ein Projektil in der Schläfe eingedrungen und am Hinterkopf beim Austritt einen beträchtlichen Teil des Schädelknochens herausgerissen hatte. Da der Tatort unbekannt war, hielt sich die Arbeit der Spurensicherung in Grenzen.

»Jetzt sind Sie wieder dran, Palzki.« Der Wormser Beamte mit dem mir nach wie vor unbekannten Namen kam auf mich zu gestiefelt.

»Von mir aus, Cowboy!«, brüllte ich angriffslustig zurück.

»Was?« Abrupt blieb er stehen. »Wie haben Sie mich eben angesprochen?«

»Sie haben sich mir bisher nicht vorgestellt. Außerdem wäre mir eine förmliche Anrede lieber.«

»Förmlich?« Er wirkte irritiert.

»Herr Palzki«, erklärte ich ihm mit der Betonung auf *Herr*.

Er schluckte, verzichtete aber darauf, eine Waffe zu ziehen. »Warum sind Sie auf diesem Fest? Ich möchte Ihre Jacht sehen.« Er überging den kleinen Disput, in dem er mich ohne Namensnennung ansprach. Auch seinen eigenen Namen verschwieg er nach wie vor, was mir jedoch schnurzpiepegal war. Er würde es sowieso nicht einmal in mein Kurzzeitgedächtnis schaffen.

»Meine Cousine hat mich und meine Frau eingeladen«, erklärte ich wahrheitsgemäß. »Wegen der Jacht …«, sprach ich weiter, wurde aber sofort unterbrochen.

»Jetzt wird's interessant.« Er baute sich provozierend vor mir auf und grinste hämisch.

Da mir nun endgültig der Geduldsfaden gerissen war, verzichtete ich auf die Wahrheit und schwenkte um auf alternative Fakten. »Mein Schiff ist viel zu groß für diesen kleinen Hafen. Wenn Sie meine Jacht begutachten möchten, müssen Sie mit mir nächste Woche nach Ibiza fliegen. Habe ich übrigens schon meine Pferdezucht in Argentinien erwähnt?«, legte ich nach.

Sein Unterkiefer begann abermals zu mahlen. Ich sah ihm deutlich an, dass ihm meine Aussage nicht ganz geheuer vorkam. Ein kurzer Blick zu Stefanie sagte mir, dass ich mit dem Unfug aufhören sollte. Ich öffnete gerade meinen Mund, als wir plötzlich einen mal lauter, mal leiser werdenden Hilferuf hörten.

»Wo kommt das her?«, fragte der leitende Ermittler und blickte sich um. Seit ein paar Minuten wehten kräftige Windböen über die Dammkrone, die ständig die Richtung wechselten.

»Schwer zu sagen«, meinte Claus Bissinger, der sich wie alle anderen angestrengt umschaute. »Vielleicht aus einem der Boote?«

Sein Lösungsvorschlag klang plausibel, zumal das Hafengelände, von einigen Nebengebäuden abgesehen, relativ frei einsehbar war. Hans-Jürgen Krebs hatte nach bisherigem Kenntnisstand kurz vor seinem Tod den Hafen mit seiner Jacht verlassen. War er zuvor mit einem anderen Bootsbesitzer in Streit geraten?

Der Wormser Beamte schickte seine Mitarbeiter nach unten, um die etwa 50 Boote zu durchsuchen, da ertönte ein neuer Hilferuf.

RETTUNG!

»Das kam vom Rhein!«, rief der Hafenmeister. Bissinger zeigte auf einen hohen Drahtzaun, der auf der Dammkrone das Vereinsgelände vom Ufer des Rheins abtrennte. Aufgeregt rannten wir die kurze Strecke zum Zaun, der beidseitig mit allerlei Gebüsch überwuchert war und die Sicht zum Fluss einschränkte.

Ein erneuter Hilferuf bestätigte uns, dass wir die Richtung korrekt lokalisiert hatten. »Ich kann die Jacht von Hans-Jürgen erkennen«, meldete der pensionierte Arzt Hans-Bernd Hopf, der eine günstige Lücke im Buschwerk entdeckt hatte. »Da steht jemand drauf«, ergänzte er.

»Wo hört der Zaun auf?«, fragte der Cowboy.

»An der Zufahrt zum Hafen«, sagte der Hafenmeister. »Wir haben das gesamte Vereinsgelände eingezäunt.«

»Wir müssen auf die andere Seite.«

»Ich kann eine Zange holen«, meinte Claus. »Das dauert aber ein paar Minuten.«

In der Zwischenzeit hatte ich mich neben Hans-Bernd Hopf postiert und die Lage begutachtet. »Meine Herren«, sagte ich mit lauter Stimme zu allen Anwesenden, die auf dem Damm standen, um mir Gehör zu verschaffen. »Und natürlich meine Damen«, ergänzte ich, weil es halt so war. »Wenn der Zaun aufgeschnitten wird, bringt das nicht viel«, erklärte ich. »Dann können wir zwar runter zum Rhein, die Jacht befindet sich aber einige Meter vom Ufer entfernt. Wollen Sie dorthin schwimmen?«

»Steht das Boot fix an der gleichen Stelle?«, fragte Claus.

»So viel ich sehen kann, bleibt die Position konstant«, antwortete Hopf.

»Dann können wir mein Boot nehmen«, meinte der Hafenmeister. »Bis die Wasserschutzpolizei informiert und vor Ort ist, vergeht viel zu viel Zeit.«

»Obwohl die Wasserschutzpolizei bestimmt über sehr fähige Beamte verfügt«, ärgerte ich meinen neuen Feind mit einer kleinen, aber meiner Meinung nach berechtigten Stichelei.

»Nichts da«, konterte dieser prompt und wandte sich an den Hafenmeister. »Ich und zwei Männer fahren mit Ihnen zu der Jacht. Wie lang benötigen Sie für die Startvorbereitung?«

»Unser Boot ist stets startklar«, entgegnete Claus.

»Ich komme mit«, mischte ich mich ein.

»Nie im Leben«, wehrte der Cowboy sich.

»Herr Bissinger ist der Mann meiner Cousine«, entgegnete ich dreist. »Sie werden froh sein, wenn Sie eine zweite fachkundige Person an Bord haben, wenn wir an der Jacht des Opfers anlegen müssen.« Ich hatte keine Ahnung, wie man das machte, doch es klang überzeugend.

Der Leiter der Ermittlungen brummte Unverständliches, was ich als halbherziges Einverständnis interpretierte. Keine Minute später liefen wir über das wackelige Pontonfeld und betraten die hinterste Jacht auf der rechten Seite. Während ich mit einem beherzten Hüpfer an Bord sprang, kamen mir die Erinnerungen an den damaligen Ausflug in den Sinn. Erfreulicherweise war die Strecke heute nicht weit, und es war kein wesentlicher Wellengang auszumachen.

»Nehmen Sie sich aus der Kiste bitte Schwimmwesten«, sagte Claus zu den Beamten.

»Machen Sie sich doch nicht lächerlich«, tönte der Westernheld angeberisch. »Wegen den paar Metern.«

Claus suchte meinen Augenkontakt und gab mir mit einem Grinsen zu verstehen, besser unter Deck zu gehen. Als er den Motor startete, war ich bereits unten und klammerte mich fest an einen Einbauschrank. Das Boot rüttelte kurz durch und machte einen gewaltigen Satz rückwärts.

»Festhalten«, rief Claus und drückte den Fahrthebel durch. Die Jacht vollführte einen ähnlich schleudernden Bewegungsablauf wie bei der ersten Abfahrt der *GeForce*-Achterbahn im Holiday-Park. Zwar in diesem Fall nur waagerecht, aber mein Magen war trotzdem mit seinem Inhalt überfordert. Das Waschbecken erreichte ich mit Mühe.

Von oben hörte ich mehrere Schreckensschreie. Sofort bremste die Jacht ohne Vorwarnung ab, und ich rannte mir den Kopf an.

»Alles in Ordnung bei Ihnen?«, hörte ich von oben Claus' heiter klingende Stimme, die offensichtlich nicht mir galt. »Festhalten müssen Sie sich schon, meine Herren. Falls Sie es sich anders überlegen, Sie wissen ja, wo die Schwimmwesten liegen.« Sofort beschleunigte er erneut das Boot, was mich, rein physikalisch gesehen, rückwärts auf eine Couch warf.

Trotz meiner leidvollen Situation stellte ich mir das Geschehen an Deck vor. Claus musste seine Jacht an die Grenzen der Belastbarkeit gebracht haben. Dass es den anderen Passagieren wesentlich schlimmer erging als mir und sie vielleicht um ihr Leben bangten, war mir eine gewisse Genugtuung.

Kurz darauf erfolgte die nächste Vollbremsung. »Kannst raufkommen«, rief mir Claus zu.

Ich taumelte die kurze Treppe hoch und erblickte drei kreidebleiche Gesichter. Ein Seitenblick zu dem diabolisch grinsenden Claus genügte mir, um die Lage einzuschätzen. Ich beschloss, die Gelegenheit auszunutzen: »Sie werden doch nicht seekrank sein, meine Herren? In solch einem ruhigen Gewässer? Was machen Sie erst bei einem Wellengang, wie er im Mittelmeer oder gar im rauen Atlantik herrscht?« Während meines bissigen Kommentars versuchte ich, meine zitternden Glieder unter Kontrolle zu halten.

Zu einer Antwort kam es nicht, da der Hilferufende uns nun mit einer aufgebrachten Stimme zurief: »Da sind Sie ja endlich! Unverschämt, warum haben Sie mich so lang warten lassen?«

Ich schluckte erschrocken. Konnte das sein? Diese Stimme, die gehörte doch eindeutig ...« Ich nahm die letzte Stufe nach oben und schaute in Richtung der Jacht des Opfers, die keine drei Meter von uns entfernt im Wasser stand. Im gleichen Moment, als ich ihn erkannte, entdeckte er mich.

»Palzki! Natürlich!«, plärrte er sofort. »Das hätte ich mir gleich denken können, dass diese miserable Rettungsaktion auf Ihrem Mist gewachsen ist. Wissen Sie, wie kalt es auf dem Boot ist? Warum hat das solche Ewigkeiten gedauert? Ich rufe mir die Seele aus dem Leib, und mein Untergebener trinkt wahrscheinlich erst mal in Ruhe seinen Kaffee aus.«

Sekundenlang starrte ich KPD, wie wir Klaus P. Diefenbach aufgrund seiner Initialen nannten, mit offenem Mund an. Dann ging meine Kiefersperre nahtlos in einen schmerzhaften Krampf über. Niemand schien meine Qual zu bemerken, da Claus begonnen hatte, die beiden Boote miteinander zu vertäuen. Unerwartet bekam ich Hilfe, sodass ich meinen Unterkiefer krampflösend massieren konnte.

»Diefenbach!«, schrie der Wormser Westernheld, als er ebenfalls wahrgenommen hatte, wer auf der Jacht des Toten stand und um Hilfe gerufen hatte. Von einem Augenblick zum nächsten wechselte sein Teint von kreidebleich auf erdbeerrot. »Jetzt habe ich Sie am Schlafittchen! Das gibt eine 1a Mordanklage!«

Nun war KPD an der Reihe, mit offenem Mund zu staunen. Einen Krampf schien er allerdings nicht zu haben. Auch wenn ich nicht die geringste Ahnung hatte, warum sich mein Chef ausgerechnet auf der Jacht des Opfers befand, beschloss ich, mich im Hintergrund zu halten und das verbale Gefecht den anderen zu überlassen. Ich zog Claus etwas zur Seite und flüsterte ihm zu, nicht einzugreifen.

»Wa… äh … warum Mord?«, stammelte KPD. »Wer … äh … wer sind Sie überhaupt und wie reden Sie mit mir? Ich bin Klaus P. Diefenbach, der gute Dienststellenleiter der Schifferstadter Kriminalpolizei.«

»Ich weiß genau, wer Sie sind, Diefenbach.« Auch bei meinem Chef verzichtete er auf eine förmliche Anrede. »Wir haben Hans-Jürgen Krebs, den Besitzer dieser Jacht, tot aus dem Hafenbecken geborgen. Sie haben ihn erschossen, die Indizien sind eindeutig.«

»Herr Krebs ist tot?« KPD schien nicht zu verstehen. »Es sind nur ein paar Meter bis ans Ufer. Herr Krebs kann doch bestimmt schwimmen, oder?«, ergänzte er unsicher.

Die zwei Begleiter des Wormser Ermittlungsleiters sprangen hinüber zu der anderen Jacht und nahmen KPD in die Mitte. »Wieso soll ich ihn erschossen haben?« KPD zeigte auf die Reling. »Hier hat er gestanden und mit mir diskutiert. Plötzlich hat er sich an den Kopf gegriffen und ist ins Wasser gesprungen. Ich weiß auch nicht, warum er das getan hat. Ich habe ihm schließlich nur ein Angebot gemacht, das er nicht ablehnen konnte.«

Jedes seiner Worte speicherte ich in meinem Gehirn ab. Wer weiß, wozu diese Informationen noch gut sein konnten.

Der Wormser Beamte schien in seiner mörderischen Theorie bestätigt. »Sie geben also zu, dass Sie zum Zeitpunkt des Todes mit Herrn Krebs gesprochen haben?«

So langsam verstand KPD, was los war. »Ab... äh ... aber ich wusste doch bis eben nicht, dass er just in dem Moment erschossen wurde. Ich hörte weder einen Schuss noch sah ich bei Herrn Krebs eine Verletzung. Er ist einfach in den Rhein gesprungen. Ich dachte, er wollte sich lustig machen wegen meines ernst gemeinten Angebots.«

»Diefenbach, ich nehme Sie hiermit vorläufig fest. Sie stehen unter Verdacht, an dem Tod von Hans-Jürgen Krebs beteiligt zu sein. Wir werden Sie jetzt nach Worms bringen. Ich empfehle Ihnen, sich einen Anwalt zu nehmen.«

»Aber ich brauche keinen Anwalt!«, schrie KPD verzweifelt. »Ich bin unschuldig. Palzki, so helfen Sie mir doch!« Er schaute mich flehend an, doch ich zog lediglich meine Schultern hoch und genoss den Augenblick. Im Gegensatz zu mir schien er sich über meine Anwesenheit nicht zu wundern.

Die beiden Beamten brachten KPD zu uns an Bord. Dann sprach mich der Westernheld an: »So, jetzt können Sie zeigen, was Sie können. Gehen Sie rüber und lassen sich von Herrn Bissinger in den Hafen abschleppen.«

Ich sandte einen gedanklichen Notruf an Claus, den dieser sofort erhörte. »Leider fehlt der Zündschlüssel der anderen Jacht«, meinte er. »Ohne diesen lässt sich das Boot nur schwerlich und mit beträchtlichem Risiko abschleppen. Ich habe aber eine Lösung für Sie parat.«

»Dann schießen Sie mal los.«

»Ich fahre Sie zunächst alle zurück zum Hafen. Dann rufe ich Oliver an. Also Oliver Allegro. Er ist Bootshändler und der Geschäftsführer der *Allegro-Boote*. Sein Unternehmen liegt nur ein paar 100 Meter entfernt. Die meisten der Vereinsmitglieder lassen bei ihm ihre Boote warten und manche auch in seinen Hallen überwintern. Oliver hat die

Möglichkeit, die Jacht abzuschleppen und in seiner Werkstatt untersuchen zu lassen.«

»Meinetwegen«, entschied der Wormser. »Nur die Sache mit der Untersuchung, das übernehmen meine Leute.«

»Klar«, antwortete Claus, »das können Sie mit Herrn Allegro vereinbaren wie Sie möchten.«

Claus bot KPD eine Schwimmweste an, was dieser selbstverständlich ablehnte. Während ich unter Deck in den Sicherheitsbereich ging, sah ich, wie sich die Wormser Beamten auf die Sitzgruppe hinter dem Steuerstand setzten und an die Lehnen klammerten.

Die Rückfahrt zum Hafen ließ Claus geruhsamer angehen, in dem er auf extreme Beschleunigungen verzichtete.

Der leitende Ermittler verließ als Erster die Jacht. Als KPD auf die Pontons sprang, wedelte er, unterstützt durch einen bösen Gesichtsausdruck, mit einem Paar Handschellen. »Darf ich bitten, Diefenbach?«

»Palzki, so tun Sie doch was!« KPD sah sich hilflos nach mir um. Ich schwieg und zuckte wie gehabt mit den Schultern. Es war für mich sehr schwierig, meine Freude zu unterdrücken. Diefenbach in Handschellen, dass ich das erleben durfte. Ich drängelte mich an der Gruppe vorbei und eilte zur Treppe am Ende der Pontons. Dann drehte ich mich um und zog mein Smartphone aus der Tasche. Längst hatte ich mich an dieses moderne Teufelszeug gewöhnt. Neben dem Telefonieren beherrschte ich das Fotografieren und das Verschicken von Kurznachrichten. Nur ab und zu musste meine Kollegin, Jutta Wagner, das Ding von merkwürdigen Fehler- und Statusmeldungen bereinigen.

Ein Foto mit KPD in Handschellen: Für diese Aufnahme würde man den 1967 aufgegebenen Pulitzer-Preis für Fotografie reaktivieren. Ich wäre zwar beinahe rückwärts in das Hafenbecken gefallen, als ich, konzentriert auf das Smartphone, den besten Bildausschnitt suchte, doch für dieses einmalige Zeugnis der Gegenwart war mir fast jedes Opfer recht.

»Lassen Sie den Quatsch«, herrschte mich der Westernheld an, als er mit KPD an mir vorbeiging. Er blieb stehen und sah mir fest in die Augen. »Wenn ich den kleinsten Hinweis finde, dass Sie mit Diefenbach in diesem Mordfall zusammenarbeiten, werde ich Sie ebenfalls festnehmen und in die gleiche Zelle sperren. Ich bin erfahren genug, um zu wissen, dass es kein Zufall sein kann, wenn Sie und Ihr Vorgesetzter auf der gleichen Veranstaltung in Worms auftauchen.«

Gemeinsam mit Claus ging ich als Letzter die Treppe nach oben.

»Der Festgenommene ist wirklich dein Chef?«, fragte mich Claus.

»Kaum zu glauben, oder?«, gab ich zur Antwort.

»Ich wusste das wirklich nicht«, sagte Claus. »Ich meine, dass er dein Chef ist.«

Ich wurde hellhörig. »Du kennst KPD?«

Er druckste herum. »Was heißt kennen. Er war zwei- oder dreimal bei uns, beziehungsweise bei Hans-Jürgen. Die beiden taten ziemlich geheimnisvoll.«

»Das ist ja interessant. Weißt du, über was die beiden gesprochen haben?« Da ich davon ausging, dass KPD nicht für den Mord verantwortlich zeichnete und daher in Kürze wieder in Freiheit sein würde, konnten Hintergründe zu seinen offensichtlich konspirativen Treffen im Jachtklub vielleicht eine andere, zumindest geplante Gaunerei offenbaren.

»Keine Ahnung, Reiner. Die zwei waren entweder auf Hans-Jürgens Jacht oder saßen im Vereinsheim. Ich habe zwar den Verdacht, dass es irgendwas mit dem Verein an sich zu tun hat, beweisen kann ich es aber leider nicht.«

Claus sah mich fragend an: »Glaubst du, dass dein Chef den Hans-Jürgen umgebracht hat?«

»Keine Sekunde«, antwortete ich. »KPD ist kein Mörder. Er ist ohne Zweifel verrückt und der schlimmste Chef auf Erden, aber kein Mörder.« Es war mir unangenehm, meinen Vorgesetzten verteidigen zu müssen.

»Dann muss es jemand anderes getan haben«, schlussfolgerte Claus.

»So ist es. Vermutlich ist der Schuss draußen auf dem Rhein gefallen, wenn es stimmt, was mein Chef bei seiner Festnahme erzählte.«

»Dann muss jemand von einem anderen Boot aus geschossen haben.«

»Oder vom Ufer«, ergänzte ich.

Claus nickte. »Was die Sache nicht einfacher macht. Wirst du ermitteln?«

»Nie im Leben.« Ich schüttelte vehement meinen Kopf. »Das sollen mal schön die Wormser Kollegen tun. Von John Wayne mal abgesehen, werden die bestimmt auch den einen oder anderen fähigen Beamten haben.«

»John Wayne?«, fragte Claus, dann lachte er, weil er verstanden hatte. »Ich hatte sofort an Charles Bronson gedacht, als ich ihn das erste Mal sah.«

Vor dem Eingang des Vereinsheimes standen winkend Stefanie und Elke. Da es auf dem Wasser etwas frisch gewesen war, gingen wir mit unseren Frauen, die uns mit zahllosen Fragen bombardierten, in das Vereinsgebäude. Von einem Vorraum gingen beidseitig Toilettenräume und Duschen ab, die zentrale Tür führte zu einem Gastraum, der durch seine Größe überraschte. Im Hintergrund war eine Ausschanktheke installiert. Zum Hafenbecken hin befand sich über die komplette Längsseite des Gebäudes eine riesige Terrasse.

Während die Damen an einem Tisch Platz nahmen, entschuldigte sich Claus: »Ich muss mal kurz nach hinten zu den Büros.«

Neugierig, wie ich war, nutzte ich die Gelegenheit. »Ich komme mit. Hatte das Opfer ein eigenes Büro?«

Claus sah mich erstaunt an. »Ich dachte, du ermittelst nicht?«

»Tu ich auch nicht«, versuchte ich, ihm zu erklären. »Es ist nur wegen meines Chefs. Vielleicht kann ich eine große Ungerechtigkeit verhindern, so befangen wie die Wormser sind. Ich denke, es kann nicht schaden, einen Blick in das Büro zu werfen, bevor John Wayne alles verwüstet.«

»Na, dann komm mal mit.« Claus führte mich durch die Räume hinter dem Gastraum: Kühlraum, Lagerräume, ein Besprechungsraum, ein allgemeines Büro sowie das Büro des Vereinsvorsitzenden. Er zeigte auf einen geschlossenen Aktenschrank. »Leider habe ich dafür keinen Schlüssel. Ich glaube aber nicht, dass du hier Unterlagen zu Hans-

Jürgens Treffen mit deinem Chef finden wirst. Die werden wohl eher in seiner Jacht sein, falls sie brisanter Natur sind.«

Ich musste ihm recht geben. Das Büro war picobello aufgeräumt. Es lagen keinerlei offene Notizen herum, selbst der Papierkorb war leer. »Na ja, kann man nichts machen«, sagte ich enttäuscht.

Wir gingen in das andere Büro, das vermutlich von mehreren Personen benutzt wurde. Hier war es bei Weitem nicht so aufgeräumt, außerdem standen und hingen überall elektronische Geräte herum. »Ihr habt Internet?«, fragte ich mit Blick auf den gleichen Router, der auch bei uns zu Hause im Flur hing.

Claus lachte. »Und sogar Strom und fließend Wasser. Was denkst du denn?« Er zeigte auf ein anderes Gerät. »Ich habe alles auf den neusten technischen Stand gebracht. Sogar die Videobilder werden inzwischen hochauflösend auf mein Handy übertragen.«

»Video?« Ich schaute ihn erstaunt an. »Ihr habt auf dem Gelände Kameras?«

»Na klar«, sagte Claus stolz. »An der Tankstelle und an der Torzufahrt.«

»Und wo sonst noch?«, fragte ich erregt. »Wie lange werden die Videos gespeichert?«

»Überhaupt nicht«, war die enttäuschende Antwort. »Es werden nur Livebilder direkt auf mein Handy geschickt. Und auch nur dann, wenn ich es einschalte.« Er holte zu einer Erklärung aus: »Manchmal gibt es an der Tankstelle Probleme. Dann kann ich mich von zu Hause oder von der Arbeit per Handy zuschalten und das Problem lösen. Gleiches gilt für das Tor am Eingang des Vereinsgeländes. Jedes Mitglied hat einen Zugangscode, aber manchmal müssen Handwerker oder der Getränkelieferant auf das Gelände. Dann kann ich aus der Ferne das Tor freischalten.«

»Ach so«, sagte ich enttäuscht. »Gehen wir zurück zu den Frauen.«

Claus schnappte sich eine kleine Werkzeugtasche. »Die habe ich vorhin liegen lassen, als ich den Standplatz des Routers neu platzierte.«

Elke hatte inzwischen für uns Getränke besorgt. Nachdem wir alle Fragen beantwortet hatten, zumindest die, die wir beantworten konnten, schwiegen wir uns eine Weile an.

»Ich bin schon gespannt, wer sich bei den nächsten Wahlen zur Wahl stellt für den frei gewordenen Posten«, meinte Elke nachdenklich.

»Stefan und Manfred werden bestimmt Interesse an dem Job haben«, ergänzte Claus. »Das kann sich zu einer großen Kampfabstimmung entwickeln, und das im wahrsten Sinne des Wortes.«

»Wieso?«, fragte ich nach, da es sich vermutlich um die beiden Streithähne handelte, die wir zu Beginn des Hafenfestes kennengelernt hatten.

Elke zögerte. »Stefan Baum und Manfred Prangenberg sind schon länger scharf auf den Posten des Ersten Vorsitzenden. Bei Manfred kann natürlich auch seine Frau Kerstin dahinterstecken, die bereits im Vorstand ist.«

Dass sie mir mit dieser Aussage gleich zwei Verdächtige mit einem erstklassigen Motiv präsentierten, war mir sichtlich unangenehm. »Mit solchen Kommentaren solltet ihr zurückhaltend sein, wenn euch die Wormser Beamten befragen. Es sind ja offensichtlich nur Vermutungen …«

»Von wegen Vermutungen«, unterbrach mich Claus. »Da gibt es eindeutige Indizien für. In unserem Verein ist leider nicht alles Friede, Freude, Eierkuchen.«

»Wie auch immer«, übernahm ich wieder den Ball. »Haltet euch besser von der Sache fern. Wenn es einer der beiden war, findet es die Polizei sowieso früher oder später heraus. Auch in Worms gibt es bestimmt fähige Ermittler.«

»Und du willst nichts unternehmen?«, fragte mich meine Cousine.

»Ich bin nicht zuständig«, erklärte ich ihr. »Stefanie und ich sind mit eurem Verein in keinster Weise verbunden, von der Verwandtschaft zu euch mal abgesehen. Und Worms liegt eindeutig nicht im Zuständigkeitsgebiet meiner Dienststelle.«

»Aber du hast doch früher schon mal in Worms ermittelt«, beharrte Elke. »Und an vielen anderen Orten in der Kurpfalz, wie du uns öfters berichtet hast.«

Ich seufzte. »Das ging aber jedes Mal auf KPDs Kappe und war selten bis nie offiziell genehmigt. Nur weil wir bei diesen Ermittlungen stets Erfolg hatten, wurde KPD nie dafür belangt.«

»Deinem Chef willst du nicht helfen?« Elke blieb hartnäckig.

»Natürlich, schon«, log ich halbherzig. »Ich werde eine Aussage machen, wenn mich die Wormser Kollegen befragen. Da ich bei den Ermittlungen nicht involviert werde, kann ich leider nicht aktiv eingreifen. Meinem Chef ist eher mit einem Juristen geholfen als mit mir.«

Claus hatte noch eine Frage. »Wer leitet die Schifferstadter Dienststelle, solang dein Chef in Untersuchungshaft ist?«

»Vermutlich ich. So war es auch, als KPD mal für längere Zeit wegen Krankheit ausgefallen ist. Es kann aber auch passieren, dass das Ludwigshafener Präsidium die Vertretung anders regelt und uns eine fremde Person vor die Nase setzt.« Wegen meines guten Drahtes zum Polizeipräsidenten ging ich von dieser Option nicht aus. Falls die Wormser ihren Erfolg auskosteten, dürfte KPD eine Weile aus dem

Verkehr gezogen sein, selbst wenn er noch so unschuldig war. Ich freute mich auf die folgenden Wochen, war aber bemüht, mir diese Freude nicht zu sehr anmerken zu lassen. Längst hatte ich mehrere Ideen, wie ich die Dienststelle organisatorisch und für alle Mitarbeiter inklusive meiner Person angenehmer umgestalten könnte.

Nach einer kurzen Befragung durch zwei Wormser Beamtinnen, die eifrig die Personalien aufnahmen und die Gründe für unsere Anwesenheit auf dem Vereinsgelände notierten, durften wir heimfahren. Ich sagte Claus und Elke zu, sie auf dem Laufenden zu halten, und bat sie, es ebenso zu machen.

DER ETWAS UNÜBLICHE
AUFTRAG

»Blöder Tag«, meinte Stefanie seufzend während der Heimfahrt. »Dabei hatte ich mich so auf das Fest gefreut.«

»Das holen wir bald nach«, tröstete ich sie pro forma, da ich keine Ahnung hatte, wann und womit. »Zu Hause trinken wir jetzt erst mal gemütlich einen Kaffee, dann geht es uns wieder besser.«

»Bier.« Stefanie schaute mich an. »Du meinst doch ein Bier, oder?«

»Du Kaffee, ich Bier«, verbesserte ich mich. »Ich wollte mich kurz fassen.«

Das krasse Gegenteil von »Kurz fassen« erwartete uns in der Einfahrt unseres Hauses: Frau Ackermann, unsere gefürchtete Nachbarin, stand vor ihrer Haustür. In ihrem Leben gab es kein »Kurz fassen«, sondern ausschließlich nicht enden wollende Sprachorgien in Form von stundenlangem Redegewurschtel ohne Punkt und jedem anderen Satzzeichen.

Noch unangenehmer als die Sprachpenetranz war ihre abstruse Redegeschwindigkeit. Frau Ackermann galt für uns als die Frau, die schneller sprach als ihr Schatten.

Bereits als ich die Autotür öffnete, drückte mir ein erster Redeschwall mit voller Wucht in die Gehörgänge, ein Entrinnen war nicht mehr möglich.

Während Stefanie in gebückter Haltung und mit den Zeigefingern in den Ohren aus der Fahrertür schlüpfte und zu

unserer Haustür schlich, konzentrierte sich Frau Ackermann komplett auf mich. Mit jedem Schritt, den sie näher
kam, verstärkte sich der Todeskampf in meinen Innenoh-
ren und ließ Hammer und Amboss aufglühen.

»Hallo, Herr Palzki«, begann sie mit ihrer Vernichtungs-
rede. »Gut, dass ich Sie treffe, Herr Palzki. Stellen Sie sich
nur vor, was passiert ist! Ich habe gewonnen! Den zweiten
Preis habe ich gewonnen. Ich bin ja so glücklich wie noch
nie in meinem Leben. Ich kaufe mir doch jede Woche das
Goldene Blatt, weil da so viele aktuelle Berichte über die
ganze Welt drinstehen. Über die Reichen, die Könige, die
Staatsoberhäupter, ach, da kann ich immer so schön von
träumen. Sie wissen ja, mein Mann, diese Tranfunzel, liegt
den ganzen Tag nur im Bett und auf der Couch und lässt
sich von mir bedienen. Aber ich bin ja leider auf seine Früh-
rente angewiesen. Doch das wird sich jetzt ändern, mein
Mann muss nämlich mit. Mein Gewinn ist für zwei Personen, Herr Palzki. Ach so, Sie wissen ja noch gar nicht,
was ich gewonnen habe. Stellen Sie sich nur vor: Mit dem
Lösungswort *Wasserstraße* habe ich eine Reise gewonnen.
Eine zweiwöchige Flusskreuzfahrt durch Deutschland, Bel-
gien und Frankreich. Und dabei habe ich in der Schule gar
keine Fremdsprachen gelernt. Ich bin ja so aufgeregt, Herr
Palzki. In einem Monat geht es schon los. Können Sie und
Ihre Frau in der Zeit auf unser Haus aufpassen?«

Unter Mobilisierung körperlicher Reserven und meiner
eisernen Willenskraft gelang mir die Flucht zu unserem Haus.
Während Frau Ackermann weiterschnatterte, stürzte ich in
den Flur und ließ mich erschöpft auf die Schuhkommode
fallen. Ich benötigte einige Zeit, um ihre Tirade im Nachhinein zu erfassen, zu sortieren und gedanklich auszuwerten.

»Du lebst?« Stefanie kam aus dem Wohnzimmer in den
Flur.

»Nein«, antwortete ich. »Du sprichst mit einem Geist. Einem total verwirrten Geist. Weißt du, was ich verstanden habe?«

Stefanie wartete stumm ab.

»Die orale Sprachwaffe hat in einem Preisausschreiben eine Flusskreuzfahrt gewonnen, und wir sollen in der Zeit ihrer Abwesenheit auf ihr Haus aufpassen.«

»Endlich.« Stefanies Gesicht leuchtete, eine Reaktion, die ich so nicht erwartet hatte.

»Ich verstehe nicht«, sagte ich, weil ich nicht verstand.

»Endlich können wir unser Gartenfest mit Freunden und Familie feiern, das wir uns schon seit vielen Jahren vorgenommen haben. Ich werde direkt mit der Planung beginnen.«

»Ei... äh ein Gartenfest?«, stotterte ich. »Warum das denn?«

Meine Frau zog eine Schnute. »Weil wir bisher immer bei anderen eingeladen waren, aber nie selbst gefeiert haben. Das ist mir inzwischen ziemlich peinlich geworden. Aber wegen den Ackermanns ging das halt nicht, denn die beiden wollte ich auf keinen Fall zu unserem Fest einladen.«

»Du musst keinen einladen, den du nicht willst«, erklärte ich ihr. »Wo liegt das Problem?«

»Das macht man einfach nicht«, konterte sie. »Ein großes Gartenfest feiern und die Nachbarn nicht einladen, das geht einfach nicht. Die einzige Alternative wäre gewesen, in einem Restaurant zu feiern.«

»Weißt du, was das kostet?«, rief ich erschrocken.

»Genau«, bestätigte Stefanie. »Außerdem wäre es dann nicht mehr unser privates Gartenfest.« Sie zählte an den Händen eine größere Zahl ab. »So spontan komme ich auf 40 bis 45 Personen. Sollen wir deinen Chef auch einladen?«

»Einen Mörder?«, fragte ich. »Niemals.«

»Ach komm«, meinte sie. »Du weißt genau, dass er kein Mörder ist.«

»Trotzdem nicht.« Ich blieb stur, dann kam mir ein anderer Gedanke: »Wie willst du für so viele Leute kochen?«

Meine Frau rollte mit den Augen, dann grinste sie schelmisch. »Stell dich nicht dümmer an als … ach, schon gut. Selbstverständlich werden wir einen Caterer beauftragen. Um die Getränke kümmerst du dich, und zwei oder drei Pavillons und jede Menge Bierzeltgarnituren könntest du im Garten aufbauen. Du wirst sehen, so viel Arbeit macht das nicht. Nächste Woche werde ich die Einladungskarten gestalten und ausdrucken.«

Dieser Tag war einer der verrücktesten in meinem Leben. Extreme Hochs und Tiefs wechselten sich in atemberaubender Geschwindigkeit ab. Er begann mit der Vorfreude auf das Hafenfest. Der Tote im Hafenbecken zerstörte dann zum ersten Mal diese Idylle. Kurz darauf hob sich meine Stimmung durch die Festnahme KPDs auf ein Maximum. Bei Frau Ackermanns Sprachangriff verweilte ich emotional erneut im Keller, doch ihre Urlaubsankündigung ließ mich gleich darauf wieder jubeln, nur damit Stefanie mir die Freude auf ein paar stressfreie Tage streichen konnte.

Wenigstens gab es keinen Zusatzstress mit meiner Schwiegermutter. Alles war während unserer Abwesenheit friedlich geblieben, was mich wiederum ein wenig ärgerte, da ich dies der Mutter meiner Frau nicht gönnte.

»Morsche!« Gut gelaunt betrat ich am Montag früh das Büro meiner Kollegin Jutta Wagner. Üblicherweise war ich an den ersten Arbeitstagen nach den Urlauben aus Prinzip schlecht gelaunt, aber heute sprang ich über meinen Schatten. Zur Feier des Tages erschien ich bewusst erst gegen

10 Uhr zum Dienst. Damit setzte ich ein Zeichen, um nicht den Anschein zu erwecken, dass ich den Dienstbeginn der Kollegen kontrollieren oder plötzlich die Autoritätsperson heraushängen lassen wollte. Als Interimsdienststellenleiter wollte ich von Anfang an alles richtig machen.

»Da kommst du ja endlich«, rief Jutta verärgert, während sie eine Akte auf den Schreibtisch legte. Gerhard Steinbeißer, die zweite Person im Büro, fläzte sich auf der Besuchersitzgruppe und stöberte bei einer Tasse Kaffee in einem Reisekatalog. »Wir dachten schon, du hättest eigenmächtig deinen Urlaub verlängert.«

»Ich hoffe, ihr freut euch, mich zu sehen«, entgegnete ich übertrieben betont. »Ich habe tolle Neuigkeiten für euch.« Voller Elan setzte ich mich neben Gerhard und bediente mich aus der Keksdose. »Das nächste Mal bestellst du bitte die höherwertigen Kekse mit Nugateinlage. Der Preis ist jetzt erst mal nebensächlich.«

»Hast du Probleme«, echauffierte sich meine Kollegin. »Du sollst …«

Mit einer Armbewegung unterbrach ich sie. »Alles im Griff«, tönte ich selbstbewusst. »Sobald ich euch die Neuigkeiten erzählt habe, seht ihr das genauso.«

»A… äh … aber …«, stotterte Jutta hilflos.

»Nichts aber«, ergriff ich erneut das Wort. »KPD sitzt in Untersuchungshaft. Ab sofort leiten *wir* diese Dienststelle. Wir können auf unseren Erfolg im vergangenen Jahr aufbauen und eine umfangreiche Umstrukturierung der Kriminalinspektion in die Wege leiten. Wir werden zur Speerspitze aller rheinland-pfälzischen Dienststellen, eine Musterbehörde, die in Europa ihresgleichen sucht.« Im Vorjahr war unser Chef nach dem Genuss von vergifteten Zucchini längere Zeit ausgefallen. Die von uns in dieser Zeit durchgeführten Organisationsanpassungen machte KPD nach seiner Rückkehr leider allesamt wieder rückgängig. Dieses Mal würden wir es schlauer anstellen.

»Das wissen wir längst«, unterbrach mich Gerhard mit vollem Mund. »Wir arbeiten nicht hinter dem Mond.« Er legte sein Magazin weg.

»Ihr wisst das schon?« Enttäuscht schnappte ich mir eine Handvoll Kekse. »Das ändert aber nichts an der Tatsache, dass ab sofort bessere Zeiten anbrechen«, sagte ich trotzig.

Jutta klang verärgert. »Komm mal wieder runter, Reiner. Du sollst in KPDs Büro kommen. Seit zwei Stunden wirst du erwartet«, ergänzte sie.

»KPD?« Ich erschrak. Hatte er sich doch noch einen Anwalt genommen und wurde mangels Fluchtgefahr auf freien Fuß gesetzt? Nein, selbst in diesem Fall dürfte er kaum weiterhin seinen Job ausführen. Was war da los? Hatte KPD tiefer gehende Beziehungen, als ich vermutete, und mit dem Innenminister einen Deal ausgehandelt? Meine glänzenden Zukunftsträume stürzten zusammen wie die gigantische Mauer in Pink Floyds Video zum Erfolgshit *Another Brick in the Wall*.

»Ab mit dir in KPDs Büro. Dort wirst du erwartet«, wiederholte Jutta, ohne Details zu nennen. Sie schaute auf die Uhr. »Das sieht nicht gut aus für dich.«

Wortlos verließ ich das Büro und schlurfte im Zeitlupentempo zu KPDs Thronsaal. Sein Büro nahm nach diversen Umbaumaßnahmen etwa zwei Drittel des ersten Obergeschosses ein und war äußerst dekadent eingerichtet. Ich öffnete eine Seite der doppelflügeligen Tür und trat ein. Mein Blick fiel auf den Polizeipräsidenten, Henrik Baumann, der wütend auf und ab ging. Ich überlegte umzukehren, doch er hatte mich bereits entdeckt.

Seine Wut versiegte augenblicklich, seine Gesichtszüge wurden freundlich. »Hallo, Herr Palzki, da sind Sie ja.« Er kam auf mich zu und schüttelte mir ausgiebig die Hand. »Sie hatten sicherlich heute früh schon viel zu tun, das ist mir klar. Ich habe die Wartezeit in Herrn Diefenbachs Büro überbrückt.« Für einen Sekundenbruchteil gefror seine Mimik. »Aber jetzt haben Sie ja Zeit für mich.«

Es gab keinerlei Vorwürfe wegen der fortgeschrittenen Uhrzeit, was ich als guten Einstieg wertete. Ich versuchte, mich trotzdem zu entschuldigen. »Es tut mir leid, Herr Polizeidirektor, aber ich wusste nicht, dass Sie persönlich in Schifferstadt sind. Man sagte mir nur, ich soll in KP, äh, Herrn Diefenbachs Büro kommen, und da dachte ich …«

»Alles gut«, unterbrach Henrik Baumann. »Es war für mich sehr aufschlussreich, Herrn Diefenbachs Büro kennenzulernen. Jetzt weiß ich, warum er frühere Treffen in Schifferstadt immer abbügelte und auf Besprechungen in Ludwigshafen bestand.«

Ich verstand sofort und nutzte ausführlich die Gelegenheit, weiteres Salz in die Wunde zu streuen. »Das sind aber nicht alles Erstausgaben in seinem Bücherregal«, sagte ich und deutete in die entsprechende Richtung. »Zwei oder drei Erstausgaben von Schiller und Goethe fehlen Herrn Diefenbach noch. Und ob er der Gutenberg-Bibel zwischenzeitlich habhaft werden konnte, weiß ich so auf die Schnelle gar nicht.« Ich zeigte auf eine benachbarte Vitrine. »Viele dieser Porzellanteile sind nur Leihstücke aus dem Mannheimer Barockschloss. Die anderen Sachen haben unseren Etat kaum beansprucht.«

»Etat?« Der Polizeipräsident schnappte nach Luft. »Welcher Etat?«

»Aus der Schwarzgeldka… äh, also, das weiß ich nicht so genau, Herr Polizeidirektor. Das Finanzielle hat Herr Diefenbach stets in eigener Verantwortung abgewickelt. Ich gehe aber davon aus, dass die Kosten für das Inventar genau wie seine mehrmals im Jahr wechselnden Dienstwagen mit Ihnen in Ludwigshafen abgesprochen und genehmigt wurden.«

Baumann wirkte, als hätte er einen Asthmaanfall. Er ging an den Wänden entlang und besah sich weitere Sammlungen, die KPD im Laufe der Zeit für ein Schweinegeld angelegt hatte. »Was ist das für Zeug?«, fragte er vor einer Vitrine stehend, in der schwer definierbare Dinge lagen, die teils organischer Natur sein konnten.

»Ach das«, meinte ich lapidar, »das sind Reliquien aus irgendwelchen Kirchen oder kirchlichen Sammlungen. Ich glaube, es handelt sich um einen Beifang bei einer Ermittlung im klerikalen Umfeld. Der materielle Wert, von den Monstranzen abgesehen, dürfte kaum der Rede wert sein.«

Henrik Baumann schnaufte ein paarmal durch, dann kam er zur Sache. »Lassen wir das fürs Erste. Darum werde ich mich zu gegebener Zeit kümmern. Falls Herr Diefenbach zurückkommen sollte«, ergänzte er.

Ich blieb vorsichtshalber stumm.

»Sie wissen, dass Herr Diefenbach in Untersuchungshaft sitzt?«

»Ich war als Zeuge zufällig dabei«, bestätigte ich neutral.

Der Polizeipräsident nickte. »Ich bin über den Vorgang in den Grundzügen informiert.« Er schaute mich fragend an. »Gehen Sie mit mir, wenn ich behaupte, dass er nicht der Täter ist?«

»Auf jeden Fall, Herr Polizeidirektor. Herr Diefenbach würde niemals einen Menschen erschießen. Außerdem denke ich nicht, dass er in der Handhabung einer Waffe geübt ist.«

»Sollte er aber trotzdem«, konterte Baumann. »Aber das ist ebenfalls ein anderes Thema.«

»Jemand anderes muss den Vereinsvorsitzenden erschossen haben«, fuhr ich fort.

»Man wird schnell feststellen, dass es sich um keinen Nahschuss handelte. Es soll allerdings keine Zeugen geben, die bestätigen können, dass das Opfer mit Herrn Diefenbach an Bord des Bootes war.«

»Ich glaube kaum, dass Herr Diefenbach alleine mit der Jacht aus dem Hafen hinaus zum Rhein gefahren ist, Herr Polizeidirektor.«

»Das werden die weiteren Ermittlungen ergeben. Ich weiß auch nicht, ob Diefenbach solch ein Boot überhaupt fahren könnte.« Er machte eine kurze Pause. »Und lassen Sie bitte das förmliche ›Herr Polizeidirektor‹ weg, Herr Palzki.«

»Natürlich, Herr Poli... äh, Herr Baumann. Wir sind uns aber einig, dass er nicht der Täter ist.«

»So ist es. Die aktuelle Situation sehe ich allerdings sehr ambivalent. Herr Diefenbach kann von mir aus, natürlich nur unter uns gesprochen, ruhig eine Weile in Untersuchungshaft schmoren, solang es keine schlechte Presse für unser Präsidium gibt. Auf der anderen Seite könnten die Kollegen in Worms einen Schuss vor den Bug vertragen. Ihre Überheblichkeit, besonders die des leitenden Ermittlers, geht mir schon lange gegen den Strich. Und da Sie, lieber Herr Palzki, vor ein paar Jahren die Wormser so richtig aufgemischt haben, denke ich, dass Sie der richtige Mann für meinen Plan sind.«

»Und was soll ich tun?«, fragte ich neugierig. »Mir wurde sehr deutlich mitgeteilt, dass ich weder Aktenzugang noch sonstige Informationen erhalten werde. Wenn ich in Worms auftauche, werfen die mich hochkant wieder hinaus. Interessieren würde mich zudem, warum Sie den Kollegen in Worms eins auswischen wollen.«

»Das sind rein interne Gründe«, erklärte der Polizeipräsident. »Stellen Sie es intelligent an, Sie sind doch ein cleveres Kerlchen. Leider lehnt Herr Diefenbach nach wie vor einen

Rechtsbeistand ab, und auch ich erhalte keinen Zugang zu der Ermittlungsakte. Sie müssen folglich auf eigene Faust ermitteln.« Er sah mich streng an. »Das darf aber niemand erfahren! Vielleicht beginnen Sie mit der Suche nach der Waffe. Nach meinem Erkenntnisstand wurde die bisher nicht gefunden.«

»Ich dachte, Sie haben keinen Zugang zu dem Stand der Ermittlungen?«, fragte ich überrascht.

»Habe ich auch nicht«, bestätigte der Polizeipräsident. »Jedenfalls nicht offiziell und vollumfänglich. Ich brauche aber dennoch eine zuverlässige Person vor Ort, und da eignet sich niemand besser als Sie, Herr Palzki. Neben diesem inoffiziellen Ermittlungsauftrag ernenne ich Sie erneut ab sofort zum Interims-Chef in Schifferstadt. Selbstverständlich dürfen Sie sich wieder von Ihren Kollegen unterstützen lassen. Mir sind da ein paar gute Dinge zu Ohren gekommen, als Sie vorübergehend diese Dienststelle geführt haben. Damals konnte ich nicht so recht verstehen, wieso Herr Diefenbach die Änderungen nach seiner Rückkehr wieder rückgängig machte, doch wenn ich mich in diesem Büro so umsehe, beginne ich langsam zu verstehen.«

Der Polizeipräsident sah mich scharf an. »Machen Sie einen guten Job. Es soll nicht Ihr Schaden sein. Der Mehrverdienst als Dienststellenleiter ist beträchtlich, und es muss nicht einmal die letzte Stufe auf Ihrer Karriereleiter sein, Herr Palzki. Und Ihrer Pension schadet es ebenfalls nicht, wenn Sie sich weiterentwickeln.«

Der Polizeipräsident hatte mich im Griff. Selbst ich war schließlich für Lob empfänglich, auch wenn ich bis eben nicht gewusst hatte, was Lob war.

»Macht es Sinn, nach Frankenthal zu fahren, um Herrn Diefenbach in der Untersuchungshaft zu befragen? Das können die Wormser schlecht verbieten.«

Henrik Baumann schüttelte den Kopf. »Das macht überhaupt keinen Sinn. Sie sollten aber trotzdem mit Diefenbach sprechen.«

Hatte ich ihn falsch verstanden oder er mich? Der Polizeipräsident sah die fiktiven Fragezeichen in meinem Gesicht und holte zu einer Erklärung aus. »Die Wormser Beamten vermuteten wohl von Anfang an, dass wir uns einmischen werden. Um dies zu verhindern, haben sie Diefenbach nach Mannheim ins Gefängnis gebracht. Sie verstehen, Herr Palzki? Mannheim, anderes Bundesland, ermittlungstechnisch für uns so weit entfernt wie das Ausland. Der leitende Beamte in Worms hat gute Kontakte nach Mannheim, die müssen intern irgendein Ding gedreht haben. Herr Palzki, Sie müssen diese Bastion irgendwie knacken.« Baumann zog aus seiner Tasche eine Visitenkarte und einen Kugelschreiber. Dann strich er die letzten zwei Ziffern der Mobilfunknummer durch und änderte sie durch andere Ziffern. »Nehmen Sie meine Karte. Die Nummer gehört zu meinem Zweithandy, von dessen Existenz nur sehr wenige wissen. Außerdem ist es nur schwer zu orten. Falls Sie in Schwierigkeiten geraten, melden Sie sich.«

»Und wenn ich Informationen benötige?«

Der Polizeipräsident sah mich verwundert an. »Wie soll ich das verstehen, Herr Palzki? Ich denke, Sie haben weit mehr Möglichkeiten, an heikle oder versteckte Informationen zu kommen, als wir in Ludwigshafen. Ihr Kollege arbeitet Ihnen doch noch zu, oder?« Er grinste mich dreist an.

Ich hatte keine Ahnung, dass der Polizeipräsident von den Fähigkeiten unseres Jungkollegen Jürgen wusste. Jürgen, der noch zu Hause bei seiner Mutter wohnte, war ein informationstechnologisches Phänomen: Gab man ihm einen Computer und eine stabile Internetverbindung, so konnte er alles herausfinden, was jemals irgendwo abgespeichert worden war. Und mit *alles* war wirklich *alles* gemeint. Keine *Firewall* war ihm gewachsen, kein Passwortschutz sicher genug. Selbst wenn die benötigten Informationen auf einem 50 Jahre alten Uraltrechner in der Mongolei im 47. Unterverzeichnis lagen, Jürgen fand sie zielsicher.

Seit Kurzem konnte er, natürlich inoffiziell, auf einen immensen Datenschatz an Mikrofilmen, die erstmals während des Deutsch-Französischen Krieges 1870/71 eingesetzt wurden, zugreifen. Das Bundesamt für Bevölkerungsschutz und Katastrophenhilfe startete 1961 mit der Bundessicherungsverfilmung eine beispiellose Verfilmungsaktion mit Zuhilfenahme der Landesarchive, der Stiftung Preußischer Kulturbesitz und dem Bundesarchiv. Seitdem wurden über eine Milliarde Mikrofilm-Aufnahmen in Edelstahlbehältern im zentralen Bergungsort der Bundesrepublik, dem Barbarastollen in der Nähe des Schwarzwaldortes Oberried, eingelagert. Da die Daten vor der Verfilmung temporär elektronisch zwischengespeichert und durch ein technisches Versehen bisher nie gelöscht wurden, konnte Jürgen – und vermutlich auch der eine oder andere Geheimdienst – mit ein paar Tricks auf diesen gigantischen Datenberg zugreifen.

»Dann gebe ich das so an meine Kollegen weiter«, sagte ich zum Polizeipräsidenten. Ich wunderte mich immer noch, dass er über so viele Interna über uns verfügte und bei KPD dennoch so ahnungslos war. Ich nahm mir vor, dieses Ungleichgewicht in meinem Sinn anzupassen.

»Prima«, entgegnete Baumann. »Sprechen Sie mit Ihren engsten Kollegen. Das Meiste, was wir besprochen haben, bleibt aber unter uns, verstanden?«

Ich nickte.

Der Polizeipräsident machte eine weitschweifige Armbewegung durch das Büro. »Um das hier kümmere ich mich später.«

Spontan hatte ich eine Idee. »Hätten Sie etwas dagegen, wenn wir leihweise Herrn Diefenbachs Kaffeemaschine mitbenutzen? Unser Automat in Frau Wagners Büro ist schon recht altersschwach und leckt ein wenig.«

Baumann lachte kurz auf. »Wenn das alles ist, Herr Palzki. Nehmen Sie Diefenbachs Kaffeemaschine gerne mit rüber. Bei den Kaffeebohnen dürfen Sie sich auch bedienen, Sie sind jetzt vorläufig der Chef im Haus!« Er nickte mir kurz zu und verließ das Büro.

Ich konnte mein Glück kaum fassen. Mit leicht erhöhtem Puls ging ich um KPDs tischtennisplattengroßen Schreibtisch aus südamerikanischen Edelhölzern und setzte mich auf seinen Thron. Der Chefsessel war dermaßen absurd gepolstert und zusätzlich mit Fell ausgeschlagen, dass die Bezeichnung *Thron* tatsächlich am besten passte. Ich wagte es, meine Füße testweise auf die Tischplatte zu legen. Sofort zog ich sie angewidert wieder herunter. Dieses Gehabe passte einfach nicht zu mir, das wirkte nur lächerlich. Neugierig öffnete ich die oberste Schreibtischschublade und fand eine Holzkiste mit Havannazigarren, fast so dick wie Salatgurken. Angeekelt schloss ich die Schublade und stand auf. Nein, hier konnte ich mich nicht wohlfühlen, selbst wenn ich zehnmal Leiter dieser Dienststelle werden sollte. Ich beschloss, die Kaffeemaschine als einziges Beutestück zuzulassen und den Rest des Saales vorläufig als No-go-Area zu betrachten.

Bevor ich zu Jutta und Gerhard ging, suchte ich unseren Hausmeister auf und beauftragte ihn, den Kaffeeautomaten aus KPDs Büro bei Jutta aufzubauen.

»Des werd awer ä paar Dach daure«, meinte dieser. »Die Maschin is jo mit ähm extradicke Wasseraschluss direkt verbunne. Do muss ich zuerscht ä Leidung in des Biro vun de Fra Wagner leche.«

»Kein Problem«, antwortete ich. »Vergessen Sie bitte nicht den Kaffee, der muss auch irgendwo stehen.«

Jutta und Gerhard sahen mich fragend an, als ich eintrat.

»Können wir auf den linken Stuhl verzichten und den Besprechungstisch einen halben Meter zur Seite schieben?«

Meine Kollegen schauten sich an und schüttelten synchron die Köpfe. »Bist du ab sofort für Umbaumaßnahmen verantwortlich?«, fragte Gerhard. »Hat dich der Polizeipräsident degradiert? Ist das Gespräch anders verlaufen als erhofft?«

»Keineswegs«, antwortete ich fröhlich, setzte mich an den Besprechungstisch und seufzte theatralisch. »Wir brauchen bessere Kekse, aber ich wiederhole mich.«

»Wenn du uns jetzt nicht sofort sagst, was los ist, bekommst du keinen Kaffee«, drohte Jutta.

»Volltreffer«, sagte ich in ihre Richtung. »Immerhin habe ich unseren Koffeinnachschub gesichert.« Ich zeigte neben mich. »Wenn wir den Tisch auf die Seite schieben, passt in die Lücke KPDs Kaffeeautomat.«

Jutta stand der Mund offen. »KPDs Luxus-Kaffeeautomat *Koffein 3000*?«, fragte sie mit zittriger Stimme.

»Der mit dem Direktwasseranschluss und den 125 Wahlmöglichkeiten?«, ergänzte Gerhard.

»Genau den.«

Jutta lächelte. »Das wäre zu schön, um wahr zu sein. Du hast aber sicherlich mit dem Polizeipräsidenten nicht über KPDs Kaffeeautomaten gesprochen, sondern über unseren Chef.«

»Das eine muss das andere nicht ausschließen«, sagte ich und grinste beide an.

»Wirklich?« Jutta konnte es immer noch nicht glauben. »Die monatlichen Leasingraten der Maschine sind höher als mein Gehalt, von den Kaffeebohnen ganz zu schweigen.« Sie dachte kurz nach. »Außerdem habe ich in meinem Büro keinen Wasseranschluss.«

»Der Hausmeister ist bereits instruiert«, legte ich nach. »Zwei Büros weiter ist der Waschraum. Da lässt sich sicherlich eine provisorische Leitung legen, bis wir umziehen.«

»Umziehen?« Die Frage kam von beiden gleichzeitig.

»Das habe ich allerdings mit Herrn Baumann noch nicht im Detail besprochen. Ich dachte mir, dass wir KPDs Saal in ein Großraumbüro umbauen, natürlich mit ein paar Trennwänden als Sichtschutz. Die Bibliothek, die Vitrinen und die Schnapsglas-Sammlung fliegen raus, dafür kommen ein Kicker und ein paar Flipper dazu, so richtig alte mechanische Geräte, die nahezu unverwüstlich sind und ein paar Schläge auf die Seite vertragen.«

»Du spinnst«, meinte Jutta.

»Okay, beim Kicker und den Flippern ist meine Fantasie mit mir durchgegangen. Sobald ich aber offiziell Leiter dieser Dienststelle bin, sollten wir uns das mit dem Umzug durch den Kopf gehen lassen.«

»Und KPD? Kommt der definitiv nicht mehr zurück?«

»Sehr unwahrscheinlich«, sagte ich mit mehr als einer Portion Optimismus. »Selbst wenn er irgendwann aus der Untersuchungshaft entlassen wird, dürfte er als Leiter einer Kriminalinspektion kaum mehr tragbar sein. Der Polizeipräsident hat das jedenfalls so durchblicken lassen.«

Inzwischen hatten sich die beiden zu mir an den Besprechungstisch gesetzt.

»Meinst du, wir könnten eine Fitnessecke einrichten?«, fragte Gerhard vorsichtig.

Jutta funkelte ihn böse an. »Setz du dem Reiner nur noch weitere Flöhe ins Ohr.«

»Alles ist möglich«, antwortete ich salomonisch und ergänzte in Richtung meiner Kollegin, »Sogar eine Yogaecke. Bevor ihr aber vor Neugierde platzt: Ich habe den offiziellen Auftrag, in Sachen KPD undercover zu ermitteln. Dem Polizeipräsidenten geht es primär weniger um KPD, der könnte von ihm aus durchaus eine Weile in seiner Zelle schmoren, sondern um die Wormser Beamten. Da hat er wohl noch eine alte Rechnung offen. Jedenfalls vertraut Baumann zu recht auf meine Kompetenz und bat mich, den Fall vor den Wormsern zu lösen. Das alles zwar ohne offiziellen Zugang zu der Ermittlungsakte, dafür aber mit eurer Hilfe. Mehr Personen sollen davon aber nicht erfahren.«

»Und Jürgen?«, fragte Gerhard. »Den brauchen wir auf jeden Fall.«

»Klar, der gehört automatisch zu unserem Team. Bestimmt kann er ein paar nützliche Daten abgreifen. Wo ist er überhaupt?«

»In Heidelberg«, erklärte Jutta. »Der Bingoklub seiner Mama macht heute seinen jährlichen Ausflug. Dieses Jahr fahren sie mit einem Ausflugsschiff der *Weißen Flotte* auf dem Neckar von Heidelberg ins Tal nach was weiß ich.«

»Armer Jürgen«, bedauerte ich ihn. »Der wird bestimmt seekrank.«

»Seekrank?«, schoss Jutta quer und lachte. »Auf Flüssen wie Neckar und Rhein werden nur extrem sensibel veranlagte Mimosen seekrank.«

Ich beschloss, das Thema zu wechseln. »Dann ist Jürgen morgen ja wieder im Dienst«, stellte ich abschließend fest.

»Hast du schon einen Plan?«, fragte Jutta aufgeregt.

»Zunächst erzähle ich euch, was an dem Tag von KPDs Festnahme passierte. Zumindest das, was ich aus meiner Warte heraus miterlebt habe.«

Ich holte weit aus, verzichtete allerdings auf redundante Informationen wie meine Schwiegermutter sowie Stefanies übersteigertes Problem bezüglich meiner Kleiderauswahl.

»Jede Dienststelle scheint seine Problembeamten zu haben«, konstatierte Jutta, nachdem ich meine Erzählung beendet hatte. »Ich weiß nicht, ob mir KPD oder der Wormser Westernheld lieber wäre.«

»Weder noch«, sagte ich. »Millionen von Arbeitnehmern leiden ebenfalls unter ihren unfähigen Chefs, das ist kein Phänomen von Polizeidienststellen.«

Wir schwiegen ein paar Minuten, dann meinte Jutta: »Einen richtigen Plan hast du trotzdem nicht, oder?«

»Ich hab noch keine Idee, wo ich ansetzen könnte«, gab ich zu. »Zunächst versuche ich mein Glück im Mannheimer Knast, was mich vor zwei Probleme stellt: Zum Ersten muss ich irgendwie reinkommen, zum Zweiten weiß ich nicht, wie KPD reagiert. Unser zufälliges Treffen auf der Jacht war nicht gerade von gegenseitiger Freude geprägt.«

»Mannheim ist natürlich eine Bastion«, bestätigte mein Kollege. »Dein Dienstausweis dürfte jedenfalls wenig hilfreich sein.«

»Dafür haben die Wormser Beamten sicherlich gesorgt«, sagte ich mit einem tiefen Seufzer. »Irgendwas wird mir während der Hinfahrt einfallen.«

»Soll ich mitkommen?«, fragte Jutta.

»Ne, lass mal, aber vielen Dank. Ihr könnt in der Zwischenzeit die Vorstandsmitglieder des Vereins unter die Lupe nehmen.« Ich schnappte mir einen Zettel und notierte die Namen, die ich kannte. »Insbesondere diese Personen, die sind aber nicht alle im Vorstand.«

Gerhard überflog den Zettel. »Was ist mit deiner Cousine und ihrem Mann, dem Hafenmeister?«

»Was soll mit denen sein?« Ich überlegte kurz, dann nickte ich, zog Gerhard den Zettel aus der Hand und ergänzte die Namenliste mit Elke und Claus Bissinger. »Die beiden selbstverständlich auch.« Ich konnte mir zwar beim besten Willen nicht vorstellen, dass sie etwas mit der Tat zu tun hatten, doch ausschließen konnte ich es mit letzter Gewissheit nicht, und Vetternwirtschaft wollte ich mir auf gar keinen Fall vorwerfen lassen.

»In der Nähe des Jachthafens gibt es eine Firma mit dem Namen *Allegro* oder so ähnlich. Dorthin wurde das Boot des Opfers geschleppt. Schaut einmal, ob ich irgendwie einen informellen und unverdächtigen Zugang bekommen kann. Vielleicht als Kaufinteressent für eine Jacht.«

»Du und eine Jacht kaufen?« Jutta lachte.

»Der Wormser Cowboy ist sich sicher, dass ich eine besitze«, antwortete ich und stand auf.

»Du fährst nach Mannheim?«, fragte Jutta. »Sollen wir uns nicht vorher gemeinsam eine plausible Geschichte ausdenken?«

»Unter Zeitdruck fällt mir bestimmt das Passende ein«, lehnte ich ab, ohne auch nur die kleinste Idee zu haben, wie ich die Mannheimer Bastille knacken konnte.

Unzählige rote Ampeln später und wegen des zähflüssigen Verkehrs mit erhöhtem Blutdruck, parkte ich in der Herzogenriedstraße auf dem Besucherparkplatz der Justizvollzugsanstalt Mannheim, der größten in Baden-Württemberg. Über 700 männliche Kandidaten genossen in diesem Gebäudekomplex im geschlossenen Vollzug für kürzere oder längere Zeit Vollverpflegung und Unterkunft auf Staatskosten.

MANNHEIMER KNASTGESCHICHTEN

Unterwegs war mir tatsächlich eine Taktik eingefallen, um zu KPD vordringen zu können. Als Mitarbeiter der Schifferstadter Kriminalinspektion, der seinen Chef besuchen wollte, wäre ich von vornherein genauso chancenlos gewesen, als wenn ich mich, nicht ganz legal, als Verteidiger oder Angestellter eines Verteidigers ausgegeben hätte. Druck muss von oben kommen, wie schon mein Physiklehrer sagte und es KPD als Lebensmotto verinnerlicht hatte.

Ich schnaufte tief durch, nahm eine selbstbewusste Haltung ein und klingelte an der Sprechanlage der Pforte, der Zugangsbarriere zur Vollzugsanstalt.

»Guten Tag«, schrie ich voller Elan in den unschuldigen Lautsprecher. Ich sah, wie sich ein junger Beamter, der in einem gläsernen Minibüro saß, das Headset vom Kopf riss. Wohl nicht ganz sicherheits- und regelkonform kam er, nachdem er mit den Handflächen seine Ohren massiert hatte, aus der Pforte herausgestürmt.

»Wer sind Sie? Warum schreien Sie so?«

»Bin ich laut?«, konterte ich mit kaum leiserer Stimme.

Dem unerfahrenen Beamten fehlte unzweifelhaft die Routine des Tagesgeschäfts. Er schaute sich um, ob ein älterer Kollege, der ihm beistehen konnte, in der Nähe war. Ich erhöhte den psychischen Druck.

»Haben Sie meine Zugangserlaubnis erhalten?«, brüllte ich ihn an, obwohl er gerade mal einen Meter vor mir stand.

Ich drückte meine Brust heraus, wie ich es schon 1.000-mal bei meinem Chef gesehen hatte.

»Zugangs... äh ... Zugangserlaubnis?«, stotterte er.

»Ich bin doch in der Justizvollzugsanstalt Mannheim, oder?«, bellte ich weiter. »Ich dachte, an diesem Ort arbeitet die baden-württembergische Elite, und die soll auf Zack sein!«

Der Jungbeamte wurde immer nervöser. »Da muss ich bei meinem Vorgesetzten rückfragen. Wie ist Ihr Name?«

»Palzki, hatte ich das nicht bereits erwähnt? Ich komme im Auftrag des Ludwigshafener Polizeipräsidenten, Herrn Polizeidirektor Henrik Baumann, um das förmliche Disziplinarverfahren gegen einen Ihrer Untersuchungshäftlinge zu eröffnen.«

»Ich weiß davon leider nichts«, sagte er entschuldigend. »Ich kläre das sofort ab.«

Der Beamte ging zurück in den Glaskäfig und führte mehrere Telefongespräche. Kurz darauf trat ein Beamter aus dem großen Zugangstor, dessen Ausbildung schon eine Weile zurücklag. »Zu wem wollen Sie?«, meinte er ohne jedwede vorherige Begrüßung, während er mich unverhohlen anstarrte.

»Zu Diefenbach«, antwortete ich. »Mein Chef will noch heute das Verfahren gegen diese unliebsame Person eröffnen. Diefenbach muss schnellstmöglich suspendiert und wegen eines schweren Dienstvergehens aus dem Beamtenverhältnis entfernt werden.«

Er wurde hellhörig. »Von welcher Dienststelle kommen Sie? Wir haben die klare Anweisung, keinen Mitarbeiter von Herrn Diefenbach Zutritt zu gewähren.«

»Das verstehe ich und ist durchaus plausibel«, bluffte ich. »Ich und mein Team kooperieren in diesem Fall mit den Wormser Behörden. Diefenbach ist Dienststellenleiter irgendwo in der Vorderpfalz. Nachdem ihn unsere Wormser Freunde in Untersuchungshaft verbracht haben, will ihn sein zuständiger Vorgesetzter, der Polizeipräsident Baumann, nun schnellstmöglich suspendieren, wenn Sie wissen, was ich meine. Eine schlechte Presse drüben in der Pfalz können wir nämlich gar nicht gebrauchen.« Ich hielt ihm meinen Dienstausweis hin, verdeckte aber einen Teil mit dem Finger, sodass er die Dienststelle Schifferstadt nicht erfassen konnte.

»Der Ruf der Vorderpfälzer ist sowieso gänzlich ruiniert, haben uns die Beamten aus Worms berichtet.« Er setzte ein fieses Grinsen auf. »Wir sollen eine Zugangserlaubnis für Sie vorliegen haben. Ich weiß nichts davon.«

Jetzt war es an der Zeit, meinen Bluff komplett auszuspielen und zu hoffen, dass der Polizeipräsident richtig reagierte. »Da muss wohl im Präsidium in Ludwigshafen wieder einmal etwas schiefgelaufen sein«, entschuldigte ich mich devot. »Das passiert uns leider öfter in letzter Zeit. Bitte rufen Sie direkt in Ludwigshafen bei Herrn Polizeidirektor Henrik Baumann an. Er wird meinen Auftrag bestätigen.«

Wortlos ging der Beamte in die Pforte und telefonierte. Was für ein Affentheater, dachte ich. Solch einen Eiertanz hatte ich schon lange nicht mehr aufführen müssen.

Mein Bestreben führte zum Erfolg, und nur das zählte. Der Mannheimer Beamte kam zurück und nickte mir zu. »Der Polizeipräsident hat Ihre Geschichte bestätigt. Das nächste Mal bringen Sie die Genehmigung persönlich mit.« Er ging erneut in die Pforte und füllte ein Formular aus. Währenddessen trat ein weiterer Beamte aus dem Tor der Anstalt.

»Egon, bringe Herrn Palzki bitte in den Besprechungszimmertrakt B4. Dann bringst du ihm den Untersuchungshäftling Klaus Diefenbach.«

»Diefenbach?«, sagte Egon entsetzt. »Aber nur, wenn er sich inzwischen beruhigt hat. Heute früh mussten wir unseren diensthabenden Arzt hinzuziehen und ihm zwangsweise eine Beruhigungsspritze verpassen, weil er sich aufgeführt hat wie ein Berserker. Er schrie und motzte über die karge Zelleneinrichtung, das viel zu grobe Toilettenpapier, den miserablen Kaffee und den angeblichen Fraß, der ihm zum Frühstück serviert wurde.«

»Das ist Herr Diefenbachs normales Verhalten«, mischte ich mich ein und seufzte bestätigend. »Er ist zwar ein äußerst unangenehmer Zeitgenosse, wird aber nur selten handgreiflich.«

»Er soll einen Menschen erschossen haben«, entgegnete Egon ernst.

»Aus diesem Grund bin ich ja gekommen«, sagte ich. »Um weiteres Unheil zu verhindern. Ein des Mordes Verdächtiger ist als Beamter im gehobenen Dienst untragbar.« Dies war ein Beamter zwar erst nach einer rechtskräftigen Verurteilung, was ich aber geflissentlich unterschlug.

»Na, dann kommen Sie mal mit.«

Ich hatte die erste Hürde überwunden und durfte in Begleitung den über 100 Jahre alten Komplex betreten. Die Laufwege waren lang, und ständig standen wir vor einer verschlossenen Gittertür oder einem Tor. Der Beamte, von dem ich nur den Vornamen Egon kannte, schloss stoisch die Türen vor uns auf und hinter uns wieder zu. Solch einen Job würde ich keinen Monat durchhalten, ohne eine Psychose oder Schlimmeres zu entwickeln. Zweimal ging es eine Treppe nach oben, längst hatte ich die Orientierung verloren. Zum x-ten Mal bogen wir ab. Direkt hinter der Ecke stand ein Mensch, um ein Haar wäre es zu einem Zusammenstoß gekommen. Wir starrten uns mit offenen Mündern an. Mit jeder anderen Person hätte ich, zumindest theoretisch, an diesem Ort gerechnet: dem Bundeskanzler oder von mir aus auch dem Bundespräsidenten, selbst beim Anblick des Papstes oder Elvis Presleys wäre ich nicht so verwundert gewesen.

Mein Begleiter bemerkte die Überraschung und blieb unschlüssig stehen.

Unser Gegenüber war genauso überrascht. »Herr Palzki?«, fragte er zaghaft. »Was machen Sie an diesem Ort? Sind Sie ein Häftling?«

»Sie kennen sich?«, mischte sich Egon ebenfalls mit einer Frage ein.

»Flüchtig«, sagte ich ohne Hintergedanken an dieses absurde Wortspiel, während mein Herz auf Turbo schaltete und versuchte, aus dem Brustkorb zu springen. Dieses unerwartete Aufeinandertreffen brachte meine Taktik ins Wanken. Es war exorbitant wichtig, nicht als Untergebener von KPD erkannt zu werden. Ich musste diesen Hobbyschriftsteller zum Schweigen bringen, wenn auch leider nicht für immer. Seit Jahren verfolgte mich der ewige Archäologiestudent, Dietmar Becker, in meinen Träumen und der Realität. Mit einer Nebenbeschäftigung hatte es begonnen: Um sein Studium zu finanzieren, schrieb er kleinere Artikel für regionale Tageszeitungen. Bei einer harmlosen Recherche über den »Gemüsegarten Vorderpfalz« kam er mir zufällig bei einer Ermittlungssache zu einem mysteriösen Todesfall in die Quere. Er heftete sich an meine Fersen und schrieb nach der Festnahme des Täters einen meiner Meinung nach überzeichneten und völlig unrealistischen Regionalkrimi über diese Sache. Nach einer gewissen Zeit musste ich feststellen, dass es eine überraschend große Zielgruppe gab, die Beckers belanglose Krimis las. Jedenfalls fühlte sich der Student von seinem Ersterfolg angespornt und mischte sich seitdem ständig bei allen schwierig zu lösenden Kapitalverbrechen in unsere Ermittlungsarbeit ein. Bald zog er nicht nur KPD als Informanten auf seine Seite, er erdreistete sich zudem, die Ermittler in seinen hanebüchenen Krimis mit realen Personen und Namen zu bestücken, um den Geschichten angeblich mehr Authentizität zu verleihen. Als Gipfel der Unverschämtheit kam hinzu, dass er, seit ich dem Studenten eines Tages versehentlich das Leben rettete, seinen fiktiven Kommissar in »Reiner Palzki« umtaufte.

Während ich hastig überlegte, wie ich Becker auf eine falsche Spur bringen könnte, ohne den Namen KPDs zu erwähnen, stellte Egon erneut eine Frage: »Möchten Sie auch zu Herrn Diefenbach?«, fragte er ungläubig.

Dietmar Becker benötigte nur eine Sekunde, um die Situation zu erfassen. »Diefen… äh, Diefenbach? Äh, ja natürlich, wie Herr Palzki.«

»Dann kommen Sie mal mit. Normalerweise hätte das am Empfang ordnungsgemäß protokolliert werden müssen. Bestimmt ist mal wieder etwas schiefgelaufen. Bei uns gibt es viel zu viele Formulare und unterschiedliche Handlungsanweisungen.«

»Das passiert uns in Ludwigshafen auch ständig«, meinte ich, um Becker zuvorzukommen, damit er nichts Unüberlegtes sagte.

Nach ein paar weiteren Gängen kamen wir in einen Trakt, in dem sich mehrere spartanisch eingerichtete Zimmer befanden, in denen Anwälte und andere Besucher nach Voranmeldung mit den Untersuchungshäftlingen sprechen konnten. »Ich hole jetzt Herrn Diefenbach«, sagte Egon und ergänzte: »Sehr ungewöhnlich, dass zwei Personen gleichzeitig zum Gespräch zugelassen werden.«

»Diefenbach ist eine harte Nuss«, erklärte ich ihm. »Sie haben ja selbst Ihre Erfahrung mit ihm gemacht.«

»Stimmt auch wieder, bis gleich.«

»Was machen Sie hier?«, fragten Becker und ich gleichzeitig, nachdem wir alleine waren.

»Sie zuerst«, befahl ich.

»Ich schreibe eine Miniserie über die geplanten Umbau- und Renovierungsmaßnahmen der Justizvollzugsanstalt der nächsten Jahre. Zur Vorbereitung habe ich vorhin eine Führung durch das Bauwerk erhalten. Wir waren gerade auf dem Weg zum Ausgang, als wir uns über die Füße gelaufen sind.«

»Wer ist *wir*?«, fragte ich neugierig. »Sie standen doch allein im Flur herum?«

Becker grinste. »Der mich begleitende Beamte leidet unter Diarrhö. Zweimal mussten wir bei unserem Rundgang eine Pause einlegen, weil er mal schnell verschwinden musste. Ich habe viel Zeit mitgebracht, daher habe ich das mit Humor genommen.«

»Und was passiert, wenn der Beamte von der Toilette zurückkommt und Sie nicht mehr vorfindet?«

Becker zuckte mit den Achseln. »Hierbehalten werden sie mich wohl nicht. Vielleicht denkt er, dass mich einer seiner Kollegen zum Ausgang gebracht hat. Oder er wird mich suchen, aber kaum in diesem Zimmer.«

»Wenn das rauskommt!«, drohte ich ihm.

»Mir fällt bestimmt etwas ein«, konterte Becker. »Im Notfall beziehe ich mich auf meine Verbindungen zur Schifferstadter Kriminalinspektion.«

»Auf gar keinen Fall.« Ich schaute ihn streng an. »Ich bin inkognito in Mannheim. Niemand darf wissen, dass ich aus Schifferstadt komme.«

Der Möchtegernkrimischreiber war verwirrt. »Und Herr Diefenbach? Warum sitzt er überhaupt in Untersuchungshaft? Oder habe ich das falsch verstanden?«

»Nein, gegen KPD wird tatsächlich ermittelt. Ihm wird vorgeworfen, am Wochenende in Worms einen Menschen erschossen zu haben.« Es nützte nichts, ich musste mit der Wahrheit herausrücken, um noch eine kleine Chance zu haben, meinen Auftrag erfüllen zu können.

Becker bekam große Augen. »Diefenbach soll jemanden erschossen haben? Das glaube ich nicht.«

»Stimmt auch nicht«, erklärte ich ihm. »Die Festnahme haben die Wormser Beamten veranlasst. Daher trete ich im Auftrag des Ludwigshafener Polizeipräsidenten und nicht als Mitarbeiter von KPD auf. Haben wir uns verstanden? Am besten, Sie bleiben im Hintergrund, wenn er jetzt gleich hereingebracht wird, damit ich nicht auffliege.«

Dietmar Becker hatte sich in der vergangenen Minute sichtbar verändert. Ich kannte ihn gut genug, er witterte Stoff für einen seiner unsäglichen Kriminalromane. Im Schnelldurchgang berichtete ich ihm notgedrungen von den Erlebnissen während des Hafenfestes und ließ auch das Aufeinandertreffen mit KPD und dessen Festnahme nicht aus. Bevor ich den Studenten weiter instruieren konnte, wurde KPD in Handschellen in den Besprechungsraum gebracht. Zum ersten Mal sah ich meinen Vorgesetzten unrasiert. Auch der Rest von ihm sah ziemlich derangiert aus.

»Höchstens eine halbe Stunde«, meinte Egon und verließ den Raum.

»Die Unterbringung ist entwürdigend«, begann KPD mit einer Schimpftirade, die mehrere Minuten andauerte und mir keine Gelegenheit bot, ihn zu unterbrechen. Erst als ich übertrieben deutlich auf meine Armbanduhr schaute, hielt er inne.

»Acht Minuten unserer halben Stunde sind bereits verbraucht«, sagte ich streng. »Wollen wir langsam zum Thema kommen?«

KPD verstand. »Gut, dass Sie Herrn Becker mitgebracht

haben. Das war eine sehr vernünftige Entscheidung.« Er wechselte die Blickrichtung und sah fortan nur noch den Studenten an. »Herr Becker, ich brauche Ihre Hilfe. Im Gegenzug biete ich Ihnen an, genügend Stoff für einen neuen Krimi zu liefern. Eine Geschichte von Lug und Trug und Mord und weiteren scheußlichen Verbrechen. In meinem Kopf habe ich die Handlung bereits grob vorstrukturiert. Sie werden sehen, Ihr nächstes Werk wird ein Bestseller, was sage ich, ein Weltbestseller.«

Der Student zückte seinen Notizblock, während ich mich desillusioniert zurücklehnte. Irgendwie nahm mein Plan eine ganz andere Richtung als ursprünglich gedacht.

»Es ist dieser Jachtklub in Worms, um den sich alles dreht«, sprach KPD weiter. »Unbeachtet von der Öffentlichkeit passieren dort seit vielen Jahren die schlimmsten Dinge, die man sich vorstellen kann. Herr Becker, Sie müssen noch heute diesem Verein beitreten, damit Sie dort undercover ermitteln können.«

»Aber …« Ich wollte KPD unterbrechen und ihn darüber aufklären, dass ich durch meine Cousine und ihren Mann bereits intensive Kontakte zu dem Verein besaß.

KPD ließ mich nicht zu Wort kommen. »Herr Palzki bleibt außen vor«, sprach mein Chef weiter in Beckers Richtung. »Palzki können wir unmöglich in den Verein einschleusen. Keiner würde ihm abnehmen, dass er eine Jacht besitzt. Außerdem kennt er dort keinen Menschen und bei meiner misslungenen Befreiungsaktion hat er sich als passiver Polizeibeamter geoutet. Nein, Palzki ist bei dieser Ermittlung verbrannt.«

Becker verstand nichts. »Wieso können Ihre Mitarbeiter nicht offiziell ermitteln? Jeder im Verein weiß doch inzwischen bestimmt, dass Sie der Dienststellenleiter aus Schifferstadt sind.«

»Mitarbeiter?«, fragte KPD nach und legte seine Stirn in Falten. »Ach so, Sie meinen meine Untergebenen. Das geht nicht, Herr Becker, die Wormser Beamten haben eine Intrige gegen mich als guten Chef geschmiedet. Keiner meiner Untergebenen kann und darf sich in Worms blicken lassen.«

»Ach so, darum die Geheimnistuerei von Herrn Palzki.« Becker wusste nun, warum ich mich inkognito in Mannheim aufhielt.

»Geheimnistuerei?« Nun verstand KPD nicht, da er von den Schwierigkeiten, zu ihm vorzudringen, keine Ahnung hatte. »Palzkis Gedankengänge werden für mich immer ein Geheimnis bleiben«, brüskierte er mich weiterhin, ohne dass es ihm bewusst wurde. »Herr Becker«, fuhr er eindringlicher fort, »ich weiß nicht, wie lange mich die Behörden in diesem Loch festhalten werden. Die Rache ist mein und wird fürchterlich sein. Dazu gehört, dass ich, mit Ihrer Hilfe als Stellvertreter, das Kapitalverbrechen schnellstmöglich als Erster aufkläre. Diese Schmach wird den Wormsern eine Lehre sein.«

Dietmar Becker nickte zustimmend. »Dann bräuchte ich aber ein paar Hintergrundinformationen. Was wissen Sie über den Jachtklub?«

»Alles«, sagte KPD großspurig. »Den Rest kombinierte ich inzwischen auf logischer Basis eindeutig zusammen. Passen Sie vor allem auf den Hafenmeister auf. Er wirkt auf mich sehr verdächtig. Ich habe mich mit meiner außerordentlichen Menschenkenntnis noch nie geirrt. Bei meinen bisherigen Besuchen auf dem Gelände des Vereins ist er immer irgendwo herumgeschlichen und hat so getan, als würde er Leitungen verlegen oder Reparaturen durchführen. Eine völlig undurchsichtige Person, Herr Becker. Aber auch die anderen Mitglieder des Vorstands benehmen sich bisweilen merkwürdig. Es würde mich nicht wundern, wenn die Ermittlungen gleich mehrere unabhängige illegale Delikte ans Tageslicht bringen würden.«

»Drogengeschäfte? Mafiöse Strukturen?«, unterbrach Becker.

KPD wiegte seinen Kopf hin und her. »Wer weiß, ganz so weit würde ich zum jetzigen Zeitpunkt noch nicht gehen wollen. Trotzdem, da stimmt etwas nicht, und Sie klären das für mich auf, indem Sie die Beweise liefern.«

Becker kritzelte ein paar Worte in sein Notizbuch. »Warum hielten Sie sich zum Tatzeitpunkt auf der Jacht des Ersten Vorsitzenden auf? Können Sie mir den Tatvorgang beschreiben?«

Diefenbach knurrte zunächst unwillig. »Wenn es denn unbedingt sein muss: Ich habe dem Ersten Vorsitzenden, Herrn Doktor Krebs, vor einer Woche ein Angebot vorgelegt, das er meiner Meinung nach nicht ablehnen konnte. Er zierte sich dennoch, deshalb habe ich an dem Tag des Hafenfestes mein Angebot leicht nachjustiert. Damit uns niemand abhört, sind wir mit seiner Jacht aus dem Hafen zum Rhein gefahren. Dann stoppte er das Boot, und wir unterhielten uns auf dem Deck. Er wollte zu meinem bereits sehr guten Angebot Zusatzbedingungen stellen und für sich ein paar private Goodies herausschlagen. Das ist für mich kein Problem, solche Kleinigkeiten regle ich stets großzügig. Meist geht es darum, bestehende oder zukünftige Strafzettel wegen überhöhter Geschwindigkeit auf dem kleinen Dienstweg aus dem System zu nehmen oder Vorstrafen vor Ablauf zu löschen, damit das Führungszeugnis wieder makellos ist.«

»Um welches Angebot ging es konkret?« Ich freute mich, dass Becker hartnäckig blieb.

»Natürlich um die Vereinsübernahme durch mich als Privatperson. Ich will kräftig in diesen Jachtklub investieren. Auf der Dienststelle läuft meine Schwarzgeldkasse über, daher muss ich in dieser Nullzinszeit in sinnvollen Vermögenswerten investieren. Mein Plan ist, das Hafenbecken deutlich zu vergrößern und mit anderen Jachtklubs an Rhein und Neckar zu fusionieren, natürlich unter meiner Leitung.«

Und hier war sie wieder, die Diagnose Größenwahn, die KPD mit einem bayerischen Märchenkönig teilte.

»Wollen Sie Ihren Job als Dienststellenleiter quittieren und das Beamtenverhältnis kündigen?«, fragte Becker überrascht. So gut kannte er meinen Chef anscheinend doch nicht.

KPD sah seinen Lakaien verwirrt an. »Wie kommen Sie auf diesen Quatsch?«, fragte er. »Hat Ihnen Palzki mal wieder einen Floh ins Ohr gesetzt? Das sind alles Fake News, selbstverständlich werde ich der gute Chef der Schifferstadter Kriminalinspektion bleiben. Jedenfalls solang, bis mich der Innenminister in sein, äh, das tut jetzt nichts zur Sache. Ich bin und bleibe Beamter, Herr Becker.«

»A… ab… aber Ihre Idee mit den Jachtklubs. Wie wollen Sie das alles managen als Chef einer Polizeibehörde?«

»Das ist alles nur eine Sache der Organisation«, prahlte Diefenbach. »Ich werde vieles delegieren, sinnvollerweise aber nur in den unteren Rängen. Die Fäden werden auf jeden Fall bei mir zusammenlaufen wie bei einem meisterlichen Marionettenspieler, alles andere ist undenkbar. Niemand kann mit meiner Expertise und meiner Erfahrung mithalten. Und dann …«

Ich wagte, meinen Chef mit einem erneuten Blick auf die Uhr zu unterbrechen. »Uns bleibt nicht mehr viel Zeit …«

KPD funkelte mich böse an. »Was wollen Sie noch wissen, Herr Becker?«

»Wie es zum Mord kam, Herr Diefenbach. Darüber liegen mir bis jetzt keine Infos vor.«

»Da gibt es auch nichts zu berichten. Wir standen auf dem Deck und unterhielten uns. Plötzlich und ohne Vorwarnung drehte er sich zur Seite und sprang ins Wasser.«

»Er *sprang*?«

»So sah es für mich jedenfalls aus. Ich habe weder einen Schuss gehört noch irgendeine andere Besonderheit bemerkt. Als mein Verhandlungspartner nicht mehr auftauchte, dachte ich, er sei an das Ufer geschwommen. Verärgert stellte ich fest, dass er den Zündschlüssel mitgenommen hatte. Ich wählte daraufhin mit meinem Mobiltelefon den Notruf, erhielt aber nur freche Kommentare. Der Beamte am anderen Ende der Leitung hat den Ernst der Lage nicht verstanden, obwohl ich mein Problem ausführlich geschildert habe.«

Unwillkürlich musste ich grinsen. Wahrscheinlich wurde KPDs Anruf als Juxtelefonat eines abgedrehten Spinners eingeordnet.

»Wer hat Sie schließlich gerettet?«

Mein Chef bekam einen roten Kopf. »Das hat ewig gedauert, bis jemand kam, ich war bereits ziemlich durchgefroren. Und dann brüskierte mich dieser Möchtegerncowboy von der Wormser Polizei, indem er mir Handschellen anlegte, der Hafenmeister war übrigens bei dieser Erniedrigung ebenfalls dabei. Ein Affront gegen mich, die Demokratie und die Gewaltenteilung!« Er schaute kurz mit grimmigem Blick zu mir. »Palzki stand stumm daneben und griff nicht ein. Dafür werde ich ein Disziplinarverfahren anstreben, sobald ich aus der Untersuchungshaft komme. Aufmüpfige Untergebene kann ich an meiner sehr gut geführten Dienststelle nicht gebrauchen.«

Ich beherrschte mich vorbildlich und blieb stumm. Im Moment war schließlich ich der Chef.

Becker indessen war die Situation peinlich. Um KPD auf

eine andere Spur zu bringen, fragte er weiter. »Hat Herr Krebs ...«

»Doktor Krebs«, unterbrach Diefenbach sofort. »Wahren Sie bitte die Form.«

Der Student seufzte und setzte neu an. »Hat Herr Doktor Krebs etwas gesagt, was auf ein Tatmotiv schließen lassen könnte? Hatte er mit einem anderen Vereinsmitglied Streit?«

»Das weiß ich doch nicht«, dröhnte KPD. »Ich habe mich mit ihm ausschließlich über mein Angebot unterhalten. Das wäre ja noch schöner, wenn ich mich für das Privatleben meiner Verhandlungspartner interessieren würde.« Er machte eine kurze Pause. »Doch, da war eine kleine Bemerkung über einen gewissen Oli irgendwer. Doktor Krebs hatte sich, während wir mit seiner Jacht in Richtung Rhein gefahren sind, darüber aufgeregt, dass dieser Oli ihm in seine Urlaubsplanung reinreden wollte. Es ging um zwei unterschiedliche Fahrtziele, soviel ich weiß.«

Bisher hatte das Gespräch für mich keine wesentlichen Neuigkeiten gebracht. Einzig und allein Dietmar Becker profitierte, was mich ziemlich nervte und ärgerte.

»Jetzt haben Sie aber genügend Material beisammen«, meinte KPD in Beckers Richtung. »Melden Sie sich unverzüglich bei diesem Verein an. Heute noch!«, ergänzte er.

»Mit welcher Begründung? Ich habe doch keine Jacht.« Becker wirkte hilflos.

»Nehmen Sie auf mein Schiff Bezug«, half ihm KPD. »Die Geldanlage liegt im Speyerer Jachthafen.«

»Und wie bringe ich Ihre Jacht nach Worms? Ich bin so ein Ding noch nie gefahren. Da braucht man doch bestimmt einen Führerschein.«

»Was wollen Sie mit meiner Geldanlage in Worms?«, fragte KPD. »Die Jacht bleibt selbstverständlich in Speyer liegen. Ich habe sie zurzeit gegen Umsatzbeteiligung an einen Bekannten vermietet. Sie sollen die Geldanlage selbstverständlich nur als Referenz bei Ihrer Aufnahme in den Verein angeben.«

»Aha«, meinte Becker unsicher. »Um sicherzugehen werde ich mir Ihr Boot anschauen. Wo finde ich es im Jachthafen?«

»Es ist das größte«, strahlte KPD. »Eigentlich sind in Speyer nur Boote mit einer Maximallänge von 15 Metern zulässig. Gegen eine Zusatzgebühr war der Klub aber sofort einverstanden, dass ich meine Geldanlage, die immerhin 18 Meter lang ist, trotzdem dort unterstellen darf. Die kleineren Boote werden dadurch bei der Ein- und Ausfahrt kaum behindert.«

»Und wie heißt Ihre Jacht?«

»Geldanlage«, sagte KPD. »Hören Sie mir überhaupt zu?«

»Ihre Jacht trägt den Namen *Geldanlage*?« Nicht nur Becker war verwundert.

»Ein passender Name, finde ich«, erklärte Diefenbach stolz. »Ich bin stets für klare Verhältnisse. Schauen Sie sich meine Jacht ruhig an, der Mieter sollte vor Ort sein.«

Becker wollte gerade eine weitere Frage stellen, da ging die Tür auf, und Egon trat mit einer weiteren Person ein.

»Da sind Sie ja, Herr Becker«, meinte die mir unbekannte Person. »Ich habe Sie aus den Augen verloren, als ich von der …« Er schaute schüchtern zu Egon.

Der Student versuchte, nicht ganz ohne Eigeninteresse, ihm beizustehen. »Ich habe mich verlaufen und bin dann auf Herrn Palzki gestoßen, der mich freundlicherweise zu dieser Vernehmung mitgenommen hat. Wir drei kennen uns gut.« Er zeigte auf mich und KPD.

Während Egon meinen Chef mit einer Geste aufforderte aufzustehen, meinte er: »Das muss ich jetzt aber nicht verstehen, oder?«

Der Kollege mit den Darmproblemen klärte die Lage in seinem Sinn auf: »Ich begleite die beiden zum Ausgang, während du den Untersuchungshäftling in die Zelle bringst. Dann ist alles wieder so, wie es sich gehört, und wir sparen uns das Ausfüllen der Formulare.«

Egon murmelte etwas Unverständliches, tat aber, was sein Kollege empfahl.

Während wir die endlosen Gänge des Gebäudes entlanggingen, bedankte sich der Diarrhö-Beamte bei Becker: »Danke, dass Sie mich nicht verraten haben, das ist mir alles sehr peinlich.«

»Gern geschehen.« Becker lächelte zufrieden. »Für mich war die Führung mit Ihnen und das Gespräch eben sehr interessant und aufschlussreich. Ich war noch nie bei der Vernehmung eines Untersuchungshäftlings dabei. Im Fernsehen sieht das immer ganz anders aus.«

»In den Fernsehkrimis leidet auch nie ein Beamter an Durchfall«, sagte der Beamte mit bitterer Miene. »Manchmal geht auch bei uns etwas schief, in den Krimis wird die Szene dagegen einfach wiederholt.«

Der Check-out an der Pforte verlief ohne weitere Konflikte. Hinaus kam man anscheinend leichter als rein, was aber hoffentlich nicht für alle galt.

Dietmar Becker hatte seinen Wagen ebenfalls auf dem Besucherparkplatz abgestellt. »Das ist nicht meiner«, sagte er, als er den elektronischen Türschlüssel eines bayerischen Sportwagens betätigte. »Den habe ich mir von einem Kumpel ausgeliehen, meinen Fiat habe ich nicht mehr durch den TÜV gebracht. Irgendwas war mit den Bremsen nicht in Ordnung, obwohl ich die immer geschont und selten benutzt habe«, meinte er mit einem süffisanten Grinsen. »Ich hoffe, dass er mir den Wagen noch ein paar Tage leiht, sonst muss ich wie früher auf den öffentlichen Nahverkehr umsteigen, was manchmal etwas kompliziert ist.«

»Nach Schifferstadt und Speyer fahren sogar S-Bahnen«, stichelte ich ein bisschen.

»Nach Worms ebenfalls«, erwiderte er. »Aber der Rhein liegt ein ganz schönes Stück vom Bahnhof entfernt.«

»Dann viel Erfolg«, wünschte ich anstandshalber dem Studenten.

»Und was machen Sie, Herr Palzki?«

»Nichts, ich fahre zurück. KPD ist in Untersuchungshaft, und außerdem darf ich in der Sache nicht ermitteln. Ich werde die nächsten Tage genießen, das habe ich mir verdient.«

Becker gab sich damit nicht zufrieden. »Und was ist mit dem Polizeipräsidenten in Ludwigshafen?«

»Fragen Sie ihn doch«, beschied ich ihn unverfroren. »Mein Chef ist Diefenbach, und er hat Sie beauftragt, bei dem Wormser Verein zu ermitteln, nicht mich.«

»Aber ich bin doch gar kein echter Beamter«, wehrte sich Becker.

»Ich weiß«, setzte ich noch eins drauf. »Hat Sie das in der Vergangenheit schon ein einziges Mal gestört?«

»A… aber da waren doch Sie immer dabei, Herr Palzki«, flehte er.

»Dieses Mal müssen Sie wohl oder übel alleine ran. Sie sind volljährig, verfügen über einen rudimentären Schulabschluss und durften mir schon zigmal über die Schultern schauen, ganz abgesehen von den vielen Tipps, die Sie im Laufe der Zeit inoffiziell und illegal von Diefenbach erhalten haben.« Ich ließ Becker stehen und stieg in meinen Wagen.

Es war mir eine kleine Genugtuung, den Möchtegernschriftsteller auf diese Weise ein wenig in seine Schranken verweisen zu können. Nicht, dass er womöglich übermütig wurde.

Während ich in Richtung Pfalz rollte, wurde mir mein neues Problem bewusst. Ich musste parallel zu Dietmar Becker in gleicher Sache ermitteln, ohne dass er es mitbekam. Es war eine verrückte Welt: Becker im Auftrag KPDs, ich im Auftrag des Polizeipräsidenten. Zum Glück konnte ich auf meine verwandtschaftlichen Beziehungen aufbauen. Ich schnappte mir mein Mobiltelefon und rief Claus Bissinger an. Er war sofort damit einverstanden, dass wir uns in zwei Stunden im Vereinsheim des Jachtklubs trafen. Da er vorher einen Termin hatte und sich unter Umständen um ein paar Minuten verspäten konnte, gab er mir einen vierstelligen Code durch, damit ich das Tor zum Vereinsgelände öffnen konnte.

Zwei Stunden, genug Zeit, um mein momentan wichtigstes Grundbedürfnis zu befriedigen und ein Unternehmen zu besuchen.

Leider lag mein Lieblingsimbiss mit Kultstatus, die Speyerer *Currysau* nicht annähernd auf dem Weg von Mannheim nach Worms. Aufgeschoben war aber nicht aufgehoben. Ich war viel zu neugierig, um auf einen Blick auf KPDs *Geldanlage* zu verzichten. Sobald wie möglich würde ich die Jacht inspizieren, um sie ausführlich in meinem Ermittlungsbericht aufnehmen zu können, da ich fest damit rechnete, dass der Polizeipräsident den Bericht lesen würde. KPD hatte mich in den vergangenen Jahren dutzendfach beleidigt, geärgert, genervt und mit Rauswurf bedroht, dass ein bisschen Gegenwehr durchaus gerechtfertigt war. Selbstverständlich würde ich in meinem Bericht nicht übertreiben und ausschließlich Fakten benennen.

Nachdem ich mich über die verstopfte A6 zurück in die Pfalz gekämpft hatte, wechselte ich kurz nach der Rheinbrücke im Norden von Frankenthal auf die B9 und fuhr planlos ins Zentrum von Worms. Ich hatte den richtigen Riecher, ich fand seitlich eines Baumarktes einen Imbisswagen. Meine lebenserhaltenden Reflexe funktionierten: Der Magen knurrte, die Säureproduktion startete.

»Was willschten hawe?«, fragte eine suspekt aussehende Dame mit auffällig fettigen Haaren hinter dem Tresen ohne nähere Begrüßung. Sie wischte sich ihre Hände an einem Kittel ab, den sie sicherlich nicht den ersten Tag trug.

»Den größten Burger, den Sie im Angebot haben und als Sättigungsbeilage zwei Portionen Pommes, bitte. Mit einem anständigen Schlag Mayo.«

»Im Angebot hab ich denn Monat de John-Wayne-Börger, do is fascht ä halwes Rindvieh an Flesch druff. Ich hoff, du bischt kenner vun denne Salatheinis, oder? Vegetarisch Zeich gibt's bei mir nämlich net, ich hab ähn astänniche Imbiss.«

Worms gehört zwar genau genommen nicht mehr zur Pfalz, sondern wie die Landeshauptstadt Mainz zu Rheinhessen. Da die Grenzen aber fließend waren, wunderte ich mich nicht über den herben pfälzischen Dialekt der Imbissbetreiberin. »Passt schon«, gab ich ihr zu verstehen. »Salat steht nur selten und wenn, dann gezwungenermaßen auf meinem Speiseplan. Aber sagen Sie mal: Wieso haben Sie Ihren Riesenburger nach John Wayne benannt?« Ich hatte eine dunkle Vorahnung, wollte aber Gewissheit haben.

Die Dame johlte in einer dermaßen tiefen Tonlage, dass die Plexiglasschutzscheibe am Tresen vibrierte. »Ich hab ähn Diehl mit de Wormser Bulle am laafe«, erzählte sie, »vor allem mit ähm vun denne ihre Beamte, die do immer in de Weltgschicht rumfahre. Der Kerl laaft immer rum wie ähn Kauboy, is awer ä großes Vieh bei de Bulle … sogar ä Rindvieh«, flüsterte sie ergänzend.

Ich seufzte. »Ich kenne den Westernhelden.«

»Eijo, die meischte Leit in Worms kennen den.« Sie schaute sich hektisch um, dann machte sie eine Scheibenwischerbewegung vor ihrem Gesicht. »Wenn du misch frogscht, der Typ hot ähn Knall. Kä Ahnung, wie der des schafft, bei de Bulle net rausgschmisse zu werre. Iwwerall regt der sich uff und geht de Leit uff de Knorze.«

»Warum benennen Sie dann Ihren Burger nach ihm?«

Sie schaute sich erneut um und kontrollierte, damit niemand zuhörte. »Dess is mei Taktik. Als Gschäftsfraa muss ich uff mein Umsatz achte. Vor enner Weil hot misch der Kauboy uffgerecht, weil in meim Imbiss net alles so sauwer is, wie es sei soll. Der hot richtisch gsucht, ob er was finne tut, mit dem er mein Imbiss zumache kann.«

So langsam verstand ich. »Er hat Sie erpresst?«

»Eijo, was denkschten du? Ich hab den Kerl dann noch ä bissel runnerhandle kenne, weil ich den Drecksbörger noch seinem Lieblingsschauspieler John-Wayne umbenennt hab. Domit hab ich ä bissel sein Bauch gepinselt, wenn du wescht, was ich mähn.«

»Wieso Drecksburger?«, hakte ich nach. »Ist mit dem etwas nicht in Ordnung?«

Sie wurde eine Spur leiser. »Des Flesch is halt nimmi so ganz frisch. Awer wenn du änner hawe willscht, brat ich den Fleschbrocke richtisch fescht durch, do kann nix passiere. Bei mir am Imbiss is noch känner dot umgfalle.«

Mittlerweile war mir der Appetit vergangen. Ohne mich zu verabschieden, ging ich zurück zu meinem Wagen. Trotz dieser unappetitlichen Szene hatte ich einen wichtigen Hinweis erhalten, den ich vielleicht im weiteren Verlauf verwenden konnte, falls sich die Wormser mir gegenüber nicht regelkonform verhalten sollten.

Da mir zwar der Appetit auf Burger gründlich vergangen war, ich aber dennoch unter Hunger litt, machte ich bei einem Discounter einen kurzen Heißhungereinkauf. Trotz schlechter Erfahrungen, auf diesem Gebiet war ich leider seit Geburt lernresistent, bestand mein Einkauf ausschließlich aus Sodbrennen fördernden Süßigkeiten und einer warmen Flasche Cola Zero. Wie stets in solchen Notlagen, verschlang ich den größten Teil des Einkaufs bereits auf dem Parkplatz des Supermarktes. Und bereute es sogleich, ebenfalls wie immer.

Über meine Unbeherrschtheit fluchend, schaltete ich das Navi ein, um in Richtung des Jachthafens zu gelangen. Ohne dieses Hilfsmittel, das ich inzwischen recht gut beherrschte, würde ich Stunden benötigen, um dann an irgendeiner zufälligen Stelle den Stadtrand von Worms zu erreichen.

Ich ließ die Seitenscheibe zwecks Frischluftzufuhr herunter und folgte den Anweisungen des Navis. Bei jeder noch so kleinen Bodenwelle verschlimmerte sich meine Übelkeit. Positiv überrascht durfte ich kurz darauf feststellen, dass sich der Supermarkt gar nicht so weit entfernt vom Jachthafen befand. Ein paar 100 Meter vor dem Vereinsgelände hatte ich mein Etappenziel erreicht. Ich stoppte die Routenführung, da die Stimme mich hartnäckig aufforderte, die Fahrt fortzusetzen.

Ich parkte am Straßenrand und stieg mit zittrigen Knien aus. Ein diabolischer Kloß saß in meinem Hals fest und war drauf und dran, diesen mit einem Knall, ähnlich dem Korken einer geschüttelten Sektflasche, zu verlassen. Dutzende Male hatte ich diese selbst verursachte Konstellation in seiner tragischen Komplexität und Konsequenz in meinem Leben durchgemacht. Jedes Mal schwor ich mir, dass es das letzte Mal war, dass ich in diese unvernünftige Situation geriet. Trotz der vielen Meineide hatte ich einen kleinen Hoffnungsschimmer: Während die Nachwirkungen einer durchzechten Nacht mit ausgiebigem Alkoholgenuss durchaus einen kompletten Tag in Anspruch nehmen konnten, war es bei einer Überdosis Süßigkeiten anders. Grundsätzlich hatte ich sogar zwei Alternativen: Ich konnte mir ein Gebüsch suchen und meinen Mageninhalt entleeren. Nachteilig war anschließend der abartig faulige Mundgeruch, der jedweden sozialen Kontakt vorübergehend ausschloss. Die zweite Möglichkeit hieß: abwarten. Etwa eine Viertelstunde betrug nach dem Genuss der letzten Kalorieneinheit die Halbwertszeit der Übelkeit.

JACHTERLEBNISSE

Nach einer mittellangen Leidenszeit beschloss ich, die Rest-übelkeit zu ignorieren. Ich betrat das weiträumige Firmen-gelände des *Allegro-Bootshandels*. Ein großer Hof war beidseitig von hohen Hallen umgeben. Mehrere Boote in unterschiedlichen Größen standen verstreut im Hof herum. Im Hintergrund wurde gerade der Rumpf einer Jacht mit Dampfstrahlern gereinigt. Auf der linken Seite sah ich ein Hinweisschild auf die *Allegro Handels GmbH*. Demnach befand sich dort das Verkaufsbüro sowie eine Ausstellungs-halle.

Ich versorgte mich mit einigen tiefen Atemzügen, dann betrat ich das Gebäude. Hinter ein paar verkaufsfördernd platzierten Bootsmotoren sah ich eine Verkaufstheke. Sogleich kam eine Dame auf mich zu.

»Guten Tag, der Herr, wie kann ich Ihnen helfen?«

»Palzki, Kriminalpolizei«, sagte ich. »Ich möchte den Geschäftsführer sprechen.«

»Schon wieder?«, sagte sie überrascht. »Ihre Kollegen sind doch erst vor ein paar Minuten gegangen.«

Ich konnte mein Glück kaum fassen. Ohne meine Heiß-hungerattacke wäre ich bereits am ersten Tag meiner Ermitt-lungen den Wormser Beamten in die Arme gelaufen. »Es geht nur um eine Kleinigkeit, die meine Kollegen vergessen haben.« Das war keine Amtsanmaßung, sondern lediglich ein Bluff, rechtfertigte ich mich vor mir selbst.

»Ach so«, entgegnete sie und betrachtete mich scharf. »Ist Ihnen nicht gut? Sie sehen etwas mitgenommen aus.«

»Alles in Ordnung, mir geht es prächtig. Wo finde ich den Geschäftsführer?«

»Wenn Sie wieder draußen sind, wenden Sie sich nach links. Nach ein paar Metern kommen Sie zur Werkstatt. Der Chef ist aber gerade in einem Kundengespräch.«

»Kein Problem, ich habe es nicht eilig.«

Die Werkstatt war schnell gefunden. Beim Betreten war ich nicht nur von der Größe der Werkstatt und der Fülle der in diesem Raum lagernden Motoren und anderen Bootsteilen überrascht: Claus entdeckte mich im gleichen Moment.

»Reiner, was machst du hier?«, rief er quer durch die Werkstatt. Er schaute auf seine Uhr. »Wir sind erst in einer halben Stunde im Hafen verabredet.« Er kam mit seinem Begleiter zu mir. »Oli, das ist Reiner Palzki, der Cousin meiner Frau Elke. Reiner ist Kriminalbeamter in Schifferstadt, aber nicht für das Kapitalverbrechen an Hans-Jürgen zuständig.«

Während mir Oli die Hand reichte, klärte mich Claus über ihn auf. »Reiner, das ist Oliver Allegro, der Chef dieses Ladens.« Claus fixierte mich und zog die Augenbrauen zusammen. »Was ist mit dir los, Reiner? Hast du Unterzucker? Du siehst gar nicht gut aus.« Er öffnete eine Tasche, die er über den Schultern hängen hatte und entnahm ihr eine 300-Gramm-Tafel Nugatschokolade. »Das wird dir bestimmt helfen, aber bitte nichts der Elke verraten. Die gibt mir, wenn ich unterwegs bin, immer eine Packung Biomüsliriegel mit.« Er verzog sein Gesicht. »Die schmecken extrem scheußlich nach kaltem Gemüse, sage ich dir. Damit mir nicht ständig der Magen knurrt, habe ich, wenn ich ohne Elke unterwegs bin, immer einen kleinen Vorrat meiner Lieblingsschokolade dabei. Pappsüß, besonders wenn sie warm ist, hilft aber gegen den kleinen Hunger. Auch auf unserem Boot und im Vereinsheim habe ich Notlager angelegt.« Er zwinkerte mir zu. »Jeder braucht so seine kleinen Geheimnisse.«

Nur mit außerordentlicher Körperbeherrschung konnte ich verhindern, mich über der Tafel zu übergeben. »Jetzt nicht«, stöhnte ich mit entsprechender Leidensmimik auf. »Ich habe eher zu viel als zu wenig Zucker intus.« Da Claus sich als Leidensgenosse geoutet hatte, konnte ich, ohne Konsequenten befürchten zu müssen, bei der Wahrheit bleiben.

»Ach, so ist das, du hast überdosiert.« Claus grinste. »Dieses Problem ist mir nur allzu bekannt. In diesem Fall hilft nur eins.« Er zeigte zu einer Tür im Hintergrund, auf der ein Toilettenschild prangte.

»Es geht schon. Können wir bitte über etwas anderes sprechen?«, flehte ich ihn an.

»Gerne, warum bist du hier?«

»Ich will mir die Jacht des Opfers anschauen.«

»Du?«, sagte Claus. »Darfst du das überhaupt? Die Beamten aus Worms haben dir doch explizit untersagt, dich in ihre Ermittlungen einzumischen.«

»Jetzt weiß ich, wo ich Ihren Namen schon einmal gehört habe«, mischte sich der Geschäftsführer ein. »Clint Eastwood hat ihn erwähnt.«

»Eastwood?«

»Wie er richtig heißt, weiß ich eigentlich gar nicht«, ruderte Allegro zurück. »Er hat sich namentlich nicht vorgestellt. Mir kam aber sofort Clint Eastwood in den Sinn, als ich ihn sah.«

»Charles Bronson«, meinte Claus und nickte grinsend.

»John Wayne«, ergänzte ich. »Ich denke, wir sprechen von der gleichen Person.«

»Jedenfalls gab er mir zu verstehen, dass ich keine Polizeibeamte auf das Firmengelände lassen darf, die nicht von ihm persönlich autorisiert sind.«

»Ich bitte Sie«, gab ich Konter. »Sind *Sie* der Geschäftsführer oder dieser alberne Möchtegernwesternheld? Wir sollten zunächst einmal den Ball flach halten, außerdem wurde ich heute von dem Ludwigshafener Polizeipräsidenten beauftragt, Ermittlungen in Sachen Diefenbach aufzunehmen.«

»Diefenbach ist normalerweise Herrn Palzkis Chef«, erklärte Claus dem Geschäftsführer. »Er wurde von Bronson, oder vielmehr Eastwood, wie du ihn nennst, festgenommen, weil er unseren Ersten Vorsitzenden erschossen haben soll. Aber das ist hanebüchener Quatsch.«

»So?«, fragte Allegro unsicher. »Dann sind jetzt unabhängig voneinander zwei Polizeibehörden auf Tätersuche? Ist das überhaupt erlaubt?«

Ich nickte zustimmend, auch wenn es nicht stimmte. »Ich weiß, das ist alles ziemlich ärgerlich. Dem noch nicht genug, mischt sich zusätzlich ein Privatschnüffler ein, der von meinem in Untersuchungshaft sitzenden Chef beauftragt wurde. Aber dieser Amateur arbeitet ohne jegliche Befugnisse, dennoch müssen wir ermittlungstechnisch mit Störfeuern aus seiner Richtung rechnen.«

»Was für ein Wahnsinn.« Oliver Allegro schüttelte den Kopf. »Und bei solch einem Chaos soll man das Vertrauen in unseren Rechtsstaat nicht verlieren.«

»Ganz so schlimm ist es nicht«, versuchte ich, ihn zu beruhigen. »Internes Kompetenzgerangel gibt es in Behörden öfter, als man denkt. Meistens werden die Streitereien aber nicht in die Öffentlichkeit getragen, um die Bevölkerung nicht zu verunsichern. Auch Beamte sind nur Menschen, unabhängig davon, ob sie beim Bund, Land oder den Kommunen im Dienst stehen. Denken Sie beispielsweise an das wenig harmonische Heer der Lehrer.« Ich rollte übertrieben mit den Augen. »Im Vergleich zu diesem Haufen agieren wir Polizeibeamte seriös und hochgradig zivilisiert. Von wenigen Ausnahmen wie meinem Chef und dem Wormser Westernhelden abgesehen«, ergänzte ich.

Ablenkung durch Verwirrung, das war meine Taktik, die mir augenscheinlich gelungen war. *Ablenkung durch Verwirrung* hieß auch die Überschrift des ersten Kapitels in dem Buch *Manipulieren, aber richtig*, das ich vor einer Weile zufällig in KPDs Bücherregal entdeckte und ohne sein Wissen langfristig ausgeliehen hatte.

»Und was soll ich jetzt tun?«, fragte Oliver Allegro unsicher und sah dabei Claus an.

»Mir und Herrn Bissinger helfen«, forderte ich, psychologisch besonders klug gewählt, im Plural. »Damit helfen Sie automatisch auch sich und Ihrem Unternehmen.«

Mehrere Fragezeichen standen ihm bildlich auf der Stirn geschrieben, sodass ich zu einer Erklärung ausholte. »Der Wormser Westernheld mag aus seiner Warte heraus, rein örtlich gesehen, formal zuständig sein. Im Ganzen betrachtet, steht er allerdings auf einsamem und verlorenem Posten. Wir drei dagegen bilden das erfolgreiche Gegenstück. Ich als Kriminalhauptkommissar wurde vom Polizeipräsidenten ausdrücklich gebeten, mich der Sache anzunehmen.« Dass die Befugnisse des Ludwigshafener Polizeipräsidenten im rheinhessischen Worms faktisch wertlos waren, hielt ich nicht für erwähnenswert. »Claus Bissinger«, ich zeigte auf ihn, »also der Mann meiner Cousine, ist an der Aufklärung genauso interessiert wie ich. Als Hafenmeister setzt er sich tagtäglich hochmotiviert für den Jachtklub ein. Ein schlechtes Image oder gar einen unaufgeklärten Mord an dem Vereinsvorsitzenden wäre der Supergau. Stimmt's, Claus? Der Verein stellt immerhin einen wichtigen Teil deines Lebens dar.«

Ihm blieb nichts anderes übrig, als zu nicken.

»Sehen Sie, Herr Allegro: Wir haben die gleichen Ziele. Wer weiß, auf welche kruden Ideen der Wormser Beamte noch kommt. Vielleicht nimmt er Claus fest oder warum nicht gleich den ganzen Vorstand? Es könnte ja sein, dass er nicht nur zu viele Western, sondern auch zu viele Krimis gesehen hat und denkt, dass wie bei Agatha Christies *Mord im Orientexpress* der ganze Jachtklub in das Kapitalverbrechen involviert ist. Ganz im Vertrauen, es gibt Anhaltspunkte, dass sich manche Mitglieder nicht ganz grün sind und außerdem auf den Job des Ersten Vorsitzenden schielen, der ja nun vakant ist.«

Der Geschäftsführer klang leicht überfordert, was durchaus an meiner etwas unausgegorenen Gesprächsführung liegen konnte. »Hans-Jürgen Krebs wurde von allen gemeinsam ermordet?«, fragte er zaghaft.

»Eben nicht«, widersprach ich. »Geschossen hat definitiv nur eine Person. Das ist *mir* klar, das ist Claus klar und auch Ihnen. Was ich sagen will, ist, dass es auch Ihnen zugutekommt, wenn wir den Täter schnell schnappen, ohne dass es zu weiteren Verwerfungen im Verein oder einer schlechten Presse kommt. Wenn es blöd läuft, laufen dem Jachtklub die Mitglieder weg, und dann ist auch Ihr Geschäft umsatzmäßig betroffen. Viele Mitglieder stellen doch bei Ihnen im Winter ihr Boot unter und lassen es warten und reparieren, oder?«

»Ich glaube, jetzt habe ich es verstanden«, meinte Allegro langsam. »Aber wie kann ich Ihnen helfen?«

»Indem Sie Claus und mich unterstützen.« Wieder erhöhte ich mit dem Plural den indirekten Druck. »Und nicht die Wormser Beamten.«

»Ich weiß gar nicht, ob die überhaupt noch mal zu uns kommen«, meinte der Bootshändler. »Drei Beamte haben vorhin die Jacht von Hans-Jürgen Krebs untersucht, um eventuelle Einschusslöcher zu finden. Meiner Meinung nach lief alles sehr schnell und oberflächlich ab, sie trugen nicht einmal diese Schutzanzüge, wie man es im Fernsehen immer sieht. Unter Deck sind sie überhaupt nicht gegangen. Nur ein paar Fotos haben sie gemacht.«

»Wahnsinn«, entfuhr es mir. »Solch ein Vorgehen ist in einer Mordermittlung unverantwortlich, wir Schifferstadter sind in dieser Hinsicht wesentlich penibler und dadurch bestimmt auch erfolgreicher.«

Allegro zuckte mit den Schultern. »Einer der Polizisten meinte, dass die Jacht zwar beschlagnahmt bleibt, aber wohl in Kürze freigegeben wird. Ich verstehe nicht, warum ich sie überhaupt erst in unseren Betrieb bringen musste.«

»Durften, Herr Allegro. Sie durften. Für Ihre Dienstleistung können Sie der Behörde eine schöne Rechnung stellen«, sagte ich lakonisch. »Darf ich mir nun das Boot anschauen?«

Während Allegro noch nicht restlos überzeugt war und überlegte, meinte Claus: »Warum denn das, Reiner? Was erhoffst du zu finden? Das Gewehr, mit dem unser Erster Vorsitzender erschossen wurde?«

»Wohl kaum, das Opfer wurde aus einer größeren Distanz erschossen. Allein wegen dieser Feststellung ist es wenig plausibel, KPD in Untersuchungshaft zu belassen, was die Unfähigkeit unseres Westernhelden untermauert.«

»KPD? Was ist das?«

»Eine interne Bezeichnung für meinen Vorgesetzten Diefenbach«, erklärte ich Allegro meinen Versprecher, ohne näher darauf einzugehen.

»Dann macht es erst recht keinen Sinn, das Boot zu begehen«, bohrte Claus weiter. »Ich kann die flüchtige Untersuchung der Wormser Beamten durchaus nachvollziehen.«

»Es geht mir nicht um den Schuss als solchen«, holte ich zu einer Erklärung aus. »Jede Tat setzt ein Motiv voraus. Und genau das will ich ergründen.«

Claus wurde hellhörig. »Du meinst, du findest das Motiv für seine Ermordung unter Deck?«

»Vielleicht«, antwortete ich vorsichtig. »Oder in seinem Büro im Vereinsheim.«

Claus erblasste leicht, ohne dass ich einen Grund erkennen konnte. »In seinem Büro? Das wurde doch versiegelt.«

»Ich weiß. Darum kümmern wir uns nachher.« Ich wandte mich an den Geschäftsführer. »Können wir?«

Er gab sich geschlagen. »Wir müssen rüber zur Winterlagerhalle.« Claus und ich folgten ihm. Während wir uns auf dem Hof zwischen diversen Booten durchschlängelten, erklärte er stolz sein Unternehmen: »Wir kümmern uns für unsere Kunden um Inspektion, Wartung und Reparatur, dazu gehört auf Wunsch auch die Unterbringung der Boote im Winter.« Er zeigte auf die großzügig dimensionierte Halle, auf die wir zugingen. »Neben gebrauchten Booten umfasst unser Portfolio an Neubooten die gesamte Modellreihe der renommierten Motorboot-Marken *WINDY* und *FOCUS MOTOR YACHTS*. Mit weniger geben wir uns nicht zufrieden.«

Ich nickte zustimmend, auch wenn ich diese Bezeichnungen noch nie gehört hatte.

Der Inhalt der Halle war beeindruckend. Vom kleinen Dreimeterboot bis zur Luxusjacht war alles vorhanden.

Oliver Allegro zeigte auf ein bestimmtes Boot. »Das ist Hans-Jürgens Boot.«

Wir schauten auf eine weiß-blaue Jacht vom Typ *Elan*, etwa 14 Meter lang, an der Seite war der Schriftzug »CASTAWAY« in blauem Schriftzug aufgeklebt.

»Hansi hat an seinem Boot fast nichts verändert, es ist quasi im Originalzustand, er verlässt sich vollkommen auf den Bootsservice von Oliver«, ergänzte Claus.

Neben der Jacht stand eine rollbare Außentreppe. Allegro und Claus zogen ihre Schuhe aus. »Das macht man so, wenn man ein fremdes Boot betritt«, erklärte mir der Bootshändler. »Jedenfalls bei uns im Betrieb. Normalerweise stehen hier auch Überzieher für die Straßenschuhe herum.« Er schaute sich suchend um. »Wissen Sie was, Herr Palzki: Lassen Sie Ihre Schuhe an, die Beamten haben ihre auch nicht ausgezogen. Der Besitzer der Jacht wird bestimmt nichts dagegen haben.«

»Wer ist denn der aktuelle Eigentümer?«, fragte ich, da diese Frage für mich noch ungeklärt war. »Hatte Krebs die Jacht geleast oder gehörte sie ihm selbst?«

Meine beiden Begleiter sahen sich ratlos an. »Das weiß ich gar nicht«, antwortete Allegro. »Ich bin automatisch davon ausgegangen, dass sie Hans-Jürgen Krebs gehört. Sie kann aber theoretisch auch jemand anders gehören. Leasing gibt es aber bei Booten nicht.«

»Ich weiß es auch nicht«, fügte Claus an. »Das müsste man seine Frau fragen.«

Im Moment hielt ich es für wenig wahrscheinlich, dass der Vereinsvorsitzende wegen einer illegal vorgezogenen Erbschaft ermordet wurde. Ausschließen konnte ich dies zwar nicht, da mir die Familienverhältnisse unbekannt waren. Geldknappheit und Geldgier zählten immerhin zu den häufigsten Tatmotiven.

Ohne mich weiter um mein Schuhwerk zu kümmern, bestieg ich das Boot, das nur entfernte Ähnlichkeit mit der Jacht meiner Cousine und ihres Mannes hatte. Gespielt interessiert schaute ich mir die Instrumententafel an.

»Sie kennen sich damit aus?«, fragte Allegro überrascht.

Bevor ich etwas sagen konnte, sprang mir Claus hilfreich zur Seite. »Wir haben mit ihm und seiner Frau vor einiger Zeit den Rhein und den Neckar befahren, inklusive einer kleinen technischen Einführung.«

Da mein Mundwerk leider mal wieder schneller war als mein Gehirn, beging ich einen Fauxpas. »Wird man auf solch einem großen Boot auch so schnell seekrank wie auf deinem?«

Claus lachte und überspielte die Szene. »Höchstens fluss-krank, Reiner. Du bist übrigens der Einzige, den ich kenne, dem es auf dem Neckar schlecht geworden ist.«

»Gehen wir nach unten«, sagte ich leicht eingeschnappt, um das Thema zu wechseln.

Nach einigen Stufen betraten wir den sogenannten Salon, bestehend aus einer gemütlichen Sitzgruppe und einer Ein-bauküche in dem für das Herstellungsjahr typischen Kirsch-holzdesign. Drei weitere Türen führten in ein Bad und zwei Schlafkabinen.

Die Durchsuchung brachte für mich kein befriedigendes Ergebnis, obwohl ich gewissenhaft sämtliche Schubladen, Fächer und sonstige Unterbringungsmöglichkeiten kon-trollierte. Ich fand Krimskrams, Kleider, Hygieneartikel und Haushaltsgegenstände in Hülle und Fülle, aber keine für den Fall relevanten Anhaltspunkte. Natürlich hatte ich nicht damit gerechnet, ein kürzlich neu aufgesetztes und noch nicht unterschriebenes Testament zu finden oder gar ein Erpresserschreiben. Meine erfolglose Aktion wurde mir im Beisein von Claus und Allegro ein bisschen peinlich. Ich begann zu schwitzen, weil ich nun doch etwas nervös geworden war. Als letzten Hoffnungsschimmer versuchte ich, einen Wandspiegel zur Seite zu schieben, weil ich mir dahinter ein potenzielles Geheimversteck erhoffte. Da ich mit zu viel Kraft operierte, verlor ich das Gleichgewicht und stolperte über eine Bodenleiste. Während ich zu Boden fiel, ruderte ich panisch, aber erfolglos mit den Armen auf der Suche nach einem möglichen Halt. Mein rechter Ellbogen donnerte äußerst schmerzhaft nahe dem Fußboden an die

Verkleidung des Bootes. Wütend über diese Ungeschicklichkeit, schlug ich im Reflex mit der Faust auf die Stelle der Wand, die mein Ellbogen touchierte. Ich traute meinen Augen nicht: Aufgrund des Hiebes brach ein exakt quadratisches Stück heraus und fiel auf den Boden.

»Nanu, besteht die Wand aus Kunststofffliesen? Allzu stabil scheint das nicht zu sein.« Umständlich sortierte ich meine lädierten Knochen und setzte mich vor dem Loch auf den Boden. Die Öffnung besaß eine Kantenlänge von etwa 30 Zentimetern. Die Tiefe betrug zehn Zentimeter. Ich griff mit der Hand hinein und stellte fest, dass an dieser Stelle das Boot doppelwandig war.

Ich blickte nach oben und sah, wie sich Claus und der Bootshändler überraschte Blicke zuwarfen. »Das hätte nicht passieren dürfen«, sagte Allegro. »Ich hoffe, Sie haben sich nicht wehgetan. Die Wartungsöffnung ist normalerweise bündig mit Silikon abgedichtet, weil sie nur sehr selten geöffnet wird, etwa vergleichbar mit den Wartungsöffnungen der Anschlussleitungen bei Badewannen und Duschtassen.«

»Eine Wartungsöffnung?«, fragte ich überrascht. »Warum gibt es an dieser Stelle überhaupt eine doppelte Wand?«

»Das ist bauartbedingt ein wesentlicher Sicherheitsaspekt im Bootsbau«, erklärte Allegro. »Ohne diese Bauweise würde bei einem Leck – ein kleiner Fugenriss reicht da völlig – sofort Wasser in das Boot eindringen. Der Abstand der beiden Wände beträgt im Allgemeinen aber nur wenige Millimeter. An ein paar Stellen ist er aus statischen Gründen etwas größer.«

»Und warum gibt es überhaupt eine versteckte Wartungsöffnung?«, hakte ich nach.

»Die ist weder geheim noch versteckt, aber aus optischen Gründen unauffällig montiert. In den Bootsplänen ist sie selbstverständlich eingezeichnet. Über diesen Zugang kann man im Bedarfsfall mit beweglichen Schwanenhals-Kameras die Innenseite der Außenwand abscannen.«

»Oder darin etwas verstecken«, sagte ich und beugte mich so nah wie möglich an das Loch. So sehr ich auch suchte, es gab nichts zu sehen.

»Was sollte jemand darin verstecken?«, fragte Allegro.

»Schmuggelware?«

Beide lachten ausgiebig. »Ich glaube, du liest zu viele Krimis«, meinte schließlich Claus mit feuchten Augen. »Grundsätzlich hast du zwar recht: Vom Rhein aus kann man über diverse Wasserstraßen fast ganz Europa bereisen, was viele der Vereinsmitglieder in ihrem Jahresurlaub auch tun. Die Zeiten, in denen geschmuggelt wurde, sind aber lange vorbei. Vielleicht bringt der eine oder andere nach seinem Urlaub etwas mehr Schnaps oder Zigaretten über die Grenze, als erlaubt ist. Ich kenne aber keinen Grund, warum man das Zeug so kompliziert verstecken sollte. Ich habe noch nie davon gehört, dass eines der privaten Boote vom Zoll gefilzt wurde.«

»Außerdem kennt natürlich auch der Zoll diese Wartungsöffnungen«, nahm der Geschäftsführer den Ball auf. »Wenn man etwas heimlich über eine Grenze bringen will, gibt es ganz andere Tricks.«

»Und welche?«, fragte ich, berufsbedingt hellhörig geworden.

Allegro grinste. »Sie denken jetzt bestimmt, ich verrate Ihnen lang gehütete Geheimnisse der Schmuggelmafia? Da muss ich Sie leider enttäuschen, Herr Palzki. Ich kann Ihnen aber verraten, wie es vor über 50 Jahren ablief. Damals hat man die zu schmuggelnde Ware in wasserdichten Behältern an der Außenwand des Bootes unterhalb der Wasserlinie befestigt. Aber der Aufwand lohnt schon lange nicht mehr. Die illegalen Waren, die heutzutage über die Grenzen gebracht werden, transportieren die Gauner im Lkw-Fernverkehr oder über Schiffscontainer. Und zwar in Mengen, die man nicht so einfach in einer privaten Jacht transportieren kann.«

Ich war hin- und hergerissen. Als Kriminalbeamter und eifriger Enid-Blyton-Leser witterte ich im Zusammenhang mit dieser Öffnung ein Geheimnis. Realistisch gesehen waren Allegros Erklärungen plausibel und stimmig. Ich würde das Thema von meinem Jungkollegen Jürgen einem Faktencheck unterziehen lassen und nach einem positiven Resultat als falsche Fährte abhaken.

Einen Vorteil hatte der Fund nach meinem kleinen Missgeschick dennoch: Die Untersuchung des Bootes war nicht völlig ergebnislos verlaufen, ich konnte mein Gesicht wahren. Ich stand mit einem nicht unterdrückbaren Stöhnen auf, da ein Arm und ein Knöchel auf Grund des Sturzes schmerzten. »Vielen Dank, Herr Allegro, das war's auch schon.«

Mit einem letzten Blick nahm ich eine an der Wand befestigte Europakarte wahr. Ich trat näher und sah, dass es sich um keine gewöhnliche geografische oder politische Karte handelte. Ähnlich einer Straßenkarte waren Europas Flüsse in verschiedenen Blautönen eingezeichnet. Rhein, Neckar und Main entdeckte ich sofort, danach auch die Kanalverbindung vom Main zur Donau. Wie ein zerfleddertes Spinnennetz durchzogen die blauen Linien die Staaten Europas.

»Wow, da gibt es ja Verbindungen in alle Richtungen.«

»Fast«, verbesserte Claus. »Über die Alpen nach Italien wird's schwierig, und bei den Pyrenäen spielt aufgrund der dortigen Wasserscheide die Fließrichtung des Wassers leider auch nicht mit. Spanien und Portugal kannst du nur mit einer seetauglichen Jacht übers Meer erreichen. Da wird man aber unter Umständen seekrank«, ergänzte er mit einem Schmunzeln.

Währenddessen fielen mir diverse handschriftliche Markierungen auf der Karte auf. »Sind das die Orte, wo Herr Krebs schon überall war?«

Claus trat näher. »Lass mal schauen, die vergangenen zwei oder drei Jahre von Hansis Urlaubsreisen sollte ich aus dem Gedächtnis zusammenbringen: Südfrankreich, England, und, ach ja, vor ein paar Jahren ist er über den Rhein-Main-Donau-Kanal bis zum Schwarzen Meer gefahren.«

Auf einmal stutzte er. »Kroatien? Das kommt mir spanisch, äh, komisch vor. Ich kann mich nicht erinnern, dass Hans-Jürgen schon mal dort gewesen ist. Um nach Kroatien zu kommen, muss das Boot mit einem Lkw-Sondertransport überführt werden. Vielleicht ist dieser Törn schon länger her. Das müssen wir seine Frau fragen, wenn es dich interessiert.«

»Und wie mich das interessiert«, bestätigte ich. »Alles ist wichtig.« Längst war mir etwas anderes eingefallen. Wie gut, dass ich manchmal sogar KPD zuhörte.

»Herr Allegro«, sprach ich den Geschäftsführer an, »mir wurde von einem Streit zwischen Hans-Jürgen Krebs und Ihnen berichtet.«

»Ein Streit?« Allegro ging auf Abwehr. »Nein, nein, ich hatte doch keinen Streit mit ihm, warum auch? Wer erzählt denn so etwas?« Seine plötzliche Nervosität bestätigte eindeutig die Auseinandersetzung.

»Das hat mir eine vertrauenswürdige Person erzählt.« Es ärgerte mich natürlich exorbitant, KPD mit diesem heuchlerischen und zudem falschen Attribut versehen zu müssen. »Und zwar Herr Diefenbach, mein Chef.«

Der Geschäftsführer stotterte herum, bis er sich wieder

im Griff hatte. »Aber Ihr Chef wurde doch verhaftet. Ein Verdächtiger erzählt nicht unbedingt die Wahrheit.«

»Diefenbach wurde lediglich festgenommen«, verbesserte ich. »Das aber nur nebenbei.« Ich holte zu einem weiteren Bluff aus. »Sie wollten Herrn Krebs vorschreiben, dass er seinen Jahresurlaub in Kroatien verbringen solle, obwohl er andere Pläne hatte.«

»Das, äh, das hat er Ihrem Chef gesagt?« Er schluckte, dann kapitulierte er. »Ja, das stimmt«, bestätigte er kleinlaut. »Aber deswegen habe ich ihn nicht umgebracht.«

»Wegen was dann?«

Er brauchte einen Moment, um den zweideutigen Kommentar zu verstehen. »Ich habe ihn überhaupt nicht umgebracht. Warum sollte ich? Ein Toter fährt erst recht nicht nach Kroatien.«

»Womit wir bei der alles entscheidenden Frage wären: Warum sollte er für Sie nach Kroatien fahren?«

Oliver Allegro druckste herum. »Ich bot ihm an, für uns eine Testfahrt zu unternehmen. Sie müssen wissen, Herr Palzki, dass wir unsere eigenen Boote auf langen Fahrten testen, da kommen jedes Jahr über 2.000 Seemeilen zusammen.«

Ich hatte den Fehler sofort erkannt. »Eigene Boote? Sie wissen ja nicht einmal, ob diese Jacht Herrn Krebs gehört oder nicht.«

»Um die Eigentumsverhältnisse geht es letztendlich nicht«, wehrte sich der Geschäftsführer. »Es geht um diesen Bootstyp. Diese Boote sind auf dem Markt zurzeit heiß begehrt, und daher wollen wir die Nachfrage weiter ankurbeln. Eine Testfahrt nach Kroatien könnten wir in unserem Unternehmen werbewirksam vermarkten. Bevorzugt führen wir diese Fahrten innerhalb meiner Familie durch oder zumindest mit eigenem Personal. Leider sind alle infrage kommenden Personen für diese Saison bereits anderweitig gebunden.«

»Hat Herr Krebs schon früher solche Testfahrten für Sie unternommen?«

»Ja, schon«, gab er nach kurzem Zögern unwillig zu. »Das funktioniert immer so ein bisschen auf Gegenseitigkeit. Parallel reisen bei den Touren stets ein von uns beauftragter Fotograf sowie ein Fachredakteur in einem Reisemobil mit, die die Reisen aus allen möglichen Blickwinkeln fotografieren, beziehungsweise redaktionell online und in einem Werbeprospekt in einen positiven Kontext setzen.« Er machte eine kurze Pause. »Bevor Sie fragen: Das ist ein ganz legales Vorgehen, das auch unsere Wettbewerber so machen. Der Fotograf und der Redakteur arbeiten freiberuflich und stellen selbstverständlich Rechnungen mit Ausweisung der Umsatzsteuer.«

Als psychologisch geschulter Kriminalbeamter bemerkte ich sofort, dass Allegro den Fokus seiner Begründung auf die Legalität der Vereinbarung im finanzrechtlichen Sinne legte. Mir war es völlig egal, wie er mit seinen Geschäftspartnern abrechnete. Mich interessierte etwas anderes, daher bohrte ich an dieser verwundbaren Stelle ein Stück tiefer.

»Wie muss ich mir die Gegenseitigkeit zwischen dem Toten und Ihnen vorstellen?«

»Ja, äh, wie meinen Sie das?« Er spielte erkennbar auf Zeit.

»So, wie ich gefragt habe: Stellte Ihnen Herr Krebs auch Rechnungen wie die beiden freiberuflichen Begleiter?« Ich sah ihm direkt in die Augen.

Er schaute wie ein ertappter Schuljunge zu Boden und schüttelte den Kopf. »Als Gegenleistung, dass wir seine Urlaubsreise mehr oder weniger öffentlich begleiten, übernehmen wir die Wartung und die jährliche Inspektion seiner Jacht. Beziehungsweise übernahmen wir sie«, ergänzte er.

»Und das ist alles?«, bohrte ich enttäuscht weiter.

»Was soll da sonst noch sein?«, echauffierte sich Allegro, der nun wieder selbstbewusster reagierte. »Keiner von uns hat den anderen übervorteilt. Es war jedes Mal eine klassische Win-win-Situation.«

»Lassen wir das Thema zunächst auf sich beruhen. Haben Sie den Wormser Beamten auch von diesen Fahrten erzählt?«

»Warum?«, fragte der Geschäftsführer perplex. »Die haben mich überhaupt nicht befragt, die wollten nur die Jacht sehen. Ich habe doch mit diesem Mord nicht das Geringste zu tun!«

»Sehr gut«, lobte ich ihn nach der Devise Zuckerbrot und Peitsche. »Dann behalten Sie Ihre Abmachung mit dem Opfer weiterhin für sich, solang niemand gezielt danach fragt. Lügen sollen Sie natürlich nicht.«

Allegro nickte dankend, und ich war froh, einen kleinen Ermittlungsvorteil gegenüber der faktisch zuständigen Behörde zu haben. Ob ich damit etwas anfangen konnte, stand auf einem anderen Blatt. Es wäre sowieso das erste Mal in meinem Berufsleben, dass ich aufgrund einer Aussage KPDs einen Mörder überführen könnte.

Ich war mir unschlüssig, ob ich Oliver Allegro auf meine vorläufige Verdächtigenliste setzen sollte oder nicht. Als Mitglied unterhielt er vielfältige Verbindungen zum Jachtklub, die ich mir auf jeden Fall genauer anschauen sollte. Selbst Claus musste ich fortan besser im Blick behalten, auch wenn er Hafenmeister und der Mann meiner Cousine war. Eine oder zwei seiner Bemerkungen hatten mich in der vergangenen halben Stunde latent stutzig werden lassen. Waren sie harmloser Natur oder standen sie im Zusammenhang mit dem Kapitalverbrechen? Als Hafenmeister konnte er gefahrlos bei den Vereinsmitgliedern Empfehlungen aussprechen und für diese Kundenvermittlungen fette Provisionen von Allegro kassieren. Ich versuchte, diesen negativen Gedanken zu verwerfen. Als Polizeibeamter denkt man viel zu häufig an das Schlechte im Menschen, was daran liegt, dass man bei Zeugenbefragungen mit einer Wahrscheinlichkeit von über 64,2 Prozent angelogen wird. Dieser Wert ist statistisch abgesichert, wie zahlreiche Metastudien bezeugen. KPDs Worte kamen mir auch wieder in den Sinn, der behauptete, dass sämtliche Vereinsmitglieder in irgendeiner Art und Weise Dreck am Stecken haben sollten. Stocherte ich in einer Schlangengrube herum, je ausführlicher ich in dem Jachtklub ermittelte? War der Mord an dem Ersten Vorsitzenden nur der Höhepunkt einer ganzen Reihe von verbrecherischen Aktivitäten der Vereinsmitglieder? Ich hoffte, dass mir im Moment die Fantasie einen Streich spielte, weil mein Körper immer heftiger nach einem gut belegten und frisch gegrillten Fleischburger verlangte.

Ich verabschiedete mich von Oliver Allegro und gab ihm zu verstehen, ihn in den nächsten Tagen ein weiteres Mal behelligen zu müssen. Ob dies tatsächlich notwendig sein würde, wusste ich zwar noch nicht, aber eine latente Besuchsandrohung war nicht verkehrt, falls er doch in das Tötungsdelikt verwickelt sein sollte.

Claus begleitete mich zur Straße. »Ich stehe weiter vorne, Reiner. Fahr mir einfach nach.«

Wie von Geisterhand öffnete sich ein paar Minuten später vor uns das Tor zum Vereinsgelände.

SIEGELBRUCH

»Was wolltest du eigentlich bei der *Firma Allegro*?«, fragte ich Claus, nachdem wir unsere Wagen geparkt hatten.

»Ich habe ein Ersatzteil bestellt und einen Reparaturauftrag für unser Boot vereinbart. Warum fragst du?«

»Nur so«, antwortete ich in möglichst uninteressiertem Ton. »Ich dachte, du warst in deiner Funktion als Hafenmeister unterwegs.«

Er schüttelte den Kopf. »Oliver kümmert sich um die Boote der meisten unserer Mitglieder, mit dem Hafen hat er nichts zu tun. Auf unserem Gelände benötige ich mehr die Produkte aus den Baumärkten beziehungsweise die Hilfe von Handwerkern für Dinge, die ich nicht selbst erledigen kann.«

Auf halbem Weg zwischen Parkplatz und Vereinsheim erreichten wir die offene Grube, in der die Tankanlage erweitert wurde. »Ich bin gerade dabei, die neuen Tankleitungen zu verlegen. In ein paar Tagen kommt der TÜV, um die Anlage abzunehmen, danach wird alles wieder zugeschüttet.«

»War die Polizei eigentlich noch mal bei euch?«

»Nicht, dass ich wüsste«, sagte Claus. »Der Schuss fiel draußen auf dem Rhein, die Jacht steht bei Oli, und die Namen und Adressen der am Hafenfest anwesenden Personen sind registriert. Warum sollten deine Kollegen noch mal vorbeikommen?«

Mir wären mehrere Gründe eingefallen, die ich jedoch für mich behielt.

Während Claus das Vereinsheim aufschloss, stellte er mir eine unerwartete Frage: »Warum bist du eigentlich gekommen? Jaja, ich weiß, dass dich der Ludwigshafener Polizeipräsident beauftragt hat. Aber was willst du bei uns finden? Dass du die Jacht untersuchen wolltest, kann ich verstehen. Wäre es nicht besser, dich irgendwie bei den Wormser Beamten einzuschleusen? Vielleicht wurde inzwischen die Tatwaffe gefunden, oder der Täterkreis ist eingegrenzt?«

»Und wie soll ich das anstellen? Sobald ich die Inspektion in Worms betrete, schmeißen die mich wieder raus. Oder sie denken sich einen Grund aus, mich zu KPD in die Zelle zu sperren. Zutrauen würde ich es ihnen. Was ich den hiesigen Beamten aber nicht zutraue, ist, dass sie den Täter ermitteln. Wenn die alles so lasch handhaben wie vorhin bei der Jacht, dann gute Nacht.«

»Dort war ja auch nichts zu finden«, erwiderte Claus. »Es ist ausgeschlossen, dass sich der Mörder an Bord aufhielt.«

»Für den Zeitpunkt des Schusses mag das stimmen«, stimmte ich zu. »Es könnte aber durchaus sein, dass der Mörder in den Tagen vor der Tat an Bord der Jacht des Opfers war. So wie mein Chef zum Beispiel. Das ist übrigens ein guter Ansatz: Hast du eine Ahnung, wer in der vergangenen Woche mit Hans-Jürgen Krebs in Verbindung stand? Diefenbach kannst du dabei außen vor lassen.«

Claus überlegte. »Nicht schlecht, dein Ansatz, Reiner, Respekt. Lass mal überlegen: Vor einer Woche hatte er eine Besprechung mit Hans-Bernd Hopf, unserem pensionierten Mediziner. Du hast ihn am Hafenfest kennengelernt. Später kam der Kassenwart Stefan Baum hinzu. Sie trafen sich aber nicht auf der Jacht, sondern im Büro von Hans-Jürgen Krebs.«

»Aha«, sagte ich und notierte mir diese Aussage im Langzeitgedächtnis. »Du weißt nicht zufällig, über was die drei gesprochen haben?«, versuchte ich, etwas nachzuhaken und starrte dabei Claus direkt in die Augen.

Er lief schlagartig rot an. »Ich? Ich lausche doch nicht an verschlossenen Türen!«

»Das behaupte ich auch nicht. Komm schon, erzähl, was du zufällig gehört hast«, baute ich ihm eine Brücke.

»Es waren nur ein paar mehr oder weniger zusammenhängende Satzbrocken«, gab er schließlich zu. »Ich benötigte ein Formular, das in einem Fach in Hans-Jürgens Büro liegt. Als ich es mir holte, habe ich nur kurz ›Hallo‹ gesagt, dann bin ich wieder raus, weil ich nicht stören wollte. Versehentlich habe ich die Tür beim Rausgehen nicht komplett verschlossen, sodass ich im Nebenzimmer das eine oder andere Wort verstehen konnte.«

»Komm, lass dir nicht alles aus der Nase ziehen.« Wieder schaute ich ihm direkt in die Augen.

»Ich hab nur ein paar Brocken verstanden«, wehrte er sich. »Es ging um irgendeine größere finanzielle Transaktion, die in Kürze anstehen soll. Ich hatte den Eindruck, dass die Verwendung des Geldes bei den Dreien strittig war. Mehr weiß ich wirklich nicht, tut mir leid.«

Ich hatte eine vage Vermutung. Ging es um den Kaufpreis für den Verein oder zumindest das Vereinsgelände, den KPD dem Ersten Vorsitzenden angeboten hatte? Wollte Krebs bei seinen Kollegen vorfühlen, ob sie mit seinem Plan konform gingen? Rein rechtlich war es nicht so ohne weiteres möglich, einen Verein als Ganzes zu verkaufen. Freilich gab es bestimmt irgendwelche juristischen Hintertürchen oder windige Gestaltungsmöglichkeiten, um solch ein Projekt in trockene Tücher zu bekommen. KPDs Kaufpreisangebot dürfte auf alle Fälle hoch genug sein, um alle Beteiligten monetär zufriedenzustellen.

Freilich war dies bisher eine reine Vermutung. Ich musste

baldmöglichst die beiden Gesprächspartner des Opfers unauffällig befragen.

»Was hast du?«, sagte Claus. »Ist alles in Ordnung?«

»Ich habe nur nachgedacht«, erklärte ich die kurze Zeit meiner mentalen Abwesenheit.

Inzwischen waren wir durch das Vereinslokal nach hinten in den Bürobereich gekommen und erreichten den Allzweckraum, der von allen Vereinsmitgliedern genutzt wurde. Die elektronischen Geräte, die überall herumstanden, waren mir bereits beim ersten Besuch aufgefallen.

Claus bückte sich und öffnete die unterste Schublade eines Schranks. Er hob einen Stapel vergilbter Prospekte heraus, um an eine Plastiktüte zu gelangen, die darunter lag. »Dein Magen knurrt wie das Nebelhorn eines Hochseedampfers, Reiner.« Er öffnete die Tüte und brachte ein üppiges Potpourri an unterschiedlichsten Keksriegeln zum Vorschein. »Das ist meine eiserne Reserve, greif kräftig zu. Soll ich dir von der Theke ein großes Glas Orangensaft holen?«

Kekse und Orangensaft, das war nicht nur sodbrennenmäßig die Hölle, besser gesagt der Supergau für mein momentanes Unwohlbefinden. Die Übelkeit in der Speiseröhre hatte ich zwar weitgehend verdrängt, doch die Gegenspieler Magen und Gehirn verlangten nach neuer Nahrung. Wenn auch eher in der Geschmacksrichtung *Umami*, statt in süß und sauer. Mit eiserner Willenskraft gelang es mir, das freundlich gemeinte Angebot auszuschlagen. Claus steckte sich eine Handvoll Keksriegel in die Hosentasche und verstaute den Rest im Schrank. »Vom Hafenfest hätten wir noch ein paar Steaks übrig, leider sind sie tiefgefroren.«

Von dieser Alternative zeigte ich mich ebenso wenig begeistert. Während ich die Körperteile, die mich zur Nahrungsaufnahme drängen wollten, zur Ordnung rief, ging Claus plötzlich auf einen Tisch zu und schnappte sich eine gelbe Mappe.

»Wie kommen diese Unterlagen hierher?«, fragte Claus. »Das ist ja mehr als ungewöhnlich.«

»Was ist das?«, erkundigte ich mich.

»Nichts von Bedeutung, jedenfalls für deine Ermittlungen.« Er öffnete die Mappe und zeigte mir ein paar bedruckte Blätter. »Das ist unsere Reiseplanung. Im Spätsommer will ich mit Elke auf unserem Boot nach Holland fahren und dort ein paar Tage entspannen. Erst vergangene Woche habe ich die Fahrt mithilfe des Internets zusammengestellt.« Er blätterte die Papiere durch. »Alles vollständig, vielleicht hat Elke die Unterlagen während des Hafenfestes jemandem gezeigt und dann versehentlich hier liegen lassen.«

Einen Zusammenhang mit dem Verbrechen konnte ich nicht feststellen, aber etwas anderes war mir aufgefallen. »Hast du vorhin nicht gesagt, dass eure Jacht zur Reparatur muss?«

»Ja, ganz recht«, bestätigte Claus. »Die Wellendichtung muss ausgetauscht werden, dazu muss das Boot aus dem Wasser genommen werden. Wir fahren natürlich erst anschließend in Urlaub. Sicherheit geht immer vor.«

Ein helles Pling-Geräusch ertönte. »Wir bekommen Besuch«, meinte Claus und zog sein Handy aus der Tasche.

»Polizei?«, fuhr ich erschrocken und wenig begeistert auf.

Claus lachte. »Du brauchst dich nicht zu verstecken. Es ist nur Hans-Bernd Hopf, der gerade durch das Tor fährt.«

»Prima«, freute ich mich. »Dann kann ich ihn gleich befragen. Kriegen wir das hin, ohne dass er merkt, dass ich das eigentlich nicht darf?«

»Mal sehen, wir probieren es. Gehen wir ihm entgegen?«

»Darf ich vorher noch einen kurzen Blick in das Büro des Toten werfen? Muss ja niemand erfahren.«

Claus schüttelte energisch den Kopf. »Deine lieben Kollegen aus Worms haben das Zimmer versiegelt.« Während unseres Gesprächs waren wir in den Flur hinausgetreten. Er zeigte auf die entsprechende Nachbartür. »Schau selbst – was ist denn das?«, rief er im gleichen Moment überrascht aus.

Ich musste unweigerlich an KPDs globale Verbrechertheorie denken, als ich das zerstörte Siegel entdeckte. Gewiss konnte jedes der Vereinsmitglieder zu einer beliebigen Uhrzeit ungesehen das Gebäude betreten. »Gibt's im Flur eine Kamera? Kannst du feststellen, wer seit dem Hafenfest im Vereinsheim war?«

Claus konnte unglücklicherweise nicht helfen. »Kameras haben wir im Gebäude nicht, wozu auch? Leider werden die Besucher nicht protokolliert. Jedes Mitglied hat zwar seinen eigenen Zugangscode, gespeichert werden die Daten nicht.«

Ohne mich um Fingerabdrücke zu kümmern, drückte ich den Türgriff und öffnete das Büro. Es war, wie erwartet, durchsucht worden. Überall lagen Ordner und Schriftstücke herum. Ausnahmslos waren sämtliche Schränke und Schubladen geöffnet worden.

»Wenigstens kein Vandalismusschaden«, sagte ich mit einem sarkastischen Unterton. »Der Täter muss mindestens eine Stunde mit seiner Aktion beschäftigt gewesen.« Während Claus damit beschäftigt war, rudimentär Ordnung zu schaffen, reichten mir diese wenigen Momente, um mit logischem Sachverstand festzustellen, dass die für dieses Chaos verantwortliche Person das Gesuchte nicht gefunden hatte.

Die Wahrscheinlichkeit, das Gesuchte in der letztmöglichen Schublade zu finden, war sehr gering. Hätte der Täter im Laufe der Durchsuchung Erfolg gehabt, so hätte er die Aktion an dieser Stelle abgebrochen. Der Rest des Raumes wäre unberührt geblieben. Kein Gauner nahm sich die Zeit, unnötigerweise die verbliebenen Schubladen und Verstecke zu durchsuchen.

»Was könnte jemand in diesem Raum gesucht haben?«, grübelte Claus.

»Jedenfalls hat er es nicht gefunden«, sagte ich.

»Nicht?«, fragte Claus. »Woher willst du das wissen?«

»Kriminalistischer Spürsinn«, antwortete ich und erklärte ihm meine Gedankengänge.

»Wahnsinn«, meinte Claus respektvoll. »Darauf wäre ich nicht gekommen. Man merkt, dass du bei der Kripo bist.« Er dachte kurz nach. »Da so viele Ordner offen herumliegen, ging es anscheinend um irgendwelche Papiere, die der Mörder suchte. Diese waren und sind nach deiner Feststellung aber nicht in diesem Büro, auf Hans-Jürgens Jacht allerdings ebenfalls nicht.«

»Fast korrekt, aber leider nur fast.«

Claus sah mich fragend an.

»Es ist zunächst nur eine erste Arbeitshypothese, dass derjenige, der dieses Büro durchsuchte, auch unser Mörder ist. Eine hohe Wahrscheinlichkeit darf man als Kriminalbeamter nicht automatisch mit einer Gewissheit gleichsetzen, sonst landet man vorschnell in einer Sackgasse, statt kleinere Nebenstrecken zu entdecken. Außerdem könnte es durchaus auch eine Frau gewesen sein.«

Claus nickte anerkennend, und ich fuhr fort. »Dass es bei dieser Suchaktion um ein oder mehrere Schriftstücke ging, können wir als gesichert annehmen. Nicht einverstanden bin ich mit deiner Folgerung, dass die Papiere nicht auf der Jacht waren.«

»Du meinst, sie befinden sich immer noch auf Hans-Jürgens Boot? Du hast doch selbst alles ganz genau untersucht. Halt, wieso hast du *waren* gesagt?

»Die Durchsuchung dieses Büros könnte in der vergangenen Nacht stattgefunden haben«, erklärte ich. »Anschließend ist der Täter frustriert zur *Firma Allegro* gefahren und ist dort in die Halle eingedrungen, um zu der Jacht zu gelangen. Soweit zumindest meine Theorie.«

»Dann hatte der Mörder, oder vielmehr der Täter, doch noch Erfolg und die Papiere gefunden.«

»Keine Ahnung.« Ich hob meine Achseln.

»Die Kameras«, rief Claus. »Oli hat Kameras auf seinem Betriebsgelände installieren lassen. Vielleicht kann man damit …«

Ich unterbrach ihn. »Das ist endlich mal eine gute Nachricht. Könntest du das bitte mit Herrn Allegro klären? Die Wormser Beamten müssen das mit den Kameras nicht unbedingt erfahren. Falls es relevante Aufnahmen gibt, würde ich sie mir morgen gerne anschauen. Heute habe ich leider noch einen unaufschiebbaren Termin in Speyer.« Ich erlaubte mir ein hinterhältiges Lächeln: »Die Sache mit Herrn Krebs' Büro, da weiß ich noch nicht abschließend, wie wir am besten agieren.«

»Was ist denn hier passiert?« Wir zuckten unisono zusammen.

Der pensionierte Mediziner Hans-Bernd Hopf hatte uns überrascht. »Wart ihr das?«, fragte er in Richtung Claus.

»Natürlich nicht, wir haben das Chaos eben erst entdeckt. Das Siegel an der Tür war bereits zerstört.«

»Das muss sofort der Polizei gemeldet werden«, ereiferte sich Hopf. »Es gibt bestimmt einen Zusammenhang mit der Ermordung von Hans-Jürgen.«

»Das haben wir uns auch gedacht«, bestätigte ich seine Vermutung. »Ich war gerade dabei, die Kollegen anzurufen.«

»Stimmt, Sie sind ja Kriminalbeamter«, erinnerte sich Hopf. »Leiten Sie die Ermittlungen? Da war doch dieser andere, dieser arrogante Schauspieler, der erinnerte mich sofort an …«

Ich nutzte die günstige Gelegenheit sofort aus. »Natürlich sind die Wormser Kollegen für diesen Fall zuständig. Dass es auch bei der Polizei ein paar skurrile Selbstdarsteller in leitender Position gibt, ist leider Fakt. Ich selbst bin von der Dienststelle in Schifferstadt, aber als Beamter ist man ja stets zu jeder Tageszeit im Interesse des Staates unterwegs, oder? Wir arbeiten regelmäßig bezirksübergreifend zusammen und unterstützen uns, wo immer es geht.« Schweiß lief mir den Rücken hinunter. Schon lange hatte ich nicht mehr so dick aufgetragen. »Die Ermittlungsakte wird in Worms geführt, daher melde ich den Einbruch an diese Dienststelle weiter.« Ich schaute Hopf an. »Waren Sie seit der Tat noch mal auf dem Vereinsgelände?«

»Ich? Nein, wieso?« Der Mediziner schien überrascht. »Werde ich verdächtigt?«

»Nicht mehr oder weniger als alle, die auf dem Hafenfest waren«, sagte ich und ergänzte: »Keine Angst, Sie werden nicht festgenommen, wenn Sie nichts zu verbergen haben.«

Hopf betonte mit kräftiger Stimme: »Ich habe garantiert nichts zu verbergen.« Er wandte sich an Claus. »Morgen Mittag bekomme ich Besuch von einer Frau. Ich kündige das lieber mal an, damit es nicht zu irgendwelchen Gerüchten kommt. Die Dame ist eine Ortsbürgermeisterin aus der Nähe von Freinsheim und will mein Boot kaufen.«

»Du willst deine Jacht verkaufen?« Claus wirkte überrascht. »Davon weiß ich gar nichts.«

Der Mediziner lächelte. »Ich habe niemanden eingeweiht, weil die Interessentin den Kauf nicht an die große Glocke hängen und daher anonym bleiben will. Wenn wir uns einigen, nimmt sie das Boot gleich mit nach Speyer, wo sie einen Liegeplatz gemietet hat.«

»Wirst du aus dem Verein austreten, wenn du dein Boot verkauft hast? Das wäre ein großer Verlust für uns.«

»Wo denkst du hin«, entgegnete Hopf. »Mein neues Boot ist längst bestellt. Es wird größer und moderner sein als das jetzige. In Kürze wird es geliefert, und im Juni geht es, wie geplant, auf große Fahrt nach Kroatien. Der Lkw-Transfer ist bereits gebucht.«

Ich wurde hellhörig. Sollte das Mordopfer Krebs nicht auch im Auftrag des Bootshändlers nach Kroatien fahren? »Hat Herr Allegro Sie um die Fahrt nach Kroatien gebeten?«, fragte ich.

»Oli?« Hopf schüttelte verwirrt den Kopf. »Ich habe mein neues Boot nicht bei Oli gekauft. Und die Ziele meiner Reisen lege ich immer noch selbst fest.« Er legte eine kleine Pause ein. »Es soll andere Bootsbesitzer geben, die … aber lassen wir das.«

»Was lassen wir?« Ich blieb hartnäckig.

»Das sind nur Gerüchte, deshalb möchte ich dazu nichts sagen.«

Ich nahm mir vor, die Sache mit Kroatien näher zu recherchieren. Zunächst musste ich jedoch etwas anderes klären. »Herr Hopf, wie Sie gerade sehen, hat im Büro des Ersten Vorsitzenden ein Unbekannter nach schriftlichen Unterlagen gesucht. Es könnte eventuell ein Zusammenhang mit dem Treffen in der vergangenen Woche bestehen, das zwischen Ihnen, Herrn Krebs und Herrn Baum in diesem Büro stattgefunden hat.«

Schlagartig änderte sich seine Gesichtsfarbe. Mit bösem Blick schaute er zu Claus: »Hast du ihm das verraten? Ich weiß genau, dass ich das gestern nicht zu Protokoll gegeben habe. Und Stefan Baum ebenfalls nicht.« Er verschränkte seine Arme vor der Brust.

»Dann stimmt es also?«, hakte ich nach, um Claus aus

der Schusslinie zu nehmen. »Sie und Herr Baum haben der Polizei wichtige Informationen vorenthalten!« Ich hob meine Stimme, um bedrohlicher zu wirken.

»Gar nichts habe ich«, fuhr er mich, ebenfalls lauter geworden, an. »Unsere Besprechung hat rein gar nichts mit der Ermordung von Hans-Jürgen zu tun. Der Gedanke ist einfach absurd. Ich weigere mich, Inhalte unseres Gesprächs offenzulegen. Wir haben absolute Vertraulichkeit vereinbart, und dabei bleibt es auch nach dem Tod unseres Vorsitzenden.«

Nach einer kurzen Denkpause ergänzte er: »Nach dem Tod von Hans-Jürgen ist unsere Vereinbarung sowieso obsolet geworden. Das bedeutet aber nicht, dass ich etwas über den Inhalt preisgebe. Und Stefan Baum wird das genauso sehen.«

Das Mobiltelefon in Claus' Hosentasche meldete sich.

»Ja?«, meldete er sich und kurz darauf: »Zu Herrn Palzki wollen Sie?« Dann sah er mich an. »Reiner, am Tor steht ein gewisser Herr Becker, der zu dir möchte.«

Ich stöhnte auf und verzog mein Gesicht. Der Student hatte tatsächlich den Weg zum Vereinsgelände gefunden. Ich musste dringend eine scheinbar wichtige Aufgabe für ihn finden, damit er mir nicht ständig zwischen den Füßen herumlief. »Lass ihn rein.«

»Wir sind fertig?«, fragte Hans-Bernd Hopf mit einem Blick auf seine Uhr. »Ich muss mein Boot ausräumen und verkaufsfertig machen.« Er hob die Hand zum Gruß und verließ uns.

Ich schloss die Bürotür und drückte das Siegel, so gut es ging, glatt: »Lass uns zu Herrn Becker gehen.« Mit purer Absicht vergaß ich, die Wormser Polizei wegen des Siegels telefonisch zu informieren. Ein kleiner Wissensvorsprung war sicherlich nicht schlecht.

Unterwegs klärte ich Claus über den Studenten und seine momentane Funktion als KPDs Hilfsarbeiter sowie seine Tätigkeit als Möchtegernkrimischriftsteller auf. Die Reaktion war anders als erwartet.

»Dietmar Becker, der bekannte Krimiautor ist zu uns gekommen?«, fiel mir Claus ins Wort. »Elke und ich haben alle seine Krimis mit Begeisterung gelesen. Sie sind so realistisch und tiefgründig geschrieben, einfach fantastisch. Aber das haben wir dir früher schon erzählt.«

Ich wusste, dass meine Cousine und ihr Mann die Krimis aus der Beckerschen Schreibstube kannten und leider auch mochten. Mehr als einmal hatten Sie mich in der Vergangenheit gefragt, welche Verbindungen es zwischen mir und ihm gab und ob ich ihm erlaubt hätte, seinem ermittelnden Beamten meinen Namen zu verleihen. Selbstverständlich stritt ich jede tiefergehende Verbindung oder Kooperation ab und erklärte den beiden, dass Beckers Märchen mitnichten die harte reale Polizeiarbeit darstellten und inhaltlich einfach nur absurd waren.

Leider waren meine Erklärungen ohne Erfolg, als verblendete Leser glaubten sie lieber den alternativen Fakten des mittelmäßigen Schriftstellers.

»Wusstest du eigentlich, dass einer unserer beiden Söhne als Realperson in einem von Beckers Krimis mitspielt?«, fragte Claus. Da ich aus Desinteresse nicht antwortete, klärte er mich unaufgefordert auf: »Im Band *Pilgerspuren* wirkt in einem Kapitel, das in Otterberg spielt, unser Sohn Felix als Dietmar Beckers Freund mit. Raffiniert ist, dass der Autor sich selbst als Figur in seinen eigenen Krimis mitspielen lässt. Am Anfang hat uns das verwirrt, aber inzwischen finden wir es genial.«

»Auch das noch«, stöhnte ich erneut. »Bitte sag ihm auf keinen Fall, dass wir verwandt sind. Sonst kommt er auf die haarsträubende Idee, Elke und dich in einer seiner kruden Storys zu verwursteln. Denk an deinen guten Ruf!«

Claus' Augen glänzten voller Vorfreude. »Meinst du, das würde er wirklich tun? Könntest du ein gutes Wort …«

»Nein«, beharrte ich. »Dieser Pseudoautor will bei euch herumschnüffeln, weil er von Diefenbach beauftragt wurde. Dass wir beide verwandt sind, muss geheim bleiben.«

In der Nähe der Baugrube kam uns Becker entgegen.

Claus eilte vor und begrüßte ihn überschwänglich mit Handschlag. »Hallo, ich bin der Claus.«

Becker stutzte einen Moment, dann erwiderte er: »Dietmar, ich bin der Dietmar.«

»Ich weiß«, sagte Claus. »Reiner hat mir verraten, wer du bist.«

»Reiner?« Becker runzelte seine Stirn. »Bei euch scheint es sehr familiär zuzugehen.« Er schaute mich an. »Wie darf ich zu dir, äh, zu Ihnen sagen?«, stotterte er.

»Palzki«, antwortete ich. »Für Sie immer noch Herr Palzki.«

Becker lief rot an. »Ja, natürlich, ganz wie Sie möchten, Herr Palzki.«

Claus realisierte unseren Zwist nicht. »Ich freue mich, dich, den bekannten Schriftsteller Dietmar Becker, in unserem Jachthafen begrüßen zu dürfen. Ich bin in diesem Verein als Hafenmeister tätig. Gerne mache ich für dich eine kleine Führung. Hast du eigentlich schon mal einen Krimi über den Rhein und die Bootsszene geschrieben?« Claus lachte gekünstelt. »Natürlich nicht, meine Frau und ich kennen alle deine Krimis. Hervorragend, einfach klasse.« Er deutete eine kleine Verbeugung an.

Dietmar Becker freute sich augenfällig über die Komplimente. »Mal schauen«, meinte er vielsagend, »vielleicht spielt mein nächster Fall bei Ihnen, äh, bei dir im Hafen.«

»Wirklich?«, frohlockte Claus. »Ich werde ein paar Mitglieder fragen, ob sie mit von der Partie sind. Du nimmst für dein Personal ja am liebsten reale Menschen. Übrigens, unser Sohn …«

»Könnt ihr das bitte später besprechen?«, unterbrach ich leicht säuerlich die beiden. »Claus, willst du nicht wissen, warum Herr Becker gekommen ist? Bestimmt nicht, um einen Krimi zu schreiben.«

»Das eine muss das andere nicht ausschließen«, ärgerte mich der Student und sagte zu Claus: »Tatsächlich ist es so, dass mich Herr Palzkis Chef, Herr Diefenbach, beauftragt hat, im Hintergrund diskret ein paar private Ermittlungen anzustoßen, um seine Unschuld zu beweisen. Ich soll das unter dem Vorwand tun, Mitglied in eurem Verein zu werden. Aber ich denke, ich kann dir gegenüber mit offenen Karten spielen.«

»Für die Ermittlungen ist die Wormser Polizeibehörde zuständig«, bellte ich Becker an, doch er blieb hartnäckig.

»Das gleiche Argument zieht auch bei Ihnen, Herr Palzki«, entgegnete er dreist. »Sie wohnen und arbeiten auch nicht in Worms.«

Beinahe hätte ich die Beherrschung verloren. »Immerhin habe ich einen offiziellen Ermittlungsauftrag vom Ludwigshafener Polizeipräsidenten.«

Claus wechselte während unseres Dialogs seinen Blick ständig zwischen mir und Becker. Auch einem gehörlosen Blinden wäre aufgefallen, dass zwischen uns beiden eine gewisse gereizte Stimmung herrschte. Um Harmonie bestrebt, machte er einen Vorschlag: »Wie wäre es, wenn wir zu dritt diese, so wie ich es verstanden habe, nicht ganz offiziellen Ermittlungen weiter vorantreiben? Ich fungiere quasi als euer Vermittlungsagent, der den Zugang zu den Vereinsmitgliedern erleichtert. Wenn wir Erfolg haben, profitieren wir alle davon: Der Mörder von Hans-Jürgen Krebs wird festgenommen, was unseren Verein wieder zur Ruhe kommen lässt. Reiner ist der Held des Tages und lässt damit die Wormser ganz schön alt aussehen, und du, Dietmar, kannst vor Herrn Diefenbach glänzen und hast gleichzeitig genügend Material, um einen spannenden Krimi über unseren Jachtklub zu schreiben.«

Gut gelaunt zog er die vorhin eingesteckten Keksriegel aus der Tasche. »Möchtest du einen?«, fragte er Becker, und ich war froh, dass er mich nicht fragte.

»Nein danke«, sagte dieser. »Ich bin mit dem Zug nach Worms gekommen. In der Nähe des Bahnhofs habe ich eine der besten Pizzen meines Lebens gegessen.«

Aufs Neue stellte ich überrascht und zugleich verärgert fest, wie autonom mein Magen handeln konnte. Das Knurren hätte ebenso von einem Düsenjet stammen können, der die Schallmauer mehrfach nacheinander durchbrach.

Nachdem die beiden mit dem Staunen über meine Körpergeräusche fertig waren, sagte Claus: »Der Bahnhof liegt ziemlich weit weg vom Hafen.«

»Das habe ich gemerkt, ich bin getrampt. Hin und wieder mache ich das.«

»Beckers Wagen hat einen Totalschaden«, warf ich ein, um dieses Thema zu beenden, denn längst hatte ich einen Plan. »Ich wollte sowieso gerade nach Speyer fahren. Das Beste dürfte sein, wenn ich Sie mitnehme, Herr Becker.« Damit ich ihn unter Beobachtung halten konnte, dachte ich zusätzlich.

»Aber ich bin doch gerade erst angekommen. Ich weiß bisher so gut wie nichts über den Verein. Nur das, was ich auf der Herfahrt im Internet recherchiert habe.«

»Das ist doch schon mal ordentlich«, spottete ich. »So viele Informationen, die muss man erst mal verdauen.«

Claus schoss quer. »Wisst ihr was? Sollen wir uns morgen hier im Hafen treffen? Dann ist auch Elke dabei.« Er schaute zu Becker. »Elke ist meine Frau und außerdem …«

»Und dann?«, unterbrach ich ihn gerade noch rechtzeitig. Claus merkte, dass er beinahe unsere Verwandtschaft ausgeplaudert hätte. »Also meine Frau ist morgen auch vor Ort. Wir beginnen mit einer Führung über das Vereinsgelände, und anschließend organisiere ich ein paar Gespräche mit wichtigen Personen des Vereins.« Er legte einen Finger auf die Lippen und grinste. »Natürlich werden das die Wormser Beamten nicht erfahren.«

Nach weiteren Störmanövern von Claus, in denen er Becker versprach, sich ein paar kriminelle Ideen rund um den Jachthafen und die Vereinsmitglieder auszudenken, konnte ich den Studenten endlich dazu bringen, in meinen Wagen einzusteigen. Claus winkte uns am Tor mit seligem Gesichtsausdruck nach.

»Der Erstkontakt hat prima geklappt«, sagte Becker während der Rückfahrt. »Dort scheint alles recht unkompliziert zu sein. Wenn alle so aufgeschlossen sind wie dieser Claus …«

»Mensch, Herr Becker«, tadelte ich ihn, »der Hafenmeister will doch nur eine Echtrolle in Ihrem nächsten Krimi ergattern. Haben Sie das wirklich nicht bemerkt?«

Er wurde unsicher. »Meinen Sie, die Lobeshymnen waren nicht ehrlich gemeint?«

Zur Antwort rollte ich mit den Augen. »Vielleicht ist er sogar der Mörder«, behauptete ich. »Jeder, der am Hafenfest anwesend war, ist ein potenziell Verdächtiger.«

»Da waren doch bestimmt ganz viele Leute auf dem Hafenfest?«, fragte Becker nach.

»Ja«, antwortete ich. »Und jeder von denen könnte der Mörder sein.«

Nach einer kurzen Pause meinte Becker, allerdings sehr leise: »Sie waren auch auf dem Fest.«

Ich nickte und antwortete ungeniert: »Wer weiß, vielleicht sitzen Sie gerade mit einem Mörder in einem Auto. Wäre schade um Ihre Krimireihe.«

»Wieso?«

»Tote können keine Bücher schreiben.«

»Haha, machen Sie sich über mich lustig?«

Ich ersparte mir eine Antwort.

»Warum fahren Sie nicht die Auestraße zum Rhein runter?«, fragte Becker, als wir in Speyer ankamen. »Das ist der kürzeste Weg zum Jachthafen.«

»Ich muss aus ermittlungstaktischen Gründen einen kleinen Umweg nehmen«, begründete ich meine Fahrstrecke.

Längst hatte er eine Vermutung. »Sie wollen zur *Currysau*? Ich habe keinen Hunger, ich bin völlig satt von der Pizza.«

»Egoist«, antwortete ich schroff. Kurze Zeit später parkte ich in direkter Nachbarschaft des Sankt-Guido-Stifts-Platzes. »Sie können im Wagen sitzen bleiben und Radio hören, es dauert nicht sehr lang.«

Wie nicht anders zu erwarten, begleitete mich mein temporärer Schatten. Er hatte Angst, etwas zu verpassen.

Die Atmosphäre rund um den Imbiss wirkte auf mich befremdlich. Irgendetwas störte die gewohnte harmonische Szenerie. Der vor den eigentlichen Imbisscontainern angebaute Wintergarten, der zugleich zur Bedientheke führte, war menschenleer. Panik stieg in mir auf. Hatte ich den Inhaber Robert Schmidt in die Insolvenz getrieben, weil ich in der letzten Zeit nicht mehr so regelmäßig zu Gast war wie früher? Nein, das würde er mir sicherlich rechtzeitig offenbaren. Ich hätte sofort ein polizeilich angeordnetes Notprogramm unter den Schifferstadter Kollegen gestartet. Wenn der Staat Großunternehmen wie der *Lufthansa* finanziell unter die Arme greifen konnte, so war dies auch für mich als kleiner Beamter gegenüber einem mittelständischen, weit über die Region hinaus bekannten Unternehmen der Burgerbranche angebracht.

Ich entdeckte Robert allein auf einer der Sitzgruppen neben dem Imbiss sitzend, wo er deprimiert und in sich versunken eine Limoflasche anstarrte.

»Alter Kumpel, was ist mit dir los?«, versuchte ich ihn aufzuheitern. »Ist dir die Mayo sauer geworden?«

Robert schaute auf und versuchte sich an einem kaum wahrnehmbaren Lächeln. »Hallo, Reiner, du hast dir leider einen sehr ungünstigen Tag für deinen Besuch ausgesucht. Die *Currysau* bleibt heute geschlossen. Wenn ich Pech habe, für immer.«

Unter Schock setzte ich mich Robert gegenüber. Becker tat es mir gleich.

»Bist du pleite?«, fragte ich aufs Geratewohl.

»Ach was«, erwiderte er. »Die vergangenen zwei, drei Jahre waren aus dem bekannten Grund schwierig, aber ich habe die gleiche positive Lebenseinstellung wie du: Das Leben geht weiter.« Er zeigte auf seinen Imbiss. »Das Finanzamt macht gerade eine Bestandsaufnahme im Rahmen einer Sonderprüfung.«

»Das Finanzamt zählt das Geld in deiner Kasse?«

»Das auch, die machen aber eine Vollinventur.«

Ich verstand immer noch nicht. »Ist die Inventur nicht Aufgabe des Unternehmens?«

»Normalerweise schon«, erklärte Robert nach einem ausgiebigen Schluck aus der Limoflasche. »Woher sollte ich wissen, dass Elli, die beim Finanzamt arbeitet, mit faulen Mitteln nach ihrer nächsten Beförderung schielt? Ein Bekannter, der anonym bleiben will, hat mir erzählt, dass sie im Finanzamt neuerdings eine Art Bonussystem installiert haben. Je mehr Steuersünder ein Sachbearbeiter erwischt, desto höher wird er gehaltlich eingruppiert.«

O weh, das sah nicht gut aus für Robert und seinen Speyerer Kulttempel. »Hast du dir etwas zuschulden kommen lassen?«

»Nicht mit Absicht«, äußerte er. »Diese Elli hat mich in eine Falle gelockt. Das war ein abgekartetes Spiel, sag ich dir. Und jetzt fährt sie große Geschütze auf.«

Robert öffnete eine kleine Tasche, die neben ihm auf der Bank stand, und entnahm ein längliches Päckchen. »Wollt ihr ein paar Schokokekse? Mehr habe ich leider nicht retten können.«

Und da waren sie wieder: mein Halskloß, der sofort mit der Produktion der Übelkeitshormone begann, sowie mein Magen, dessen Resonanzkörper sich aufgrund der Leere inzwischen vervielfacht hatte.

Erschrocken blickte mich Robert an: »Warst du deswegen schon in der Gastroenterologie? Dein Magen hört sich an, als stände er kurz vor der Selbstzerstörung.«

»Er hat nach einem gigantischen Burger gerufen«, sagte ich. »Und die gibt es nur bei dir. Süßigkeiten sind heute für mein momentan zweitwichtigstes Organ eher kontraproduktiv.«

Auch Becker lehnte das Angebot ab, und Robert steckte die Kekse wieder weg.

»Jetzt erzähl mal von vorne, Robert. Als Polizeibeamter habe ich schließlich meine Kontakte, bestimmt lässt sich da was machen. Entweder auf dem kleinen Dienstweg oder von mir aus auch auf dem hochoffiziellen Weg. Meine Kontakte zum Polizeipräsidenten sind vorzüglich. Er frisst mir quasi aus der Hand. Ich lasse es nicht zu, dass das Finanzamt eines der eindrucksvollsten Unternehmen der Kurpfalz dichtmacht.«

»Elli ist eine Stammkundin«, begann Robert mit der Aufklärung. »Wie auch viele weitere Mitarbeiter aus dem Finanzamt.« Er deutete in Richtung Innenstadt. »Sind ja nur ein paar Meter bis zu uns. Vor ein paar Tagen kam sie um die Mittagszeit zum Imbiss und verlangte lediglich eine Portion Pommes, was für sie ungewöhnlich ist. Normalerweise verputzt sie gewaltige Portionen fast so wie du, Reiner. Ich wollte gerade die Pommes in das Kassensystem eingeben, da bemerkte sie, dass sie ihren Geldbeutel vergessen hat.«

»Kann ja mal passieren«, meinte ich.

»Na klar«, bestätigte Robert. »Aber Elli hat das mit Absicht gemacht.«

»Sie hat mit Absicht ihren Geldbeutel vergessen? Wie muss ich mir das vorstellen?« Ich verstand nicht, worauf er hinauswollte.

»Ich sagte ihr, dass das kein Problem sei und sie die Pommes beim nächsten Besuch bezahlen soll. Und dann habe ich den entscheidenden Fehler begangen: Ich habe die Pommes nicht in das Kassensystem gebucht.«

Ich verstand immer noch nicht. »Du hast ja kein Geld bekommen, oder?«

»Bei einem ordentlichen Kaufmann, wie ich einer bin, zählt steuerlich das Datum der Leistungserbringung, nicht das Datum der Geldeinnahme. Das sind fiskalische Spitzfindigkeiten, hat mir mein Steuerberater mal erklärt. Hab's trotzdem nicht verstanden«, ergänzte er kopfschüttelnd.

»Und deswegen ...«

Robert nickte und zeigte weiterhin seine betrübte Miene. »Und jetzt hat sie mir, beziehungsweise dem Unternehmen, den Todesstoß versetzt. Heute früh, ich war gerade im Großmarkt, kam sie zum Imbiss und drückte einer Aushilfe das Geld für die Pommes in die Hand. Die Aushilfe wusste natürlich nichts von der Vorgeschichte und legte das Geld brav in die Kasse. Von ihrem Standpunkt aus gesehen war das völlig korrekt.«

So langsam wurde mir die Tragweite des Komplotts bewusst. »Jetzt hast du das Geld für eine Portion Pommes in der Kasse liegen, aber keinen passenden offiziellen Beleg.«

»So ist es.« Er trank die Flasche leer und seufzte. »Vorhin kam unangemeldet ein halbes Dutzend Außenprüfer und hat den Verkauf gestoppt. Sie sitzen jetzt im Imbisscontainer und zählen Burgerpaddies, wiegen den Vorrat an Pommes und kontrollieren die Kasse. Als ich neugierig durchs Fenster schaute, sah ich, dass sogar die Servietten und die hölzernen Pommespikser gezählt werden. Das ist doch Wahnsinn, oder?«

»Das ist lächerlich und einer Behörde unwürdig«, rutschte es mir heraus. »Du bist doch kein Schwerverbrecher.« Ich hatte eine Idee. »Wollte dich diese Elli vielleicht erpressen und hat aus Wut darüber, dass du dich nicht auf ihren Deal eingelassen hast, die Außenprüfer auf dich gehetzt?«

»Das kann durchaus sein«, bestätigte Robert meine Vermutung. »Aber ich war ja nicht da, als sie kam, um die Pommes zu bezahlen. Meine Aushilfe erzählte mir, dass Elli ihr unauffällig eine Broschüre auf die Theke legte. Die Aushilfe hat die Broschüre, als Elli wieder gegangen war, ungesehen in den Abfall geworfen.«

»Ein Angebot, das du nicht ablehnen kannst«, bewertete ich diese deutliche Aktion. »Diese Elli hat es faustdick hinter den Ohren. Ich würde ihr an deiner Stelle Hausverbot erteilen.«

Robert war den Tränen nahe. »Wenn das Finanzamt mir den Laden dichtmacht, hat sie jedenfalls gewonnen.«

Dietmar Becker setzte gerade an, um ein paar tröstende Worte an Robert zu richten, da kamen zwei Finanzbeamte mit ernsten Mienen aus dem Imbisscontainer auf uns zu.

»Herr Schmidt?«, fragte einer der beiden.

Robert nickte kurz.

»Wir haben leider schlechte Nachrichten für Sie.« Er setzte sich neben mich, damit er Robert in die Augen sehen konnte. Sein Kollege blieb stehen. »Unsere Bestandsaufnahme hat leider beträchtliche Fehlmengen bezüglich des Warenvorrats ans Tageslicht gebracht. Um dies festzustellen, haben wir Ihre Einkaufsnachweise mit den gebuchten Warenausgängen verglichen. Bei einer einwandfreien Buchhaltung müsste die Differenz exakt den vorhandenen Vorräten entsprechen. Tut es aber nicht.«

»Darf ich meinen Anwalt und den Steuerberater anrufen?«, fragte Robert. »Muss ich in Untersuchungshaft?«

»Ganz so schlimm ist es nicht«, meinte der Prüfer mit steifer Mimik. »Die Differenzen sind steuerlich zwar relevant, aber nach unserer ersten Einschätzung nicht strafbar.«

Er öffnete eine Mappe. »Es fehlen eine Flasche Orangenlimonade, eine Packung Schokoladenkekse mit Meersalzgeschmack, die Sie unter Mitarbeiterverpflegung gebucht haben, sowie etwa 20 Gramm Senf.«

Robert bekam eine Maulsperre. »Da... äh ... das ist alles?«, stotterte er mühsam. Dann zeigte er auf die leere Flasche und legte die Kekspackung dazu. »Das habe ich vorhin, als Sie den Verkauf stoppten, mit rausgenommen. Ich konnte das nicht mehr in der Kasse buchen, weil Sie sie beschlagnahmt haben.«

Der Prüfer verglich umständlich und gewissenhaft das Etikett der Flasche und die Umverpackung der Kekse mit seiner Liste. »Scheint zu passen«, meinte er schließlich. »Dann bleibt die Fehlposition Senf übrig.«

Ich beschloss, mich einzumischen und dieser Farce ein Ende zu bereiten. Demonstrativ zog ich meinen Dienstausweis heraus und streckte ihn dem Prüfer entgegen. »Sie machen solch einen Aufwand wegen 20 Gramm Senf? Haben Sie nichts Wichtigeres zu tun?«

Mein Gegenüber zeigte sich wenig beeindruckt. »Wir sind eine unabhängige Behörde und unterstehen ausschließlich dem Finanzministerium. Sie als Polizeibeamter arbeiten für das Innenministerium. Lassen Sie uns unsere Arbeit machen. Wir mischen uns auch nicht in die Ihrige ein.«

Ich wollte aufbrausen, doch er schob eine Erklärung nach. »Wir haben einen Hinweis einer Sachbearbeiterin erhalten. Von Amts wegen müssen wir allen Hinweisen aktiv nachgehen. Steuerhinterziehung ist kein Kavaliersdelikt!«

»20 Gramm Senf?«, entgegnete ich.

»Auch bei 20 Gramm Senf«, erwiderte er. Dann wechselte sein Blick zu Robert: »Sind Sie mit einer mündlichen Verwarnung einverstanden? Das schriftliche Protokoll schicken wir direkt zu Ihrem Steuerberater.«

Wenige Minuten später endete der Spuk, der Prüfertross zog ab.

»So etwas gibt es nur in Speyer«, sagte ich zwecks Aufmunterung zu Robert, wohl wissend, dass es nicht stimmte.

Langsam kam wieder Leben in den »Herrn der Würste«, wie Robert von seinen Freunden genannt wurde. »Dass ich so etwas erleben muss«, meinte er resigniert.

»Immerhin wurde dir von einem halben Dutzend scharfer Finanzprüfer testiert, dass in deinem Imbiss alles korrekt abläuft. Und wegen des Senfs mache dir nicht so viele Gedanken.«

Robert schnaufte fest durch. »Ich bin froh, dass ich morgen wieder durchstarten kann.«

Ich erschrak. »Wieso morgen? Kann ich nicht heute noch …«

»Ausgeschlossen«, beschied mir Robert. »Als die Prüfer den Verkauf stoppten, habe ich mein Personal nach Hause geschickt.« Er schaute kurz auf seine Uhr. »Für heute lohnt sich das Öffnen nicht mehr. Bis alles vorbereitet wäre, dauert es mindestens eine Stunde.«

Becker konnte sich ein Grinsen nicht verkneifen.

Mit einem mörderisch-bedeutungsvollen Blick drohte ich dem Studenten ernsthafte Konsequenzen an: »Sie wollen nach Hause laufen?«

Sein Grinsen erstarb.

Ich erhob mich und schlug mit heftigem Magenknurren dem Herrn der Würste leicht auf die Schulter. »Ich wünsche dir einen schönen Feierabend, Robert. Wir haben noch ein bisschen was zu tun. Ich komme in den nächsten Tag auf einen Burger vorbei. Oder zwei oder so.«

INNOVATIVE ÄRZTLICHE
DIENSTLEISTUNGEN

Der Weg zum Speyerer Jachthafen war kurz. Nach weniger als einem Kilometer erreichten wir in der Nähe des Domgartens die Straße Im Hafenbecken. Der Name war glücklicherweise irreführend, da die Straße nicht direkt in das Hafenbecken führte, sondern lediglich zur Landzunge zwischen Rhein und Hafenbecken.

An dieser Stelle befindet sich unter anderem eine Niederlassung der *SEA LIFE*, ein beachtliches Großaquarium, in dessen Gebäudekomplex in rund zehn Bereichen wie Gebirgsbach, Bodensee oder Amazonas die dort lebenden Wasserbewohner gezeigt wurden. Eines der imposanten Highlights ist der tropische Tunnel, ein begehbares Aquarium. Kleineren Kindern ist dieser Tunnel bisweilen unheimlich, wenn über ihren Köpfen plötzlich ein Ammenhai vorbeischwimmt. Meine Erfahrungen mit dem *SEA LIFE* waren nicht nur positiv, was aber nicht an dem Aquarium an sich liegt, sondern an den Besuchern, im speziellen den eigenen Kindern. Nur wenige Sekunden blickten sie in eines der mit vielen liebevollen Details gestalteten Aquarien, dann entdeckten sie bereits das nächste. Angetrieben von einer nicht begründbaren Rastlosigkeit jagten sie, immer schneller werdend, durch die Gänge, um ja nichts zu verpassen. Während die Eltern noch im ersten Bereich verweilten und die Atmosphäre genossen, waren die Kinder längst im Souvenirshop am Ende des Rundgangs angekommen. Mein

Fazit: Niemals mit Kindern das *SEA LIFE* besuchen, wenn man selbst etwas erleben oder lernen möchte.

Becker riss mich aus den Gedanken. »Hier gibt's keine freien Parkplätze. Sie fahren besser auf den Festplatz.«

Ich verdrehte meine Augen. »Wissen Sie, wie weit das ist?« Auf dem Parkplatz des Jachthafenbetreibers gab es ausreichend Abstellflächen. Grinsend zeigte ich Becker meine halbamtliche Parkerlaubnis, die ich auf das Armaturenbrett legte.

Mein Beifahrer wollte diesbezüglich etwas erwidern, doch mein erneuter durchdringender Blick ließ ihn verstummen.

Der Hafen war in seiner kompletten Länge offen einsehbar. Die Boote entsprachen, zumindest aus meiner Laiensicht, an Größe und Ausstattung dem Wormser Niveau. Direkt vor dem *SEA LIFE* gibt es eine Anlagestelle für ein größeres Ausflugsschiff, welches abfahrbereit auf touristische Nachzügler wartete, die gerade den Steg nach unten zum Boot eilten.

»Da würde ich jetzt gerne mitfahren«, meinte Becker.

»Tun Sie sich keinen Zwang an, ich komme auch ohne Sie klar.«

»Selbstverständlich bleibe ich bei Ihnen und unterstütze Sie bei unseren Ermittlungen. Ich will Herrn Diefenbach nicht enttäuschen.«

»Dann suchen Sie mal nach seiner Jacht«, brummte ich. »So richtig große Boote kann ich nicht sehen.«

Becker war der gleichen Meinung. »Sollen wir Richtung Rhein laufen?«

Mangels vernünftiger Alternative war ich mit seinem Vorschlag einverstanden. Kaum waren wir ein paar Meter gegangen, sahen wir auf dem Rhein ein größeres Boot in Richtung Hafeneinfahrt fahren.

»Seltsam«, wunderte sich Becker. »Das kann nur ein Ausflugsschiff sein. Wo will das im Hafen festmachen, die Anlegestelle ist doch besetzt.«

»Aber nicht mehr lange«, sagte ich. »Das eine fährt, das zweite kommt.« Allerdings täuschte ich mich gründlich, denn bei dem riesigen Boot handelte es sich nicht um ein Ausflugsschiff, sondern um KPDs Jacht.

»Wahnsinn!«, rief der Student. »Das ist tatsächlich Herrn Diefenbachs *Geldanlage*. Für diese gigantische Jacht ist in dem engen Hafenbecken doch gar kein Platz.«

Wir wurden Zeuge eines erstaunlichen Manövers. Die *Geldanlage*, die eine gewaltige Bugwelle in den Hafen schob, ließ beinahe das Ausflugsschiff kentern, welches gerade abgelegt hatte und am Ende des Hafenbeckens wendete. KPDs Jacht steuerte auf den vordersten Anlegesteg im Hafen zu. Im Gegensatz zu den anderen Booten, die im rechten Winkel zum Ufer neben kleinen Stegen lagen, hielt die *Geldanlage* der Länge nach am Ufer. Dennoch blockierte die Jacht rund zwei Drittel der Zufahrtsbreite.

Interessiert beobachtete ich das Ausflugsschiff, dessen Kapitän wütend in seinem Steuerstand das Horn betätigte und auf KPDs Jacht zusteuerte. Im Zeitlupentempo und mit hoher Professionalität gelang es ihm, sein Schiff ohne Fremdkontakt an der Jacht vorbeizusteuern.

»Gehen wir runter und schauen nach.« Ich zeigte auf die Treppe, die zur Steganlage führte. Ich war mehr als gespannt, an wen KPD die Jacht vermietet hatte. Es musste sich um einen hochrangigen Politiker oder zumindest den Aufsichtsratsvorsitzenden eines DAX-Unternehmens handeln.

Am Bug des Schiffes stand der Name »Geldanlage« übergroß in goldfarbenen Lettern, darunter, kaum kleiner und in roter Farbe: »Hier fährt der gute Chef Klaus P. Diefenbach persönlich.« Geschmack war noch nie KPDs Ding.

»Ahoi!«, rief ich in Richtung Jacht und hoffte, dass dieser Ruf nicht nur während der Fasnachtssaison sinnvoll genutzt werden konnte.

Kurz darauf ertönte ein unmenschliches und extrem schmerzhaft lautes Grölen, das jeden, der dieses Phänomen zum ersten Mal hörte, sofort an ein die nach oben offene Richterskala sprengendes Erdbeben denken ließ.

»Palzki!«, rief ein mir leider altbekannter Not-Notarzt. »Was machen Sie an diesem für Sie unpassenden Ort? Gibt's mal wieder ein paar Leichen? Ich habe leider keine Zeit, Ihre Opfer einzusammeln und unrentable Totenscheine auszustellen.« In diesem Moment entdeckte er den Studenten. »Dietmar, du auch hier? Dann scheint es ja was Ernstes zu sein.« Er zelebrierte ein weiteres Mal seine außerirdische Lache.

Doktor Matthias Metzger hatte vor Jahren seine Kassenzulassung zurückgegeben oder zurückgeben müssen, darüber waren sich die Quellen nicht einig. Seitdem fuhr er mit einem zum OP-Mobil umgebauten Reisemobil durch die Kurpfalz, um Verkehrsopfer aufzusammeln und seine unsäglichen ärztlichen Dienstleistungen an den Kunden, wie er seine todgeweihten Patienten nannte, zu bringen. Vermutlich wegen den ständig wechselnden Einsatzorten und der fehlenden postalischen Meldeadresse war es bislang keiner Behörde gelungen, sein kriminelles Treiben zu beenden. Es war mir unbegreiflich, wie es ihm gelang, mit Finesse ständig neue Kunden zu überreden, auf seine pseudomedizinisch abartigen Dienstleistungen hereinzufallen. Am ehesten lag es wohl an den horrenden Krankenkassenbeiträgen und den immer stärker eingeschränkten Leistungsportfolios der Krankenkassen.

Wo der Not-Notarzt Doktor Metzger war, konnte sein Kumpel Günter Wallmen nicht weit entfernt sein. Der Chirurg und Notfallarzt Wallmen war als Oberarzt in einem der beiden Speyerer Krankenhäuser angestellt und litt seit Jahren darunter, keine Promotion vorweisen zu können. Nachdem er seinen Seelenverwandten Metzger bei einem Dirndlwettbewerb während des Brezelfestes kennengelernt hatte, nahm er ein Sabbatjahr, um sich in dieser Zeit von Metzger die Doktorarbeit schreiben zu lassen. Zum Dank fuhr er mit ihm in dessen OP-Mobil als freier medizinischer Berater und unterstützte die absurden und gefährlichen Experimente Metzgers.

»Hallo, Mathias«, rief Dietmar Becker. »Ist Günter auch bei dir?«

Nun trat Günter Wallmen an die Reling. In der Hand hielt er einen angebissenen Keks. »Muss grad noch fertig kauen«, nuschelte er mit vollem Mund.

Mit dieser Situation war ich völlig überfordert. Was machten die beiden Chaosärzte auf KPDs Schiff? Noch während ich über die nächsten Schritte nachdachte, sprangen die beiden schon zu uns auf den Steg.

»Wo ist euer OP-Mobil?«, fragte Becker, da ich nach wie vor sprachlos war.

Metzger und Wallmen begrüßten Becker mit Handschlag, mich ignorierten sie. »Das ist die größte Sauerei, die ich je erlebt habe!«, schrie der Not-Notarzt wütend. »Wenn ich in der Bundespolitik etwas zu sagen hätte, würde ich dieses Baden-Württemberg-Ländle sofort aus dem Staatenbund ausschließen. Sollen die doch gucken, wie die alleine zurechtkommen. So schnell bringt mich niemand mehr rüber in dieses demokratiefeindliche Gebiet. Wegen ein paar Millimetern solch einen Aufstand zu betreiben, ist hochgradig bürgerfeindlich.«

Wallmen mischte sich ein. »Beruhige dich, Matthias. Die beiden wissen doch gar nicht, um was es geht.« Er wandte sich uns zu. »Wir sind in eine anlasslose Verkehrskontrolle geraten, drüben, zwischen Mannheim und Heidelberg, irgendwo in der Pampa. Die Polizisten, das waren so junge Leute, wahrscheinlich Bereitschaftspolizisten, wollten außer den Fahrzeugpapieren tatsächlich den Verbandskasten sehen. Ausgerechnet den Verbandskasten! Unser OP-Mobil ist vollgestopft mit Arzneimitteln und Verbandsmaterial. Zugegeben, das Zeug ist nicht mehr ganz taufrisch, aber vieles ist noch verwendbar. Sterilität ist sowieso nur ein vom Teufel erfundenes Schlagwort und Wunschdenken vieler Mediziner, die von der harten Praxis keine Ahnung haben. In der Realität geht es einzig und allein um Sauberkeit. Und darin sind wir beide rigoros: Alle vier Wochen gibt es bei uns frische Handtücher und einmal im Quartal wird das OP-Bett neu bezogen.«

»Komm endlich zum Punkt«, unterbrach ihn Metzger. »Palzki kapiert unser grandioses Konzept sowieso nicht.«

Wallmen übernahm wieder. »Jedenfalls schickten wir den jungen Burschen in unser OP-Mobil, damit er sich ein Bild über unseren Materialbestand machen konnte, aber er vertrug unser medizinisches Odeur nicht. Zwei, drei Schritte, dann kippte er luftschnappend aus den Latschen. Wir haben natürlich sofort Notfallmaßnahmen ergriffen und ihn ins Leben zurückgeholt. Als Lebensretter dachten wir, dass sich die Fahrzeugkontrolle erledigt hätte. Doch Pustekuchen, ein anderer Wichtigtuer regte sich plötzlich wegen den abgefahrenen Reifen auf.«

»Drei Millimeter fehlen, meinte er«, echauffierte sich Metzger. »Als ob es auf die Dicke des Gummis der Schlappen ankäme. Ich habe die Beamten deutlich auf das schützende und stabile Drahtgeflecht hingewiesen, das an mehreren Stellen aus dem Profil rausblitzte. Damit kann man noch locker 30. bis 40.000 Kilometer fahren, bevor es kritisch wird. Aber was machen die baden-württembergischen Bullen? Die kratzen den TÜV-Stempel ab und rufen einen Abschleppwagen, der unser OP-Mobil mitnahm. Uns wurde eine Mängelliste übergeben, die so lang ist wie die Gesamtausgabe des Berliner Telefonbuchs.«

Ich jubelte innerlich und nahm mir vor, ein Dankesschreiben nach Baden-Württemberg zu schicken.

»Lasst ihr es reparieren?« Becker war neugierig.

»Dazu müssten wir unsere mühsam ersparten Rücklagen anknabbern«, erklärte Wallmen. »Die haben wir mündelsicher und langfristig angelegt. Außerdem hatten wir Pech mit ein paar osteuropäischen Aktien. Wir müssen erst neues Geld verdienen, bevor wir das OP-Mobil zurück in die Pfalz holen können. Unser gehobener Lebensstil entspricht dem ehrenvollen Dienst, den wir tagtäglich für die Gesellschaft leisten. Da bleibt leider nicht viel Geld zum Sparen übrig.«

Metzger zeigte mit dem Zeigefinger auf mich. »In der Vorderpfalz bin ich jedenfalls vor solchen Abzockergaunereien sicher. Das habe ich mit Ihrem Chef geklärt.«

Endlich hatte ich die Möglichkeit, auf die Verbindung zu KPD und dieser Jacht zu kommen. »Diefenbach hat Ihnen dieses Boot überlassen?«

»Wir sind ein vertrauenswürdiges Team«, meinte Metzger prompt. »Herr Diefenbach weiß, dass wir auf sein Eigentum achtgeben, als wäre es unser eigenes.«

»Na dann«, sagte ich.

»Wir haben eine Vereinbarung ausgehandelt«, erklärte Wallmen und senkte seine Stimme. »Herr Diefenbach will sich, das muss aber unter uns bleiben, in den Speyerer Jachthafen einkaufen. Im ersten Schritt hat er zwecks Etablierung seines Rufs einen Anlegeplatz für sein Prestigeobjekt angemietet. Als er von unserer Notlage hörte, hat er seine Jacht für eine gewisse Zeit an uns vermietet. Gegen Umsatzbeteiligung und kleinere, äh, Besorgungen.«

»Umsatzbeteiligung?« Ich wurde hellhörig. »Bieten Sie neuerdings Ihre krankhaften Dienstleistungen auf diesem Boot an?«

»Viel besser«, grölte Metzger und zog eine in Goldfolie eingewickelte Praline aus der Hosentasche, an der mit einer kurzen Schnur eine Visitenkarte befestigt war.

»Metzger & Wallmen – Spezialprodukte für den reichen Mann und die verwöhnte Frau«, las ich. »Etwas diskriminierend, oder?«

Der Pawlowsche Reflex funktionierte auch bei mir, mein aufgeblähter Magen dürfte inzwischen die Lungenflügel zur Hälfte verdrängt haben und hämmerte staccatoartig ein übles Knurrkonzert.

Metzger zog lachend weitere Pralinen aus der Tasche. »Greifen Sie zu, Palzki. Kostet Sie keinen Cent. Ihnen kann ich es ja verraten: Unsere Werbemittel sind billige Resteverwertungen aus mehrfach eingeschmolzener Schokolade wie alte Weihnachtsmänner und Osterhasen, bei denen das

Mindesthaltbarkeitsdatum abgelaufen ist. Durch das Erhitzen werden aber sämtliche Keime abgetötet.«

Schon wieder war ich nahe dran, Vorprodukte meiner Darmtätigkeit unproduktiv und vorzeitig zu verschleudern.

Ich konnte mir nicht vorstellen, dass es bei dem Umsatzbeteiligungsdeal um kleine Beträge ging. Ich musste Näheres über die sogenannten *Spezialprodukte* erfahren. Meine Motivation lag einzig und allein darin begründet, KPD beim Polizeipräsidenten mit zusätzlichen Vergehen anzuschwärzen. Wenn es mir gelänge, gleichzeitig auch die beiden Pseudomediziner dauerhaft aus dem Verkehr zu ziehen, hätte ich auf einen Rutsch viel Gutes für die Kurpfälzer Bevölkerung bewirkt.

»Was verkauft ihr denn so?«, fragte Dietmar Becker neugierig. Die gleiche Frage hätte ich fast zeitgleich selbst gestellt.

»Dann kommt mal mit auf die Jacht«, sagte der Not-Notarzt. Er schaute mir provozierend auf den Bauch. »Schaffen Sie das, Palzki? Oder brauchen Sie Hilfe? Wenn Sie zwischen Steg und Bordwand in den Spalt fallen, kann ich für nichts garantieren. Wir haben nur die allernötigsten medizinischen Gerätschaften an Bord. Aus Platzmangel«, ergänzte er mit einem Grölen.

Platzmangel, dachte ich überrascht. Auf diesem Riesendampfer könnte man wahrscheinlich mehrere Schiffscontainer unterbringen, wenn auch nicht am Stück. Todesmutig stieg ich die kleine Stegbrücke nach oben, sprang aus dem Stand heraus auf die Jacht und landete mühelos auf den Füßen. Stolz wie Bolle begutachtete ich meinen sicherlich 40 Zentimeter weiten Sprung.

Die drei anderen klatschten, um mich zu ärgern. Ich notierte mir in Gedanken für jeden von ihnen ein paar Strafpunkte. Da sie weiterhin auf dem Steg standen und über mein artistisches Können witzelten, ging ich, ohne mich um sie zu kümmern, zum Führerstand. Mit Begeisterung entdeckte ich eine silberne Schale, in der Kekse lagen. Da es sich um völlig schokoladenfreie Kekse handelte, überwältigte mich der Heißhunger. Ohne mich wehren zu können, schnappte ich mir zwei der recht großen Exemplare und stopfte sie mir in den Mund.

»Herr Palzki?« Günter Wallmen stand plötzlich hinter mir. Mit blassem Gesicht starrte er mich an.

»Habe ich etwas falsch gemacht?«, fragte ich ihn.

Wallmen stand wie versteinert da. »Haben Sie von den Keksen gegessen?«, fragte er nach einer Weile leise.

»Nur ein oder zwei Stück«, gab ich zu und ergänzte als Entschuldigung: »Die schmecken sehr gut. Da muss irgendein exotisches Gewürz drin sein, das ich nicht zuordnen kann. Können Sie mir das Rezept aufschreiben für meine Frau?«

Wallmen schüttelte vehement den Kopf. »Besser nicht, Herr Palzki.«

»Dann halt nicht«, meinte ich bedauernd. »Haben Sie die selbst gemacht?«

»Meine Schwiegermutter«, sagte Wallmen. »Sie wohnt ganz in der Nähe im betreuten Wohnen.« Er schwieg einen kurzen Moment. »Sie hat schon immer einen grünen Daumen und ist Spezialistin für alles, was im Garten wächst und gedeiht.«

Ich nickte anerkennend. »Sie stellt das Mehl selbst her? Ist das nicht sehr aufwändig für ein paar Kekse?«

»Mehl?«, fragte Wallmen irritiert. »Nennen Sie es lieber eine spezielle Züchtung meiner Schwiegermutter. Ich denke, Sie tun gut daran, wenn Sie auf dem Rückweg Herrn Becker fahren lassen.«

Wallmen ließ die Schale mit den Keksen unauffällig in einer Schublade verschwinden, und ich hatte endgültig verstanden.

»Hasch... äh ... Haschkekse?«, stotterte ich hilflos.

»Keine Angst«, versuchte er, mich zu beruhigen. »Pro Keks sind es nur 50 bis 100 Milligramm THC, das hat noch keinen Polizisten umgeworfen. Beim Essen von Haschisch tritt die berauschende Wirkung zum Glück erst zeitverzögert nach ein oder zwei Stunden auf. Das THC muss zunächst von der Leber über das Blut ins Gehirn gelangen.«

Panik stieg in mir auf. Ich kannte mich zwar grundsätzlich in der Theorie mit verbotenen Drogen aus und hatte früher mehrere Seminare besucht, aber es war das erste Mal in meinem Leben, dass ich, wenn auch unfreiwillig, eine unerlaubte Droge zu mir genommen hatte. »Ihre Schwiegermutter pflanzt die Cannabispflanzen selbst an?«

»Sie wohnte früher in einem kleinen Dorf nahe Kassel in einem Haus mit großem Garten. Dort hatte sie neben Obst und Gemüse auch gängige Kräuter gepflanzt, unter anderem die Heilpflanze Mönchspfeffer, die insbesondere bei Frauenleiden in den Wechseljahren helfen soll.«

»Ich verstehe nicht, worauf Sie hinauswollen.«

Wallmen wurde präziser: »Seit sie im betreuten Wohnen ist, hat sie eine kleine Gartenparzelle vor ihrer Wohnung. Als ich bemerkte, dass der angebaute Mönchspfeffer dem Cannabis sehr ähnlich ist, habe ich ihr ein paar Pflanzen untergejubelt. Unter ihrer fürsorglichen Pflege gedeiht der Cannabis inzwischen unauffällig auf dem weitläufigen Gelände der Wohnanlage. Da sich die alte Dame nicht mehr so gut bücken kann, ist sie über meine gelegentliche Hilfe bei der Pflege sowie den Ernteeinsätzen sehr erfreut. Ich bin halt der ideale Schwiegersohn.«

Er grinste frech, dann fiel ihm noch etwas ein. »Falls

Sie in den nächsten Tagen einen Termin zur Blutabnahme haben, verschieben Sie besser den Termin.«

Ich wollte etwas erwidern, doch Metzger und Becker, die mein kleines Keksabenteuer nicht mitbekommen hatten, kamen hinzu.

»Na, haben Sie sich von Ihrem Sprung erholt?«, lästerte der Not-Notarzt. »Gehen wir nach unten? Passen Sie im Vorraum auf, dort ist es ein wenig eng.«

Beim besten Willen konnte ich mir nicht vorstellen, dass auf oder in dem Boot irgendetwas eng sein sollte. Nachdem ich die Treppe zur Hälfte hinuntergestiegen war, sah ich, dass diese am Ende fast komplett mit weißen Schränken versperrt war. Lediglich ein schmaler Spalt führte ins Innere des Bootes.

»Gehen Sie nur durch, Palzki«, dröhnte es von hinten. »In der Lounge ist mehr Platz.«

Meine Verwunderung wuchs, als ich erkannte, dass es sich bei den Schränken ausnahmslos um raumhohe Kühl- und Gefrierschränke handelte.

Nach etwa 20 Einheiten *Weißer Ware* gelangte ich zu einer luxuriös ausgestatteten Lounge mit einer ledernen Sitzgruppe. Auf der einen Seite hing ein 100 Zoll großer Fernseher, gegenüber in gleicher Größe, aber in Hochformat, ein Porträt KPDs, das auch den Brustbereich nebst seinen Orden abbildete. »Beliefern Sie neuerdings Apotheken mit kühl zu lagernden Medikamenten?«, fragte ich aufgrund einer spontanen Idee.

Becker machte es sich als Erster auf der Sitzgruppe bequem. Die beiden Mediziner setzten sich ihm gegenüber, sodass ich, wenn auch ohne Begeisterung, neben dem Studenten Platz nahm.

»Mit Arzneimittel ist schon lange kein großer Reibach mehr zu machen«, widersprach Metzger meiner Theorie.

»Der Markt ist längst unter ein paar großen Playern aufgeteilt, und da geht es nur noch um billig, billig und sonst nichts. Wir haben vor einer Weile versucht, im Kongo Antibiotika produzieren zu lassen.« Metzger schüttelte den Kopf. »Keine Chance auf eine vernünftige Rendite.« Der Not-Notarzt zeigte auf die Kühl- und Gefrierschränke. »Die sind nicht einmal auf unseren Mist gewachsen, das gehört alles Ihrem Chef. Aber der Inhalt hat uns auf die richtige Idee gebracht. Unsere Kundenzahl erhöht sich rapide. Die Mundpropaganda ist der helle Wahnsinn.«

Wallmen stand auf und öffnete den vordersten Schrank. »Die sind allesamt vollgestopft mit Kaviar, Champagner und Austern. Die Waren hat Herr Diefenbach ausschließlich für seinen Eigenbedarf gebunkert. Damit will er bestimmte Personenkreise beeindrucken, da er vorhat, …«

»Stopp!«, unterbrach ihn sein Kumpel. »Wir haben Diefenbach Vertraulichkeit zugesichert. Seine Pläne können uns egal sein, solang sie sich nicht mit unseren überschneiden.«

»Ich weiß, was mein Chef vorhat«, winkte ich mit einer lässigen Handbewegung ab. »Soll er nur machen. Solang er mit diesen Bootsvereinen beschäftigt ist, nervt er uns auf der Dienststelle nicht.« Ich sah Wallmen an. »Aber was wollen *Sie* mit dem Zeug anfangen?«

»Verkaufen«, antwortete Wallmen. »Herr Diefenbach sitzt zurzeit in Untersuchungshaft, das ist sogar bis zu uns durchgedrungen.«

»Austern sind nicht ewig haltbar«, mischte sich Metzger ein. »Wir helfen Ihrem Chef, seinen Verlust zu minimieren. Wir verkaufen diese Luxuslebensmittel zum halben Preis, das ist auf jeden Fall besser, als sie irgendwann in den Rhein kippen zu müssen.«

Ich war mehr als irritiert. »Sie verkaufen Champagner, Austern und Kaviar, der nicht einmal das Verbrauchsdatum überschritten hat? Das ist vermutlich das erste Mal, dass Sie legale Geschäfte machen.«

Metzger grölte, Wallmen grinste. »Das ist ja nur ein Teil unserer neuen Gewinnmaximierungsstrategie«, erklärte Wallmen. »Interessant ist das Gesamtpaket, das wir anbieten. Diefenbachs Produkte verkaufen wir solang, wie wir Zugriff auf diese Jacht haben. Der Kühlungsaufwand ist beträchtlich, auch wenn Diefenbach den Strom bezahlt. Die Rendite ist dagegen ordentlich, da unser Einkaufspreis bei null liegt, aber die Sachen verkaufen sich nicht von alleine.«

»Wir fahren abwechselnd jeden Tag den Rhein, beziehungsweise den Neckar entlang, auf beiden Seiten«, erklärte Metzger. »Den Neckar befahren wir bis nach Heidelberg. Für die Schleusen haben wir uns eine Sondergenehmigung ergaunert, die uns eine Bevorzugung bei den Berufsschiffern und Ausflugsschiffen zusichert. In allen öffentlichen und privaten Häfen sowie sämtlichen Anlegestellen legen wir für ein paar Minuten an, ähnlich wie ein mobiler Eisverkäufer in den Wohngebieten. Inzwischen haben wir feste Zeiten, damit unsere Kunden zuverlässig an ihre Produkte kommen.«

»Neckar?«, hakte ich nach. »Ich dachte, Sie wollen nie mehr Baden-Württemberg betreten?«

»Mache ich auch nicht.« Metzger grinste über beide Ohren. »Mein ist die Rache. Ich gehe nur noch in der Pfalz an Land. Und in Rheinhessen, weil wir bis nach Worms ausliefern.«

»Sie verkaufen also die Waren meines Chefs und bieten im Moment keine ärztlichen Dienstleistungen an?« Die Sache musste einen Haken haben.

»Dienstleistungen bieten wir zurzeit nur auf Nachfrage an«, bestätigte Metzgers Kumpel. »Die meisten chirurgischen Instrumente mussten wir in unserem OP-Mobil zurücklassen. Mit den wenigen Dingen, die in Herrn Diefenbachs Besteckschublade herumliegen, wie Schere, Messer und Bindfaden, lässt sich höchstens mal ein Blinddarm rausschneiden.«

»Dafür haben wir unsere Produktpalette zielgruppengerecht erweitert«, erklärte Metzger stolz. »Wer auf Champagner und Kaviar steht, hat einen exklusiven Geschmack und vor allem viel Geld. Für Freunde der traditionellen chinesischen Medizin gibt es Schnipsel vom Pferdehuf, die wir wegen der optischen Ähnlichkeit als Teile vom Horn des Nashorns verkaufen.«

»Potenzmittel?«, fragte ich überrascht.

»Sie müssen nur daran glauben«, sagte Wallmen. »Alternativ bieten wir in unserem erweiterten Sortiment auch rein pflanzliche Stärkungsmittel für den naturbewussten Mann an, wie zum Beispiel Yohimbin. Das ist ein Alkaloid aus der Rinde des Yohimbe-Baums, der vor allem in den Regenwaldgebieten Kameruns und den Nachbarländern wächst. Bei Yohimbin muss man allerdings höllisch wegen den Wechselwirkungen aufpassen. Das Zeug stärkt die Herzleistung, was zu erhöhtem Blutdruck führen kann. Zur Sicherheit verkaufen wir als Ergänzung gleich den passenden Betablocker im Bundle dazu.«

»Und das Mittel wirkt wirklich?«, fragte Dietmar Becker.

Wallmen grinste und ging in einen benachbarten Raum. Als er zurückkam, warf er dem Studenten eine Schachtel zu. »Beipackzettel sind im Moment aus, weil der Toner unseres Kopierers leer ist. Nimm nicht mehr als zwei Tabletten pro Tag, dann sollte es passen. Hast du daheim ein Blutdruckmessgerät?«

Bevor Becker etwas sagen konnte, stand ich auf. »Ich habe keine weiteren Fragen, Herr Becker auch nicht.« Ich musste so schnell es ging diesen Ort verlassen, um nicht verrückt zu werden.

»Wollen Sie sich vorher noch die anderen Räume anschauen, Palzki?«, fragte der Not-Notarzt. »In unserer Werkstatt bestücken wir in Handarbeit die Blister mit den Tabletten, nur die Kartonagen lassen wir zuliefern, weil das Falten der Verpackungen so nervend ist.«

»Nein«, beschied ich ihm aus Selbstschutzgründen, bevor ich weitere tiefe Abgründe der beiden Mediziner kennenlernen musste.

»Nehmen Sie sich zum Abschied wenigstens einen von Günters Keksen«, rief mir Metzger mit einem boshaften Lachen nach, während ich mich durch die Weiße Ware zwängte. »Die hat seine Schwiegermutter für uns gebacken. Das Leben kann so wunderbar entspannend sein.«

Ich setzte gerade zum Sprung über Bord auf die Rampe an, als hinter mir Wallmen zu Becker sagte: »Dietmar, für dich noch einen kleinen Witz zum Abschied. Was haben Gärtner und Chirurgen gemeinsam?« Während meines Sprungs hörte ich die Antwort: »Wenn sie pfuschen, kommt Erde drauf.«

Es kam wie es kommen musste: Ich rutschte bei der Landung auf der Rampe aus, glücklicherweise ohne mich zu verletzen.

Nachdem die beiden Pseudomediziner ihren Lachkrampf unter Kontrolle hatten, rief mir Wallmen nach: »Herr Palzki, denken Sie daran, dass Sie kein Auto mehr fahren sollten. Und viel Spaß heute Abend. Genießen Sie die Zeit.«

»Was haben Sie heute Abend vor?«, fragte mich der neugierige Becker auf dem Weg zum Wagen.

»Nichts«, antwortete ich und reichte ihm kommentarlos meinen Autoschlüssel.

»Ich soll fahren?« Becker verstand die Welt nicht mehr.

»Exakt bis zur Dienststelle in Schifferstadt«, befahl ich. »Den Rest müssen Sie leider laufen.« Zur Begründung meines seltsamen Verhaltens rieb ich mir theatralisch mein Knie, obwohl es nicht schmerzte.

»Tut es sehr weh? Ich fahre Sie gerne zu einem Arzt.« Der Student klang ehrlich besorgt.

»Nichts da, meine Frau wird sich darum kümmern.«

VERWIRRENDE ERKENNTNISSE

»Und, was unternehmen Sie morgen alles?«, flötete ich während der Rückfahrt möglichst unauffällig zu meinem Begleiter. »Nach diesem stressigen Tag können wir es am Dienstag geruhsamer angehen, was meinen Sie? Kümmern Sie sich doch um Ihr vernachlässigtes Studium, und ich melde mich, falls es etwas zu recherchieren gibt.«

Ganz so naiv, wie ich vermutet hatte, war er leider nicht. »Ich wollte eigentlich um 8 Uhr bei Ihnen auf der Dienststelle erscheinen, damit wir gemeinsam die weitere Vorgehensweise durchstrukturieren können. Ich bin in diesem Fall immerhin offiziell integriert. Herr Diefenbach erwartet von mir täglich einen Rapport.«

»Diesen Quatsch habe ich ihm längst abgewöhnt«, antwortete ich unzufrieden. »KPD sitzt in Untersuchungshaft, Herr Becker. Er kann einem Zivilisten und Bücherschreiber keine Ermittlungsaufträge erteilen.«

Becker ließ nicht locker und blieb hartnäckig. »Das ist Herr Diefenbachs Problem, nicht meines. Die Zuständigkeiten innerhalb der Polizeibehörde soll er gefälligst selbst regeln. Ich habe von ihm einen offiziellen Auftrag, den ich als ehrbarer Bürger erfüllen möchte. Außerdem ist es egal, ob Ihr Chef in Untersuchungshaft sitzt oder nicht. Solang ihn niemand suspendiert, ist er der Dienststellenleiter und damit auch Ihr Vorgesetzter.«

Ich war überrascht von Beckers heftiger Gegenwehr. Der wahrscheinliche Hauptgrund lag sicherlich darin begründet, dass er gedanklich längst einen seiner neuen kruden Kriminalfälle konstruierte, mit dem er seine Leser in ein paar Monaten belästigen würde. Es würde mich nicht wundern, wenn in diesem Roman meine Cousine und ihr Mann eine größere Rolle spielten.

»Sie können sich um die neuen Tanks im Jachthafen kümmern«, sagte ich in verschwörerischem Tonfall zu Becker. Ich hatte eine Idee, wie ich ihn mit einer unwichtigen Recherche beschäftigen konnte, damit ich bei meinen eigenen Plänen freie Hand hatte. Es würde schwer genug werden, den Wormser Beamten nicht über die Füße zu stolpern, daher konnte ich auf Beckers zusätzliche Störmanöver gut und gerne verzichten.

»Was für Tanks?«, fragte er sofort. »Hat es mit der Baugrube zu tun, die ich vor dem Klubhaus sah?«

»Sie beobachten Ihre Umgebung sehr genau«, lobte ich ihn überschwänglich. »Claus, äh, also ich meine Herr Bissinger, der Hafenmeister, lässt gerade einen zusätzlichen Tank einbauen. Das kommt mir sehr suspekt vor. Ich konnte leider nur einen kurzen Blick in die Grube werfen, aber irgendwie scheinen mir da ein paar Leitungen und Kabel zu viel in dem Loch zu liegen.« Ich grinste in mich hinein. Claus würde es mir bestimmt verzeihen, wenn ihn Becker wegen dieser Bauarbeiten ein klein wenig belästigte. Becker würde die Baustelle in seinem nächsten Krimi als falsche Fährte einbauen, dann wäre seine Recherche nicht ganz umsonst gewesen.

»Ich muss gestehen, ich habe der Grube keine Bedeutung für unsere Ermittlungen beigemessen.« Ungeduldig sah er mich an.

»Deswegen bin ich ein voll ausgebildeter Kriminalpolizist mit langjähriger Erfahrung und Sie nur ein fantasieüberladener Schreiberling. In Ihren Büchern müssen Sie sich nicht um die harte Realität kümmern, ich jedoch im kriminalistischen Alltag allemal.«

Becker nickte ehrfurchtsvoll, er hatte angebissen. »Ich werde mich gleich morgen früh darum kümmern. Ich habe sogar einen Plan, der mich unverdächtig macht. Herr Bissinger möchte, dass ich ihn, seine Frau und den ganzen Verein in einem der nächsten Krimis mitspielen lasse. Er hat ja bereits angeboten, mir eine Führung über das Klubgelände zu geben. Ich werde mir von ihm das Vereinsgelände bis in den letzten Winkel zeigen lassen, insbesondere die Baustelle mit den Tanks. Mit meinem Handy werde ich heimlich ein paar Fotos schießen.«

Ich war zufrieden mit der Beschäftigungstherapie für Becker. Nur der Zeitplan missfiel mir, da ich selbst morgen Vormittag ungestört mit Claus und Elke zu reden hatte.

»Nicht so eilig, Herr Becker«, bremste ich ihn. »Fahren Sie lieber erst mittags nach Worms, die Baugrube läuft Ihnen nicht davon. Dienstagvormittag würde ich Sie gerne bei einer äußerst heiklen Spezialrecherche in Speyer einsetzen. Wenn Sie Erfolg haben, werden Sie bei Diefenbach einige Extrapunkte einheimsen. Es wird aber die größte Herausforderung Ihres Lebens sein. Eigentlich dürfte ich das von einem Zivilisten nicht verlangen, da es gefährlich werden könnte.« Ich hoffte, nicht zu sehr übertrieben zu haben.

Er starrte mich sprachlos an, und ich legte nach: »Mein untrüglicher Instinkt sagt mir, dass Doktor Metzger und Wallmen in das Verbrechen verstrickt sind. Vorhin haben die beiden zugegeben, dass sie auf ihren täglichen Verkaufstouren bis nach Worms fahren.«

»Stimmt«, bestätigte Becker, hinterfragte aber meine abenteuerliche Geschichte nicht weiter.

»Daher müssen Sie dringend in Speyer die Hintergründe recherchieren, um zu erfahren, was die zwei uns verheimlichen. Ich weiß, dass Sie mit den beiden Not… äh … Superärzten gut befreundet sind, Ermittlungen in einem Mordfall gehen aber vor. Ich selbst hatte auch schon mal innerhalb der eigenen Verwandtschaft ermitteln müssen.« Das stimmte zwar nicht, erhöhte aber den direkten Druck.

»Und wie soll ich das machen?« Becker war komplett überfordert.

»Mit Ihren üblichen und regelmäßig genialen Einfällen«, log ich weiterhin drauf los. »Fragen Sie im Vereinshaus nach, das steht nur ein paar Meter vom Liegeplatz der *Geldanlage* entfernt. Schmeicheln Sie sich beim Personal ein, so wie beim Wormser Hafenmeister. Trumpfen Sie auf, outen Sie sich als Krimiautor, das ist überhaupt die beste Tarnung, und versuchen Sie, möglichst viel über Metzger und Wallmen in Erfahrung zu bringen. Gibt es Fahrpläne, wann erwarten sie ihre Lieferungen und so weiter.«

»Ich könnte die Leute im Vereinsheim damit ködern, in meinem nächsten Krimi auftreten zu dürfen.«

»Genau«, bekräftigte ich ihn, obwohl ich beinahe am Verzweifeln war. »Das ist eine geniale Idee und vor allem so neuartig. Ihnen fällt bestimmt noch mehr ein. Legen Sie sich von mir aus mit einem Fernglas auf dem Dach des *SEA LIFE* auf die Pirsch und beobachten die Jacht. Aber fragen Sie vorher um Erlaubnis, nicht, dass Sie als Spanner festgenommen werden. Ich habe keine Ahnung, wie die Speyerer Kollegen zurzeit drauf sind.« Auch in Speyer hatte ich bei mehreren Ermittlungsfällen nicht immer gute Erfahrungen mit den dortigen Kollegen machen müssen.

Becker überlegte. »Ein paar Ideen hätte ich bereits. Das nimmt allerdings ziemlich viel Zeit in Anspruch. Sollte ich nicht doch lieber nach Worms …«

»Auf gar keinen Fall«, reagierte ich streng. »Zuerst müssen die Grundlagen ermittelt werden, und die haben ihren Ursprung in Speyer, davon bin ich überzeugt. Erst im zweiten Schritt verknüpfen wir gemeinsam die Fäden im Wormser Jachthafen. Als Bonus dürfen *Sie* die Ergreifung des wahren Täters gegenüber Diefenbach als Ihren eigenen Erfolg präsentieren.«

»Wirklich?« Er strahlte mich an, als wäre ich der Weihnachtsmann.

Mein Großmut hatte einen bitteren Hintergedanken. Bisher kassierte stets KPD die Lorbeeren, obwohl es ausnahmslos meinen Kollegen und mir zu verdanken war, wenn die kompliziertesten Kapitalverbrechen aufgeklärt wurden. Genauso würde es auch dieses Mal sein: KPD stellt sich in der abschließenden Pressekonferenz als der große Retter dar, Becker schreibt seinen obligatorischen und unvermeidbaren Krimi, und wir, die ermittelnden Beamten, zählen die Tage bis zur Pension und entkalken die Bürokaffeemaschine. Jedenfalls dann, wenn uns dieses Mal die Wormser Beamten nicht zuvorkamen. Oder falls KPD tatsächlich schuldig war, was ich für extrem unwahrscheinlich hielt.

»Und was unternehmen *Sie* morgen?«, fragte Becker nach einer längeren Phase des Nachdenkens.

Da ich mit dieser Frage gerechnet hatte, konnte ich auf Anhieb mit einer logischen Erklärung aufwarten, die in Teilen sogar korrekt war. »Ich muss eine längere Konferenz mit dem Ludwigshafener Polizeipräsidenten über mich ergehen lassen. Das wird bestimmt todsterbenslangweilig.« Ich simulierte ein Gähnen. »Es gibt viele verwaltungsinterne Abläufe zu klären, da mein Chef wegen seiner Untersuchungshaft unserer Dienststelle nicht zur Verfügung steht. Sie kennen ja KPD: Sämtliche internen Workflows liefen über seinen Schreibtisch, bis hin zur Bestellung von neuem Klopapier und der Wahl der Kugelschreiberfarbe.« Ich rollte vielsagend mit den Augen. »Anschließend muss ich die Arbeiten an meine Kollegen sinnvoll delegieren, was ebenfalls die eine oder andere Stunde dauern wird.

Wenn das alles erledigt ist, werde ich unseren Jungkollegen Jürgen bitten, Exposés der Jachtklubmitglieder zu erstellen. Diese Erkenntnisse teile ich selbstverständlich mit Ihnen, wenn wir uns am frühen Nachmittag nach Ihrem Rundgang mit dem Hafenmeister im Klubhaus des Vereins treffen.«

Becker war mit meinem Plan zufrieden. »Falls die Wormser Polizisten auf dem Klubgelände auftauchen, schreibe ich Ihnen als Warnung eine *WhatsApp*. Ich selbst bin ja in deren Augen unverdächtig.«

»Das ist so was Ähnliches wie eine SMS, oder?«

»Ich schicke Ihnen auch gerne eine SMS, Herr Palzki«, antwortete Becker fast ohne Häme, während er in den Hof der Kriminalinspektion fuhr.

Als braver Staatsdiener wanderte ich schließlich die knapp einen Kilometer weite Strecke zu Fuß nach Hause. Ein Zusammentreffen mit Frau Ackermann blieb mir erspart, mit meiner Familie dagegen nicht.

Ein unangenehmer Geruch, den ich bereits im Hausflur wahrnahm, irritierte mich. »Was stinkt denn da so scheußlich?«, rief ich in Richtung Wohnzimmer. »Ist das Essen angebrannt?« Vielleicht war die Frage meinem Wunschdenken geschuldet, um mir telefonisch eine Pizza bestellen zu können. Der Hunger nach einer üppigen und herzhaften Mahlzeit war inzwischen bestialisch, was absolut nicht zu meinem aktuellen Gemütszustand passte. Fast schwebend und beschwingt ging ich ins Wohnzimmer. Ich fühlte mich trotz der Geruchsbelästigung ungewohnt frei und locker.

»Hier riecht nichts«, stellte meine Frau Stefanie zur Begrüßung energisch fest. Nachdem sie mir einen Kuss gegeben hatte, meinte sie: »Da ich vermute, dass du dich den ganzen Tag überall durchgefuttert hast, habe ich dir zum Abendessen einen bunten vegetarischen Salat gemacht. Ich habe auf dem Markt ein paar exotische Sorten gekauft, die wir noch nie probiert haben. Vielleicht ist es das, was du riechst?«, spekulierte sie.

Ohne den nun mit voller Wucht einsetzenden Drogentrip hätte ich die Kontrolle über mich verloren.

»Was ist mit dir los?«, fragte Stefanie verblüfft. »Mit einem Grinsen deinerseits habe ich wirklich nicht gerechnet.«

»Mir geht's gut«, antwortete ich und setzte mich wie fremdgesteuert an den Küchentisch.

»Soll ich dir ein Bier aus dem Kühlschrank holen?«

»Lass mal«, sagte ich. »Ich futtere schnell den Salat, dann geh ich ins Bett.«

Stefanie kam mein Verhalten suspekt vor. Sie setzte sich und sah mir zu, wie ich das bunte und teils fremdartig aussehende Gemisch aß, das auf meinem Teller lag. »Bist du es wirklich?«, fragte sie ungläubig.

Ich machte mir keinerlei Gedanken darüber, ob ich wirklich ich war. Mir ging es gut. »Wie geht's den Kindern und deiner Mutter?«, fragte ich, als würde mich das tatsächlich interessieren.

Nach einem weiteren skeptischen Blick begann sie zu erzählen. Da meine Auffassungsgabe zustandsbedingt eingeschränkt war, konnte ich den epischen Ausführungen nicht einmal im Ansatz folgen. Nachdem ich den Teller bis auf das letzte Blättchen geleert hatte, stand ich mit einem dezenten Rülpser auf.

»Was dann passierte, willst du nicht wissen?«, fragte meine Frau, die ich anscheinend an einer wichtigen Stelle ihres Tagesberichts unterbrochen hatte. »Wenigstens scheint es dir geschmeckt zu haben.«

Ich hatte keine Ahnung, ob es mir geschmeckt hatte. Ich genoss das unendliche Freiheitsgefühl und tänzelte lächelnd aus der Küche.

»Hast du Drogen genommen?«, rief mir Stefanie nach, blieb aber am Esstisch sitzen.

Körperlich durch den Salat geschwächt sowie geistig irgendwo im Weltall herumfliegend, glitt ich in den Keller, wo sich seit der Geburt unserer Zwillinge mein kleines Büro befand. Die Schublade im Rollcontainer war mein vermeintlicher Lebensretter. Nicht nur Hafenmeister bunkerten Süßigkeiten für Zeiten innerfamiliärer Diskussionen um Ernährung und Esskultur. Ich versorgte mich reichlich mit hochkonzentrierten Kalorien.

Den mit dieser Aktion verbundenen Nachteil bemerkte ich erst, als ich mich anschließend ins Bett legte: Der Magen verstummte, die Übelkeit dagegen wuchs und wuchs. Dennoch musste mich irgendwann der Schlaf übermannt haben.

Am nächsten Morgen bemerkte ich sofort, dass Stefanie im Wohnzimmer auf der Couch geschlafen hatte.

»Bist du wieder normal?«, fragte sie mit spitzer Stimme. »Ich meine, so wie immer.«

Ich verzog das Gesicht, sagte aber nichts.

»Mannomann«, fauchte sie. »Du hast in der vergangenen Nacht den kompletten brasilianischen Urwald zersägt. Als du dann hochgeschreckt bist und nach Keksen gerufen hast, bin ich ins Wohnzimmer ausgewandert.« Sie sah mich prüfend an. »Du weißt, was du gestern zum Abendessen gegessen hast?«

Ich zuckte zusammen, weil ich mittlerweile an einen Albtraum glaubte. »Salat?«, fragte ich unsicher. »Mit irgendwelchen komischen Blättern?«

»Du weißt es wirklich«, meinte sie erstaunt. »Ich hatte schon die Vermutung, du hättest unter Drogen gestanden.«

»Ich doch nicht«, wehrte ich ab. »Es war nur ein ereignisreicher Tag. So etwas muss man als Polizeibeamter auch erst mal wegstecken. Aber keine Angst, es war völlig ungefährlich. Ich habe nur ein paar skurrile Gestalten getroffen.«

»So wie der Westernheld am Samstag beim Hafenfest?«

»Sogar Doktor Metzger und seinen Kumpel Günter Wallmen. Dann gab es bei der Cur... äh, mit Becker ein paar verrückte Szenen. Und bei KPD im Knast war ich auch noch.« Beinahe hätte ich meinen Besuch bei der *Currysau* erwähnt, was mir Minuspunkte eingebracht hätte, obwohl ich dort gar nichts zu essen bekommen hatte.

»Ist dein Chef weiterhin in Untersuchungshaft?«, fragte sie mitleidig.

»Das wird wohl noch ein paar Tage so bleiben. Die Aufklärung dieses Verbrechens erweist sich als kompliziert, zumal ich im Auftrag des Polizeipräsidenten quasi parallel zu den Wormser Beamten ermittle.«

»Und das funktioniert?« Stefanie hob eine Augenbraue.

»Wenn ich dabei bin, immer«, gab ich optimistisch zurück, was meine Frau mit skeptischem Blick wohl eher als Angeberei interpretierte.

Mit einer kleinen Ausnahme verlief das Frühstück in geordneten Bahnen. Nur als Melanie in die Küche sauste und ihre Mutter fragte, ob sie mit mir schon über »die Sache« gesprochen hätte, und diese ihr antwortete, dass alles geklärt sei, überkamen mich leichte Zweifel. Meine Zukunft würde mir auch im privaten Sektor weiterhin Überraschungen bereithalten. Eine weitere Schrecksekunde erlebte ich, als ich das Haus verließ und meinen Wagen nicht fand. Bei Nieselregen, der pünktlich zum Eintreffen an der Dienststelle wieder aufhörte, machte ich mich auf den Weg.

»Du sollst sofort in KPDs Büro kommen«, begrüßte mich Jutta, als ich ihr Büro betrat. Gerhard saß auf der

Kante ihres Schreibtischs, da die Besprechungsecke einer Großbaustelle glich.

»Wieso wird die Wand zum Nachbarbüro herausgerissen?«, fragte ich erstaunt. »Reicht der Platz für KPDs Kaffeemaschine nicht?«

Gerhard grinste. »Du hast die Sache nicht zu Ende gedacht. Der Hausmeister hat geflucht, als die Techniker der Kaffeemaschinenfirma kamen.«

»Wieso denn das? Kann unser Hausmeister die Maschine nicht einfach mit einem Hubwagen in Juttas Büro bringen?«

»Theoretisch schon«, erklärte Jutta. »Wie wir vom Hausmeister erfuhren, steht nächste Woche der turnusmäßige Wechsel auf das neue Modell an, die *Koffein 3005*. Diesen Austausch haben wir nun ein paar Tage vorgezogen.«

»Leider ist die *3005er* größer als die bisherige«, übernahm Gerhard das Wort und begann zu schwärmen: »Dafür kann sie zusätzlich …«

Verärgert unterbrach ich ihn. »Aus diesem Grund muss die Wand weg?«

»Hallo, Reiner«, rief es in diesem Moment aus Richtung des noch nicht vollendeten Wanddurchbruchs. Aus dem benachbarten Büro winkte mir Jürgen zu. »Ich bekomme mein eigenes Büro«, rief er glücklich. In gebückter Haltung zwängte er sich durch das Loch zu uns.

»Prima«, meinte ich ironisch. »Der Polizeipräsident wird begeistert sein. Mensch, Leute, wie sieht das aus, wenn wir im gleichen Stil wie KPD weitermachen?« Ich schaute in betretene Gesichter.

»Aber du hattest doch selbst die Idee dazu …«

»Ich habe aber nicht damit gerechnet, was das für eine große Nummer wird.« Ich seufzte. »Lasst mal gut sein, ihr habt natürlich richtig gehandelt.« Ich wollte meine Kollegen nicht gleich am zweiten Tag unserer neu gewonnenen Selbstständigkeit tadeln. Kleine Rückschläge galt es zu überspielen.

Jürgen trat mit strahlendem Lächeln auf mich zu. In den Händen hielt er einen Stapel Blätter, den er gewichtsmäßig gerade noch so beherrschen konnte. Mit einem lauten Knall setzte er das Papier auf Juttas Schreibtisch. Er öffnete seinen Mund, doch eine Stimme aus Richtung Tür kam ihm zuvor.

»Da sind Sie ja, Herr Palzki!« Henrik Baumann trat ein. Seine Stimme klang keine Spur vorwurfsvoll.

»Guten Morgen, Herr Polizeipräsident«, flöteten vier Stimmen gleichzeitig.

»Jaja, ist ja schon gut«, winkte er ab, dann sah er die Baustelle. »Nanu, was ist denn bei Ihnen los?«

Das Präsentieren von spontanen Lösungsvorschlägen war schon von jeher meine große Leidenschaft. »Unser Experte für Recherchen«, ich zeigte auf Jürgen, »zieht in das Nachbarbüro, damit wir künftig auf kurzen Wegen effizienter kommunizieren können.« Dass Jürgen bisher die meiste Zeit in Juttas Büro verbrachte, verschwieg ich. »Damit wir nicht ständig über den Flur laufen müssen, wird eine Verbindung zwischen den beiden Büros hergestellt. Das hat auch eine datenschutzrechtliche Relevanz.«

Jutta grinste mich an, ohne dass es Baumann bemerkte, und übernahm das Wort. »Leider hat Herr Diefenbach vergessen, uns den Start der Baumaßnahmen mitzuteilen.«

»Oje«, bedauerte uns der Polizeipräsident. »Ausgerechnet zu diesem ungünstigen Zeitpunkt komme ich daher und beauftrage Herrn Palzki und Sie mit heiklen Ermittlungen.« Er überlegte kurz. »Vielleicht kann ich ein paar Beamte aus Ludwigshafen vorübergehend nach Schifferstadt versetzen, um Sie zumindest bei der Leitungsorganisation dieser Dienststelle zu entlasten, damit Sie im Wormser Fall mehr Freiräume haben.«

Henrik Baumann meinte es gut mit uns, ohne Zweifel. Trotzdem mussten wir das drohende Damoklesschwert abwenden, um nicht unsere Eigenständigkeit zu verlieren.

»Das ist wirklich nicht nötig«, behauptete ich. »Wir haben alles im Griff, Herr Baumann. Unser Team hat gerade beschlossen, vorübergehend in Herrn Diefenbachs Büro zu ziehen. Das ist zwar viel zu groß für uns vier und viel zu teuer eingerichtet, für ein paar Tage wird's aber wohl gehen.«

Baumann nickte betroffen. »Das Büro von Herrn Diefenbach und dessen Einrichtung, darum muss ich mich auch noch kümmern.« Er schaute uns der Reihe nach an. »Ich bin mit Ihrem Plan einverstanden. Nutzen Sie das zur Verfügung stehende Equipment von Herrn Diefenbach aus. Meinen Segen haben Sie.« Er schaute sich um. »Ihre Besprechungsecke ist zurzeit nicht nutzbar. Gehen wir rüber, dort ist es geräumiger.«

Wir folgten ihm in KPDs Bürosaal. Gerhard half Jürgen mit seinem Papiertransport.

»Kaffee kann ich Ihnen leider momentan nicht anbieten«, entschuldigte sich Jutta. »Die Maschine wurde gestern abgebaut.«

Der Polizeipräsident lachte. »Ich weiß Bescheid, Herr Palzki hat mich gebeten, dass Sie und Ihre Kollegen die Kaffeemaschine benutzen dürfen.« Er schaute auf die Uhr. »Ich habe sowieso nur ein paar Minuten Zeit. Herr Palzki, würden Sie mir bitte eine Zusammenfassung der bisherigen Erkenntnisse geben?«

Ich nickte mit randvollem Mund. Längst hatte ich aus KPDs Schrankwand eine Dose seiner Luxuskeksen geholt, geöffnet und mir den ersten Schwung einverleibt.

Ich berichtete den Anwesenden über das gestern Erlebte und ließ dabei nur wenig aus. Mein Erlebnis bei der *Cur-*

rysau bewertete ich genauso als unwichtig wie die diversen Rangeleien mit Dietmar Becker und dem versehentlichen Genuss der Haschkekse. Umso ausführlicher berichtete ich über KPDs *Geldanlage*. Henrik Baumann machte sich kopfschüttelnd entsprechende Notizen.

»Es wäre hilfreich, wenn Sie die Jacht von Herrn Diefenbach nicht sofort beschlagnahmen, Herr Baumann. Möglicherweise gibt es eine bisher unbekannte Querverbindung zu unserem Fall.«

»Einverstanden«, bestätigte er. »Wie sehen Sie die Situation bei den Mitgliedern des Vereins? Dort scheint es an Intrigen nicht zu mangeln. Haben Sie sich den Hafenmeister näher angeschaut?«

Die Verwandtschaft zu Claus war Baumann erfreulicherweise unbekannt.

Jungkollege Jürgen mischte sich ein. »Ich habe sämtliche Vereinsmitglieder nebst Partnern und näherer Verwandtschaft bis zum vierten Grad einem Grundcheck unterzogen.« Er zeigte stolz auf den halben Zentner Blätter.

»Prima«, antwortete Baumann. »Ich merke, bei Ihnen läuft der Laden. Bei uns in Ludwigshafen funktioniert es leider nicht immer so reibungslos. Vielleicht leite ich die Dienststelle zu lasch und sollte autoritärer auftreten.«

»Auch uns passieren ab und an kleinere Missgeschicke«, schmeichelte Jutta dem Polizeipräsidenten, um uns ein authentischeres Image zu verpassen. »Bisher haben wir nichts Schlechtes über Sie gehört.« Das stimmte, da wir in Schifferstadt weder etwas Schlechtes noch Gutes von ihm gehört hatten.

»Danke für die Blumen«, bedankte er sich und stand auf. »Ich drücke Ihnen die Daumen, dass Sie schnell einen Ermittlungserfolg zu vermelden haben. Ich bin sehr optimistisch«, ergänzte er zufrieden.

Nachdem uns der Polizeipräsident verlassen hatte, fragte Gerhard: »Blöde Situation, was machen wir jetzt?«

Ich verstand seinen Kommentar nicht. »Wieso blöd? Wir haben eine Invasion der Ludwigshafener Beamten verhindert. Nach wie vor können und sollen wir unseren eigenen Stiefel machen. Ungeahnte Möglichkeiten tun sich uns auf.«

»Ich glaube, Gerhard meint etwas anderes«, wandte Jutta ein. »Etwas Essenzielles, jedenfalls für die tägliche Arbeit.«

In dem Moment kam unser Hausmeister herein. »Die Leidunge fer die Kaffeemaschin hab ich jetztert verlegt. Sobald de Wanddurchbruch fertisch is, kennen mer die Maschin uffbaue. Solang steht se drauße uffem Flur.«

»Genau das meine ich«, sagte Gerhard.

Nach einer kurzen Nachdenkpause hatte ich den Zusammenhang zwischen Gerhards postulierter »blöden Situation« und der Bemerkung des Hausmeisters verstanden. »Dir geht's um die Kaffeemaschine?«, fragte ich überrascht.

Gerhard bestätigte meine Vermutung. »Arbeiten ohne einen vernünftigen Koffeinspiegel ist ein Ding der Unmöglichkeit.« Er zeigte auf die Keksdose, die vor mir stand. »Der eine braucht Koffein, der andere Süßigkeiten.«

Damit hatte er mich in Mark und Magen getroffen. Ich beschied den Hausmeister: »Die neue Kaffeemaschine kommt zunächst in dieses Büro.« Ich hoffte, das Problem damit gelöst zu haben.

Doch leider hatte ich den Hausmeister nicht im Fokus: »Dunnerkeitel noch ämol«, krantelte er mich an. »Ähn halwe Arbeitstag hab ich gebraucht, um die blede Leidunge zu verlege. Soll ich die widder rausreiße?«

Ich hoffte, ihn besänftigen zu können. »Sie haben alles richtig gemacht. Die neue Maschine kommt in ein paar Tagen in Frau Wagners Büro. Nur vorübergehend wird sie in Herrn Diefenbachs Büro aufgebaut.«

Mit einem unverständlichen Grummeln verließ uns der Hausmeister.

»Problem gelöst«, verkündete ich zufrieden und gönnte mir eine weitere Kalorienzufuhr. »Jürgen, was hast du über diesen Verein in Erfahrung gebracht?«

Unser Jungkollege nahm eine aufrechte Position ein und strahlte uns an. »Der Verein an sich ist sauber. Vor einigen Jahren gab es mal ein paar Querelen mit einem Typen, der im Vereinsheim wohnte. Aber das ist schon lange her. Aktuell ist der Jachtklub gut aufgestellt, vor allem finanziell. Die Vermögenswerte sind beachtlich, außerdem wurde ausgiebig in den Hafen, das Gelände und in das Vereinsheim investiert. Vieles wurde modernisiert oder gar erweitert.«

»Woher haben die das Geld?«, fragte ich dazwischen.

»Bootfahren ist kein günstiges Hobby«, erklärte Jürgen. »Nicht nur die Boote und deren Betriebs- und Wartungskosten verschlingen regelmäßig größere Beträge, auch die Mitgliedsbeiträge sind nicht ohne. Dafür wird den Mitgliedern aber einiges geboten.« Jürgen wedelte mit ein paar Blättern voller Zahlen, die er aus dem Papierstapel herauszog. »Meine Analyse ergab, dass die Geldflüsse plausibel sind, ich konnte keine Ungereimtheiten finden. Und wenn ich nichts finde …«

»Dann gibt's auch nichts«, beendete ich seinen Satz. »Jürgen, wir wissen, dass du unser bester und zuverlässigster Mann bist.«

Mit einem zufriedenen Gesichtsausdruck fuhr dieser fort. »Seit Wochen gibt es interne Diskussionen um den Job des Ersten Vorsitzenden. Das Opfer, Hans-Jürgen Krebs, hatte seit mehreren Jahren diese Position inne, und sein Renommee war stets ohne Zweifel. Der Verein kann sich glücklich schätzen, jemanden wie Krebs gehabt zu haben. In fast allen Vereinen muss man erfahrungsgemäß händeringend Leute suchen, die diesen Posten übernehmen. Solch ein Job bedingt einen hohen persönlichen Zeiteinsatz und ist stets ehrenamtlich.«

»Dann kann der Verein wirklich froh sein, wenn er solch einen geeigneten und aufopfernden Kandidaten hat«, meinte Gerhard.

»Hatte«, verbesserte Jürgen. »Herr Krebs wurde ja ermordet. Aber seit einiger Zeit brodelt die Gerüchteküche, und das nicht nur in den sozialen Medien, dass mehrere Mitglieder scharf auf den Posten sind. Es gibt verlässliche Hinweise, dass vorzeitige Neuwahlen im Gespräch waren.«

»Kannst du Namen nennen?«

»Nur von zwei Kandidaten«, sagte Jürgen. »Da gibt es einen Stefan Baum, der als Rechtsanwalt arbeitet und der Kassenwart des Vereins ist. Des Weiteren ein Manfred Prangenberg, dessen Frau bereits Vorstandsmitglied ist.«

»Könnte das Ehepaar Prangenberg planen, den kompletten Verein zu übernehmen?«

Jürgen schüttelte vehement den Kopf. »Das geht nicht, Reiner. Ein Verein ist kein Unternehmen wie eine GmbH, das man kaufen kann. Es gibt natürlich Konstruktionen, mit denen man einen Verein mit einer anderen Gesellschaft, zum Beispiel einer GmbH, verbinden kann. In solch einem verbundenen Verein werden häufig stille Reserven und Rücklagen geparkt, die die Öffentlichkeit nicht erfahren soll. Ich habe allerdings keinen Anhaltspunkt für solch eine Konstruktion entdeckt.«

»Was nicht ist, kann ja noch werden«, fiel ich ihm ins Wort. »Ich glaube, wir sind nah dran an der Wahrheit. Wenn sich so viele Personen um ein arbeitsintensives und auf den ersten Blick finanziell wenig lukratives Amt streiten, dann muss der Posten des Vereinsvorsitzenden, auch wenn es widersprüchlich scheint, dennoch monetär lohnend sein oder zumindest werden können.«

»KPDs Angebot«, warf Jutta ein.

»An das habe ich auch gedacht«, stimmte ich ihr zu. »Wenn das zutrifft, würde unser Chef in der Sache gewaltig drinstecken. Zumindest indirekt.«

»Für den Mord war er bestimmt nicht verantwortlich«, widersprach Jutta. »Jürgen hat herausgefunden, dass der Streit der Mitglieder bereits eine Weile andauert.«

»Trotzdem könnte KPDs Angebot der Auslöser des Verbrechens gewesen sein«, argwöhnte Gerhard. »Der berühmte Tropfen auf den heißen Stein, der jemanden zum Mörder werden lässt.« Er sah zu Jürgen. »Steckt eines der Mitglieder in finanziellen Schwierigkeiten? Dann käme KPDs Angebot gerade zur rechten Zeit.«

»Fehlanzeige«, erklärte unser Jungkollege und zeigte auf den Papierstapel. »Ich habe sämtliche Steuererklärungen der vergangenen fünf Jahre vorliegen. Von allen Vereinsmitgliedern«, ergänzte er stolz.

»Auf jeden Fall behalten wir die Sache im Auge«, stellte ich klar. »Es ist bisher fast unsere einzige Spur.«

Jutta sah mich fragend an und ich holte zu einer Erklärung aus. »Es gab mehrere Geheimtreffen, wobei ich nicht einmal sicher sagen kann, ob es wirklich Geheimtreffen waren. Hans-Jürgen Krebs hatte sich mehrfach mit Hans-Bernd Hopf und Stefan Baum auf Krebs' Jacht oder seinem Büro im Vereinsheim getroffen.«

»Professor Hopf ist ein pensionierter Arzt«, warf Jürgen ein. »Absolut unverdächtig, er hat eine weiße Weste.«

»Jedenfalls haben wir gegenwärtig nur sehr wenige Ansatzpunkte«, resümierte ich pessimistisch. »Das ist alles sehr dünn. Wenn wenigstens die Zugangsdaten gespeichert worden wären«, sinnierte ich laut.

»Welche Zugangsdaten?«, hakte Jürgen mit energischer Miene nach.

»In der Nacht von Sonntag auf Montag ist jemand in das Büro des Ersten Vorsitzenden eingebrochen. Es liegt nahe, dass dies der Mörder war. Claus sagte mir ...«

»Claus, welcher Claus?«, unterbrach Jürgen.

Schnell verbesserte ich mich, ohne die Verwandtschaft zu erwähnen. »Ich meine Claus Bissinger, den Hafenmeister. Er sagte, dass jedes Mitglied einen eigenen Zugangscode für das Tor am Eingang des Hafengeländes besitzt, diese Daten sowie die Videoaufnahmen aber nicht gespeichert werden.«

»Mal schauen«, meinte Jürgen und machte sich ein paar Notizen. »Noch was, Reiner.« Jürgen legte nach. »Herr Bissinger hat sich in der vergangenen Woche intensiv mit der Binnenschifffahrtsstraßen-Ordnung beschäftigt. Er hat stundenlang im Internet recherchiert und Ausschnitte zu Hause ausgedruckt.« Unser Jungkollege suchte in seinem Papierstapel, bis er das gewünschte Blatt fand. »Unter anderem hat er nach dem Begriff ›Topplicht‹ gesucht. Das ist«, Jürgen las vom Blatt ab, »ein weißes starkes Licht, das über einen Horizontbogen von 225 Grad verfügt, und zwar von Voraus bis Beiderseits 22 Grad 30 Minuten hinter die Querlinie, und das nur in diesem Bogen sichtbar ist. Und anschließend hat er nach dem Begriff ›Seitenlichter‹ gesucht, ein an Steuerbord grünes helles Licht und ...«

»Halt, mein Kopf platzt«, unterbrach ich Jürgen.

»Und erst der gelbe Döpper, der die Form eines Doppelkegels hat«, sprach unser Jungkollege unbeirrt weiter. Dann bemerkte er meine Mimik. »Soll ich dir die gesamte *Binnenschifffahrtsstraßen-Ordnung* ausdrucken?«, ereiferte sich Jürgen. »Textlich gesehen ein Fass ohne Boden in nur schwer verständlichem Amtsdeutsch, durchsetzt mit fast unendlich vielen maritimen Fachbegriffen.«

Mir war klar, dass Jürgen recherchetechnisch mal wieder bedingungslos übertrieben hatte. Wenn er sich in eine Sache reinsteigerte, kannte er keine Grenzen mehr. Ein Zusammenhang mit dem Todesfall war nur schwer vorstellbar, doch meine Gedanken schweiften in eine ganz andere Richtung.

»Ich kümmere mich darum«, sagte ich zu Jürgen und zog ihm den Ausdruck aus der Hand. Mit der *Binnenschifffahrtsstraßen-Ordnung* würde ich Dietmar Becker eine Zeit lang beschäftigen können, was mir selbst mehr Freiräume für eigene Ermittlungen verschaffte.

»Meinst du, dass das wichtig ist?«, fragte Jutta mit einem Stirnrunzeln.

»Alles ist wichtig«, wehrte ich ab. In diesem Moment läutete das Telefon auf KPDs Schreibtisch.

MITGLIEDERSCHWUND

»Nanu«, wunderte ich mich. »Habt ihr das Telefon nicht umgestellt?«

»Freilich«, meinte Jutta und stand auf. »Und vorhin habe ich die Rufumleitung wieder rausgenommen, weil wir uns jetzt in KPDs Büro aufhalten. Ist doch richtig, oder?«

Auf eine Antwort wartete sie nicht, da sie nun den Hörer abnahm. »Wagner«, meldete sie sich. »Hallo, Herr Becker. Sie wollen Herrn Palzki sprechen? Moment bitte, ich reiche ihm den Hörer.«

»Danke«, plärrte es aus dem Lautsprecher, ein untrügliches Zeichen, dass Jutta auf Freisprechen umgestellt hatte.

»Ja«, brummte ich und legte den Hörer, den Jutta mir in die Hand drückte, auf den Tisch.

»Herr Palzki, sind Sie es? Sie klingen so hohl und blechern.«

»Dann nehmen Sie Ihren Aluhelm ab. Warum rufen Sie überhaupt an, statt mir eine Textnachricht zu schicken? Haben Sie die beiden Not-Notärzte in Speyer überführt?«

»Ich habe Ihnen seit gestern Abend ganz viele Textnachrichten geschickt, Herr Palzki«, reagierte der Student etwas anders als erwartet. »Sie müssen die Nachrichten natürlich auch lesen, sonst macht diese Art von Kommunikation keinen Sinn.«

»Alles zu seiner Zeit«, gab ich angriffslustig zurück. »Ich muss bei meiner Arbeit Prioritäten setzen. Sie stören mich in einer wichtigen Konferenz.«

»Ich bin nicht im Speyerer Jachthafen«, gestand Becker.

»Was?«, schrie ich, sodass meine Kollegen zusammen-
zuckten. »Sie torpedieren unseren gemeinsam geschmiede-
ten Plan. Wer weiß, was die beiden Pseudomediziner inzwischen anstellen.«

»Herr Diefenbach wollte das so«, kam es kleinlaut aus
der Leitung.

»KPD? Wieso mischt der sich ein?«

»Ich habe Ihrem Chef telefonisch Bericht erstattet. Während des Gesprächs erwähnte er, dass er am Samstagmorgen
anlässlich des Termins mit dem Ersten Vorsitzenden seinen
Dienstwagen auf dem Gelände des benachbarten Kanu-
klubs abstellte, aus Vertraulichkeitsgründen. Er erlaubt
mir, ihn so lange zu nutzen, bis er aus der Untersuchungshaft entlassen wird. Nur den Sprit muss ich selbst bezahlen, meinte er.«

Ich ärgerte mich darüber, dass ich mir nicht selbst die
Frage gestellt hatte, wie KPD nach Worms gekommen war.
Trotzdem verstand ich im Moment den Zusammenhang
nicht. »Und das hat Sie veranlasst, nicht nach Speyer zu
fahren?«

»Ganz recht«, bestätigte Becker eifrig. »Herr Diefenbach
sagte, dass er seinen Dienstwagen nicht abgeschlossen hat,
da sich sowieso niemand traut, ihn zu stehlen. Ich bin dann
mit der S-Bahn nach Worms gefahren. Pizza habe ich allerdings am Bahnhof keine gegessen, dazu war es mir zu früh.«

»Weiter«, trieb ich ihn an.

»Tatsächlich stand der Wagen am angegebenen Ort, und
ich bin mit ihm bis zum Jachthafen gefahren.«

»Die ganzen 200 Meter?«, rief ich erstaunt. »Totalschaden?«, fragte ich zynisch.

»Von wegen«, meinte Becker stolz. »Einmal kurz das
Gaspedal berührt, und ich hatte die Einfahrt zum Klub ver-
passt.« Ein Lachen dröhnte aus dem Lautsprecher. »Es ist

ein Fahrgefühl wie in einer Saturn-Rakete beim Start zum Mond, nur ein wenig ruckeliger.«

Ich verstand immer noch nicht den Sinn seines Anrufs.

»Und warum rufen Sie mich jetzt an? Um mich zu ärgern?«

Becker schnaufte. »Das habe ich Ihnen doch vor ein paar Minuten ... ach ja, Sie haben ja Ihre Textnachrichten nicht gelesen.« Nach einer kurzen Pause fuhr er fort. »Es gibt einen Toten. Einen neuen Toten, meine ich. Jemand aus dem Jachtklub.«

Diese unerwartete Nachricht traf uns mit voller Wucht. Sprachlos starrten wir den Hörer an.

»Herr Palzki, sind Sie noch da?«, kam es zaghaft aus dem Hörer.

»Wer wurde ermordet?«, fragte ich. »Und wo und wie?«

»Das ist nicht ganz einfach zu beantworten«, meinte Becker. »Fest steht, dass der leitende Ermittler der Wormser Kriminalpolizei, der sieht übrigens aus wie ein Cowboy, der ...«

»Weiter, Becker, bleiben Sie sachlich«, ermahnte ich ihn.

»Jaja, ist ja schon gut. Claus berichtete mir, dass dieser Cow... äh, der Beamte vor einer Stunde ohne Vorankündigung auf dem Vereinsgelände auftauchte. Er wollte das versiegelte Büro des Opfers wieder freigeben. Dabei entdeckte er das zerstörte Siegel. Im Büro fand er Professor Hans-Bernd Hopf, den pensionierten Mediziner, den ich gestern kennenlernte.«

»Tot?«, fragte ich, um Missverständnissen vorzubeugen, zur Sicherheit nach.

»Erschlagen«, bestätigte Becker. »Er soll eine hässliche Kopfwunde haben. Allerdings soll der Fundort aller Wahrscheinlichkeit nach nicht mit dem Tatort identisch sein. Das muss die Spurensicherung verifizieren, die aber noch nicht hier ist.«

»Haben Sie das von Claus, äh, von Herrn Bissinger erfahren?«

»Ja, ich bin kurz aus dem Vereinsheim raus, um Sie anzurufen«, erklärte Becker. »Claus ist mit dem Polizeibeamten und zwei weiteren Vereinsmitgliedern, die ich nicht kenne, hinten im Bürobereich.«

»Und Sie? Haben Sie keine Probleme mit dem Wormser Beamten bekommen?«

»Der kennt mich ja nicht«, sagte Becker. »Wie soll ich mich jetzt verhalten, Herr Palzki? Ich befürchte, dass die Spurensicherung Herrn Diefenbachs Wagen entdecken wird. Dann könnten wir ganz schön in Erklärungsnot kommen.«

»Was heißt *wir*?«, unterbrach ich ihn barsch. »Wenn Sie von einem der Wormser Beamten befragt werden, stellen Sie sich einfach dumm, das dürfte Ihnen nicht schwerfallen. In einer halben Stunde bin ich bei Ihnen.« Ich beendete das Gespräch, um weitere unnütze Rückfragen zu unterbinden.

»Ich muss dann mal los«, erklärte ich meinen Kollegen und stand auf.

»Soll ich mitfahren?«, fragte Jutta. »Ich könnte KPDs Wagen unauffällig aus dem Gelände bringen.«

»Lass mal, Jutta, ich schaffe das schon alleine. Zu viele Fremde sollten auf dem Vereinsgelände nicht herumturnen. Falls die Wormser KPDs Wagen tatsächlich entdecken, zementiert das nur ihre Unfähigkeit, da sie den Wagen am Samstag übersehen haben.«

»Aber an dem Tag stand er ja gar nicht auf dem Gelände des Jachtklubs«, wandte Gerhard ein.

»Das wissen die aber nicht«, sagte ich mit einem boshaften Grinsen. »Bis später, ich halte euch auf dem Laufenden.«

»Ja, was ist?« Ich hatte gerade das Treppenhaus erreicht, da holte mich Jürgen ein und drückte mir ein paar Zettel in die Hand.

»Deine letzten Steuererklärungen«, sagte er mit todernstem Blick.

»Was soll das?«, fuhr ich ihn an. »Ich muss nach Worms, was soll ich dort mit meiner Steuererklärung? Wie kommst du überhaupt zu diesen vertraulichen Unterlagen?«

Jürgen grinste über beide Wangen. »Ich habe doch alle Vereinsmitglieder samt Partner und Verwandtschaft bis zum vierten Grad überprüft. Na ja, irgendwann kamen dabei auch deine Bescheide zum Vorschein.«

Ich schaute meinem Jungkollegen fest in die Augen. »Gerhard und Jutta wissen Bescheid, sonst niemand. Und dabei wird es auch bleiben, verstanden? Das mit der Verwandtschaft, meine ich.«

»Mein Ehrenwort«, bestätigte Jürgen. »Du bist mit Herrn Bissinger schließlich nicht blutsverwandt.« Er räusperte sich. »Wenn du mir einen kleinen Hinweis erlaubst: Du kannst bei deiner Steuererklärung Sonderausgaben wie zum Beispiel deine Haftpflichtversicherungen absetzen. Das spart dir ein paar Euros. Außerdem war am 5. Oktober der Schornsteinfeger bei euch und hat 98 Euro verlangt. 20 Prozent der Arbeitskosten sind steuerlich absetzbar.«

»Wir sprechen uns noch«, entgegnete ich bestimmt und ließ ihn stehen. Auf der einen Seite war ich auf Jürgen sauer, weil er in meinen Privatangelegenheiten herumschnüffelte, auf der anderen Seite hatte ich nun künftig für die alljährlichen Steuererklärungen einen Experten zur Hand, der mich bei dieser unliebsamen Tätigkeit unterstützen könnte.

Während der Fahrt nach Worms ließ ich mir die aktuelle Entwicklung durch den Kopf gehen. Ich hatte einen vagen Verdacht bezüglich des tatsächlichen Tatorts. Wenn ich schnell genug war, konnte ich diesen vor der Spurensicherung begutachten, auch wenn ich nicht mit weiterbringenden Erkenntnissen rechnete. Zwei potenzielle Tatmotive spukten mir im Kopf herum: der Kampf um die Vorherrschaft im Verein sowie die Ausfahrten im Sommer nach Kroatien, mit denen beide Opfer in Verbindung standen.

Ohne über die Konsequenzen nachzudenken, fuhr ich auf das Gelände des Jachtklubs und stellte meinen Wagen direkt neben den meines Chefs. Um mir im Nachhinein ein Bild über die anwesenden Personen machen zu können, fotografierte ich mit meinem Mobiltelefon die Nummernschilder der parkenden Autos. Jürgen würde mir später sagen können, ob der Wagen des Opfers auf dem Gelände parkte. Mit hoher Wahrscheinlichkeit kam der Täter durch das Tor, dem einzigen offiziellen Zugang von der Landseite. Oder kam er etwa mit einem Boot vom Rhein? Das könnte durchaus bedeuten, dass ein Fremder den pensionierten Mediziner umgebracht hatte. Meine Gedanken drifteten immer weiter ab. Selbst der Tatort könnte, zumindest theoretisch, weit entfernt von diesem Hafen liegen. Hatte der Mörder sein Opfer hierhergebracht, um den Verdacht auf den Verein oder eines der Mitglieder zu lenken? Ich wusste aus langjähriger Erfahrung, dass nicht wenige Verbrecher viel zu kompliziert dachten, insbesondere wenn sie das Gefühl hatten, dass ihnen die Polizei auf den Fersen war.

»Hallo, Reiner!«

In Gedanken versunken war ich in Richtung Vereinsheim gegangen, immer in der Hoffnung, nicht auf den Wormser Westernhelden zu treffen. Erschrocken sah ich mich um. Erst auf den zweiten Blick entdeckte ich die beiden Frauen in der Baugrube der neuen Tankanlage. »Was machst du da unten?«, fragte ich meine Cousine Elke.

Elke stieg gemeinsam mit der zweiten Frau aus der Grube. »Das ist Kerstin Prangenberg«, stellte sie mir ihre Begleiterin vor. »Ich denke, ihr habt euch bereits beim Hafenfest gesehen.«

»Kurz«, bestätigte ich und gab ihr die Hand. »Sie sind die Frau von Manfred Prangenberg, der sich zur Wahl des Ersten Vorsitzenden stellen möchte.«

Kerstin war diese Feststellung sichtlich peinlich. »Nein, das heißt ja«, rang sie mit sich. »Manfred ist aber nicht der Einzige, der sich zur Wahl stellen möchte. Nach dem Tod von Hansi müssen wir uns erst mal neu sortieren. Niemand will jetzt einfach mit dem Tagesgeschäft fortfahren. Nach diesem tragischen erneuten Todesfall sowieso nicht.« Sie deutete mit trüber Miene in Richtung des Vereinsheims.

Ich beschloss, die internen Vereinskonflikte zunächst nicht weiter zu thematisieren. »Was macht ihr in der Grube?« Verwundert blickte ich auf Putzeimer, diverse Putzmittel und einen Wasserschlauch. »Wollt ihr die Benzintanks und die Leitungen reinigen? Mit Haushaltsreiniger?«

»Natürlich nicht«, erklärte Elke. »Wir hatten damit begonnen, die Theke im Vereinsheim zu reinigen, da kam dieser seltsame Beamte vom Samstag und hat kurz darauf den toten Hans-Bernd Hopf entdeckt. Daraufhin hat er das Vereinsheim zur Sperrzone erklärt. Wenn ich daran denke, dass Kerstin und ich noch gestern Abend Hansis Büro aufräumten und putzten, in dem jetzt Hans-Bernd Hopf tot aufgefunden wurde.« Sie schüttelte geschockt den Kopf.

»Wie bitte? Ihr habt das Büro des Ersten Vorsitzenden gereinigt? Bestimmt habt ihr dabei wichtige Spuren beseitigt. Wer hat euch das erlaubt?«

»Erlaubt?«, fragte Kerstin Prangenberg. »Niemand. Claus sagte uns, dass ein Unbekannter das Siegel zerstörte und eingebrochen ist, aber nichts fand. Tut uns leid, wenn wir ungewollt irgendwelche Spuren weggewischt haben. Wir dachten uns wirklich nichts dabei.«

Elke wirkte ebenfalls sichtlich betroffen. »Wir konnten

doch nicht ahnen, dass in diesem Büro wenig später ein weiteres Vereinsmitglied ermordet wird.« Sie zeigte auf ihre behandschuhten Hände. »Wir trugen auch bei der Büroreinigung unsere Handschuhe. Die Spurensicherung wird keinen Hinweis finden, der zu uns führt.«

»Das wäre ja noch schöner, wenn wir verdächtigt würden«, ergänzte Kerstin Prangenberg trotzig.

Die Reinigung des Büros war für mich ein weiterer triftiger Grund, den Kontakt mit John Wayne zu vermeiden. Zweifellos dürfte er zurzeit noch mieser gelaunt sein als am Samstag. »Und was macht ihr jetzt in der Grube?«

»Im Vereinsheim durften wir ja nicht mehr weiterputzen«, erklärte Elke. »Deshalb haben Kerstin und ich beschlossen, die Behälter der alten Kläranlage sowie die dazugehörenden Rohre zu reinigen. Die Behälter befinden sich direkt neben den Benzintanks, werden aber seit einigen Jahren nicht mehr genutzt. Claus hatte kürzlich angedeutet, dass man Teile der Anlage bei Notfällen, wie bei einem Hochwasser, als Zwischenpuffer reaktivieren könnte.«

Ich hatte keine Lust, mich um die momentanen Baumaßnahmen des Jachtklubs zu kümmern. »Dein Mann ist noch drinnen?« Mit einem Blick gab ich ihr zu verstehen, dass ich damit das Vereinsheim meinte.

Elke setzte ein Lächeln auf. »Ja, er hat Besuch von Herrn Becker. Eigentlich wollte er erst heute Mittag zu uns kommen, doch auf einmal ...« Sie stockte. »Den solltest du eigentlich kennen, Reiner. Dietmar Becker ist der Autor dieser genialen Krimireihe, die in der Kurpfalz und Umgebung spielt. Wir haben alle seine Romane zu Hause im Bücherregal stehen, direkt neben den Bänden von ...«

»Ich weiß, wer der Kerl ist«, unterbrach ich sie.

»Klar«, nahm Elke den Ball wieder auf. »Er nutzt dich schließlich als realen Ermittler in seinen Kriminalfällen.

Claus will ihn davon überzeugen, unserem Verein einen eigenen Krimi zu widmen. Wir sind zwar keine kriminellen Elemente, für eine spannende fiktive Story sollte unser Vereinsleben aber auf jeden Fall genügend Stoff hergeben.«

Ich rollte genervt mit den Augen und versuchte, den euphorischen Redefluss meiner Cousine zu stoppen. »Überlegt euch das mit dem Krimi gut. Ruckzuck verspielt ihr euren guten Ruf. Die meisten Menschen nehmen alles für bare Münze, was in irgendeinem Buch steht, selbst wenn es noch so schlecht geschrieben ist.«

Elke sah mich fragend an. »Unseren Ruf ruinieren? Das glaube ich nicht. Herr Becker ist ein etablierter und erfolgreicher Schriftsteller. Schau dir nur mal an, was er sich für einen Wagen leisten kann.« Sie zeigte auf KPDs Dienstwagen, den sich kein einziger Schriftsteller in Deutschland auch nur im Ansatz leisten konnte.

»Um auf deinen Mann zurückzukommen ...«, brach ich den müßigen Dialog ab.

»Ach so, ja klar.« Sie zog ihr Handy aus der Tasche und rief Claus an. Keine Minute später kam er gemeinsam mit dem Möchtegernkrimiautor zu uns heraus.

»Hallo, Herr Palzki«, begrüßte mich Becker nüchtern. Er wandte sich an die beiden Damen. »Herr Palzki und ich arbeiten gelegentlich zusammen, besonders wenn es sich um schwierige Fälle handelt.«

»Unser Autor besitzt eine rege Fantasie«, fiel ich ihm ins Wort. »Was aber nicht gleichbedeutend mit guter Literatur ist«, ergänzte ich schnell, um ihn nicht versehentlich gelobt zu haben. »Was ist das jetzt schon wieder?«

Drei Einsatzwagen fuhren mit bis zum Anschlag aufgedrehten Martinshörnern auf das Vereinsgelände. Mehrere Personen stiegen aus, bepackten sich mit diversen Taschen und anderem Equipment und kamen auf uns zu.

»Wo geht's zur Leiche?«, fragte eine weibliche Beamtin.

»Immer geradeaus«, erklärte Claus. »Ihr Chef wartet schlecht gelaunt im Vereinsheim. Ganz hinten, im letzten Büro.«

»Dieser Drecksack ist nicht unser Chef«, fluchte einer der Spurensicherer nicht allzu leise. Während er mit den anderen weiterging, gab er weitere bissige Kommentare von sich, die ich nur zum Teil verstand.

»Lauter unzufriedene Mitarbeiter«, sagte ich. »Kommt mir irgendwie bekannt vor.«

»Was habt ihr in der Grube gemacht?«, rief Claus plötzlich. Er sprang in das Loch und hob einen Eimer und eine Flasche Reiniger in die Höhe.

»Wir dachten, dass wir dort mal richtig sauber machen«, meinte Elke unsicher. »Kerstin und ich sind aber noch nicht fertig.«

»Seid ihr wahnsinnig?«, regte Claus sich auf. »Wisst ihr, wie gefährlich das ist? Ihr hättet verschüttet werden können. Die Grube haben wir nur behelfsmäßig ausgehoben. Sie ist weder abgeböscht noch gibt es eine Absturzsicherung.«

»Wir haben aufgepasst«, konterte Kerstin Prangenberg. »Wir sind schließlich keine kleinen Kinder.«

»Darum geht es nicht«, echauffierte sich Claus, während er wieder nach oben stieg.

»Können wir die Gefährlichkeit der Grube ein anderes Mal diskutieren?«, unterbrach ich die hitzige Diskussion.

»Ja natürlich«, entschuldigte sich Claus und sah mich fragend an. »Dietmar hat mir vorhin gesagt, dass du gleich kommst. Wie gehen wir weiter vor?«

»Sag mir erst, wie der aktuelle Ermittlungsstand ist«, antwortete ich. »Du warst doch«, ich verbesserte mich, »ihr wart bestimmt in der Nähe des Cowboys und habt einiges mitbekommen.«

»Ein verrückter Kerl«, mischte sich Becker ein. »Im ersten Moment dachte ich, es wird ein Kinofilm gedreht und gleich kommt ein Pferd zur Tür herein.«

»Ich meine die wesentlichen Fakten.« Ich ignorierte Becker und blickte Claus an.

»Viel haben wir nicht erfahren. Hans-Bernd Hopf wurde mit einem schmalen, aber schweren Gegenstand erschlagen, vermutlich von vorne. Unser Cowboy ist der Meinung, dass er seinen Mörder gesehen haben muss.«

»Weiß man schon wo und wann es passierte?«

»Der Arzt ist eben erst mit der Spusi gekommen. Seine erste Vermutung ist, dass die Tat aufgrund des Zustands der Leiche einige Stunden zurückliegen muss. Der Tatort ist unbekannt, das Büro scheidet in diesem Punkt aus. Hopf muss aufgrund des Aussehens der Wunde viel Blut verloren haben, was der Fundort so nicht hergibt.«

Ich war enttäuscht, auf diesem Weg keine Neuigkeiten erfahren zu können. »Dann gehen wir am besten schleunigst runter. Elke, passt du hier oben mit Frau Prangenberg auf? Sobald der Cowboy kommt, rufst du deinen Mann an, okay?«

»Wo willst du hin?«, fragte Claus sichtlich irritiert.

»Zur Jacht des Opfers«, sagte ich.

»Warum denn das?«

»Tatortbesichtigung«, antwortete ich.

Ausnahmslos sämtliche Anwesenden starrten mich an.

Mit einem Hauch an Genugtuung erklärte ich: »Nicht einmal der berühmte Krimiautor Dietmar Becker ist auf den Gedanken gekommen, dass das Opfer an Bord seiner eigenen Jacht ermordet wurde.«

»Wieso?«, eiferten sich Claus und Becker gleichzeitig.

»Weil die Logik und die Wahrscheinlichkeit dafür sprechen«, belehrte ich sie mit Vergnügen. »Kombinationsgabe und jahrelange Erfahrung sind wesentliche Expertisen jeder

erfolgreichen Polizeiarbeit und oft genug die entscheidenden Vorteile gegenüber naiven Tätern, die ihr Vertuschungs-
wissen ausschließlich aus dem Fernsehen und schlechter
Kriminalliteratur haben.«

»Kapier ich nicht«, meinte Becker.

»Das glaube ich Ihnen sofort«, antwortete ich spöttisch.
»Das Leben ist nicht immer so einfach und linear wie in
Ihren märchenhaften Geschichten, Herr Becker. Polizist
sein, bedeutet, um die Ecke denken zu können.«

»Also, ich mag Herrn Beckers Krimis«, mischte sich
Elke ein.

»Von mir aus«, sagte ich zu Elke. »Nur mit der Realität
haben diese Krimis nicht das Geringste zu tun.«

»Dann erklären Sie uns doch Ihre Logik«, meinte Becker
sichtbar beleidigt.

Ich seufzte demonstrativ, bevor ich mit der Erklärung
begann. »Herr Hopf wurde nicht in dem Büro ermordet,
in dem er gefunden wurde. Diese Arbeitsthese nehmen wir
als gesichert an. Daher ist es ebenso unwahrscheinlich, dass
er an einem anderen Ort innerhalb des Vereinsheims umgebracht wurde. Falls ich mich irre, werden wir das bald von
der Spurensicherung erfahren. Kein Mörder nimmt sich
nach der Tat Zeit für überflüssige Handlungen. Sein Opfer
von einem Zimmer in ein anderes zu tragen, ist sinnlos. Die
Leiche wäre auf jeden Fall heute gefunden worden, wenn sie
der Täter nicht gerade in die Gefriertruhe gesteckt hätte.«

»Und wenn der Täter uns mit dem Büro einen Hinweis
geben wollte?«, unterbrach mich der Krimiautor. »Er möchte
eine Verbindung zu der ersten Tat herstellen. Oder er will
sich mit der Polizei eine mörderische Schnitzeljagd liefern.«

Ich knallte mir die flache Hand an die Stirn. »Herr
Becker«, schnaufte ich und holte tief Luft, »die Verbindung
der beiden Taten ist auch so offensichtlich. Und Ihre Schnit-

zeljagd können Sie sich an den Hut stecken. Ich weiß, in der trivialen Kriminalliteratur wimmelt es von Serientätern, die der Polizei nach jedem Verbrechen einen versteckten Hinweis hinterlassen. Jedes Jahr erscheinen Tausende Krimis nach diesem unrealistischen Muster, und das nicht erst seit Agatha Christie. Lassen Sie es mich drastisch ausdrücken: So etwas ist der gleiche Schwachsinn wie Horrorgeschichten mit Außerirdischen.« Ich hatte mich dermaßen in Rage geredet, dass ich eine kurze Pause machen musste. »Noch nie, ich wiederhole, noch niemals hat sich ein Mehrfachtäter mit irgendwelchen Hinweisen ein Versteckspiel mit seinen Häschern geliefert. So etwas gibt es ausschließlich in der Fantasie von Autoren.«

Ich sah in betretene Gesichter.

Becker nahm seinen persönlichen Rückschlag gelassen und machte einen neuen Anlauf: »Dann verraten Sie uns doch, warum Professor Hopf auf seiner Jacht ermordet wurde.«

Claus meldete sich zu Wort. »Ich glaube, ich weiß, was Reiner meint. Wenn man richtig darüber nachdenkt, kommt eigentlich nur sein Boot infrage.«

»Bravo«, lobte ich ihn. »Wenn Herr Hopf irgendwo auf dem Gelände ermordet worden wäre, hätte ihn sein Mörder einfach liegen lassen, bestenfalls in ein nahes Gebüsch gezerrt.«

Claus spann den Gedanken weiter. »Wenn man Hopf allerdings auf seiner Jacht tot aufgefunden hätte, stünde sein Boot unmittelbar im Fokus der Ermittlungen. Man würde nachforschen, ob jemand zufällig eine Person in der Nähe oder auf Hopfs Boot gesehen hätte. Das wäre eine potenzielle und unkalkulierbare Gefahr für den Mörder.«

»Du hast es kapiert«, sagte ich. »Vielleicht solltest *du* das Schreiben von Beckers nächstem Krimi übernehmen.

Jedenfalls müssen wir auf Hopfs Boot nach Spuren suchen und alle befragen, die seit gestern auf dem Vereinsgelände waren.«

»Sollten wir das nicht besser den Wormser Beamten überlassen?«, fragte Elke. »Wenn die von unseren Eigenmächtigkeiten erfahren, kommen wir in Teufels Küche.«

»Keine Angst, Elke. Ich bin vom Ludwigshafener Polizeipräsidenten beauftragt worden, den Fall zu lösen. Falls es zu Kompetenzrangeleien kommt, wird das auf höherer Ebene diskutiert. Darum brauchen wir uns nicht zu kümmern.«

»Und ich wurde von Herrn Diefenbach beauftragt«, warf Becker stolz ein.

»Ja«, antwortete ich tonlos, ohne ihn anzuschauen. »Von mir aus.«

Der Krimiautor war noch nicht fertig. »Ihre Vermutung über den Tatort finde ich sehr überzeugend, Herr Palzki. Ich werde das in meinem nächsten Krimi verarbeiten, falls ich über die Bootsszene schreibe.«

»Wie immer alles nur geklaut«, murmelte ich verärgert. Laut sagte ich: »Ich verzichte freiwillig auf etwaige Tantiemen, wenn Sie mir versprechen, meine Person bei diesem literarischen Dingsbums außen vor zu lassen.«

»Aber Herr Palzki«, wehrte sich Becker. »Sie sind doch mein Protagonist. Ich kann Sie nicht einfach sterben lassen, das kann ich meinen Fans nicht antun. Die warten längst auf den nächsten *Palzki*.«

»Dann sollen Sie halt den nächsten *Becker* kaufen«, antwortete ich genervt. »Gehen wir runter?« Ich verzichtete darauf, Becker von der Untersuchung auszuschließen – es wäre sowieso sinnlos gewesen.

Claus blieb vor Hopfs Boot stehen. »Das ist eine *Windy 33 Mistral*. Sie hat sich mit ihrem Wurzelholzfurnier und den pastellenen Farbtönen den Zeitgeist der 90er-Jahre erhalten. Sie ist technisch soweit okay, auch wenn es einen leichten Modernisierungsstau gibt.«

Ich nickte, trotzdem schafften es diese Informationen nicht einmal in mein Kurzzeitgedächtnis.

»Ich denke, wir brauchen die Schuhe nicht auszuziehen«, meinte Claus, als wir das Boot betraten.

»Wieso sollte ich sie auszuziehen?«, fragte Becker.

»Sie müssen noch viel recherchieren, bevor Sie einen glaubwürdigen Krimi über die Bootsszene schreiben können«, stichelte ich ein weiteres Mal.

»Schaust du oben auf Deck?«, fragte ich Claus. »Mit dem Steuerpult und der ganzen Technik kennst du dich besser aus. Achte vor allem auf augenfällige Dinge wie falsche Schalterstellungen oder geöffnete Fächer.«

Ich ging unter Deck, da ich dort den Grund für das Verbrechen vermutete. Zunächst verschaffte ich mir einen groben Überblick über die Räumlichkeiten und das Inventar.

»Was tun Sie da?«, fragte Becker, der mir auf Schritt und Tritt gefolgt war. »Wollen Sie das Boot in seine Einzelheiten zerlegen?«

Im gleichen Moment kam Claus die Treppe heruntergestürmt. »Was war das für ein lautes Hämmern?«

Ich demonstrierte meine Vorgehensweise, indem ich mit den Fäusten an die Außenwand schlug.

»Du suchst nach doppelten Wänden, Reiner?« Claus ging zu einer Stelle neben der Küchenzeile, bückte sich und klopfte in Fußbodennähe leicht mit den Fingerknöcheln an die Wand. »Seltsam«, meinte er. »Ich bin zwar kein Experte, aber ich würde vermuten, dass sich an dieser Stelle ein breiter Zwischenraum befindet.« Mit seinen Fingern strich er den Bereich großflächig ab. »Ich kann keine Fuge fühlen.«

»Wir müssen sämtliche Außenwände absuchen«, sagte ich enttäuscht, dennoch voller Elan.

»Aber nicht mit Faustschlägen«, warnte Claus. »Damit erreichst du gar nichts. Außerdem hört man es bis zum Vereinsheim.«

»Okay, und wie dann?« Bezüglich der Lautstärke hatte er womöglich recht.

»Mit Gefühl«, begründete er seine Arbeitsweise. »Zart mit den Fingern über die Wand streichen, dann spürt man die Fuge.«

»Suchen wir ein Geheimfach?«, freute sich Becker, der die Vorgeschichte nicht kannte.

»Den Schatz der Nibelungen«, antwortete ich.

»Den haben wir bereits vor Jahren gefunden«, erwiderte er ungewohnt schlagfertig, zumal es sogar stimmte.

»Tun Sie einfach, was Herr Bissinger gesagt hat.«

Das einzige Resultat unserer Wischaktion waren staubige Hände. Frustriert stand ich, als meine Kniegelenke zu schmerzen begannen, auf.

»Schauen Sie mal, Herr Palzki.« Der Krimiautor zog einen schweren Wagenheber unter dem Bett hervor.

Ich holte ein Geschirrhandtuch aus einer Schublade und übernahm das Teil, ohne es mit den Fingern zu berühren. »Ein Wagenheber von Toyota«, stellte ich mit Kennermiene fest. Mein erstes eigenes Auto war ein Toyota Corolla, mit dem ich das eine oder andere wilde und nicht ganz ungefährliche Abenteuer überstanden hatte. »Aufgrund des hohen Gewichts die ideale Tatwaffe. Und vor allem mit Blutanhaftungen.«

»Das ist seltsam«, meinte Claus. »Warum hat der Mörder die Tatwaffe nicht mitgenommen oder im Hafenbecken versenkt?«

Becker war sich sicher, den Grund zu kennen: »Er wusste,

dass man auf dem Boot nicht danach sucht. Deshalb hat er sein Opfer ins Vereinsheim geschleppt.«

»So doof sind nicht einmal die Wormser«, widersprach ich. »Sobald die im Vereinsheim keinen potenziellen Tatort finden, werden sie auf die Jacht kommen. Dabei wäre es so einfach gewesen, den Wagenheber ins Wasser zu werfen. Stattdessen versteckt der Mörder ihn unter dem Bett und schleppt die Leiche zig Meter hoch ins Vereinsheim.«

»Das kann nur in der vergangenen Nacht passiert sein«, beharrte Claus.

»Natürlich«, bestätigte ich seine Vermutung. »Wer von euren Mitgliedern fährt einen Toyota?«

»Keiner«, sagte Claus. »Ich wüsste auch niemanden, der einen Wagenheber von Toyota … oh nein«, unterbrach er sich selbst und wurde blass.

»Rück raus«, forderte ich ihn auf. »Wem gehört das Ding?«

»Ich kenne den Namen nicht, aber es kann unmöglich der gesuchte Mörder sein.«

»Ein guter Freund?«, mutmaßte ich.

»Nein, Reiner, du verstehst das falsch. Der Toyota-Wagenheber liegt vermutlich seit Jahrzehnten in einem unserer Schuppen. Ein früheres Vereinsmitglied muss ihn vergessen oder keine Verwendung mehr dafür gehabt haben. Ich nutzte den Wagenheber schon das eine oder andere Mal, um Bretter oder Rohre zu spreizen.«

»Den Schuppen schauen wir uns nachher an. Wir haben immer noch keinen Hinweis auf das Motiv.«

»Ob der Mord mit dem Verkauf des Bootes zu tun hat?«, überlegte Claus.

»Diese Vermutung liegt nahe«, antwortete ich. »Schade, dass wir keinen Zugang zu einem Hohlraum gefunden haben.« Ich war mir nach wie vor sicher, dass diese Verstecke mit dem Fall zu tun hatten.

»Das kann ich klären«, sagte Claus. »Ich muss heute sowieso noch zu Oli«, er wandte sich an Becker, »ich meine Oliver Allegro, den Geschäftsführer des gleichnamigen Bootshandels. Sein Unternehmen befindet sich nur ein paar Meter von unserem Hafen entfernt.«

Ich war einverstanden, da ich nicht davon ausging, dass die Wormser Beamten einen Hohlraum fanden, zumal sie auch keine Veranlassung hatten, danach zu suchen. Ich wickelte den Wagenheber in weitere Handtücher, um ihn nicht zu kontaminieren. »Gehen wir wieder hoch zu Elke und Frau Prangenberg«, entschied ich, ohne jedoch eine sinnvolle Idee für die weitere Ermittlung zu haben.

»Dort hinten liegt unser Boot«, meinte Claus zu Becker, als wir auf dem Ponton standen. »Was ist, soll ich euch an die Treppenstiege fahren?«

Becker kratzte sich am Kopf. »Der Fußweg zu deinem Boot ist ähnlich nah wie der zur Treppe. 30 Meter, höchstens.«

»Darum geht es doch nicht«, behauptete Claus mit einem schelmischen Grinsen. »Ich muss unser Boot sowieso vor zur Tankstelle fahren, da ich die neue Spritleitung testen will.« Er schaute uns auffordernd an. »Los, kommt schon.«

Notgedrungen ging ich mit, um keinen Dialog zwischen den beiden zu versäumen. Ich überlegte kurz, ob ich als lebenserhaltende Maßnahme eine Schwimmweste anziehen sollte, doch Claus beschleunigte äußerst gefühlvoll. Die Fahrt zur Tankstelle direkt neben der Treppenstiege dauerte nur wenige Sekunden. Claus band das Boot am Steg fest. »Tanken kann ich später, schauen wir erst mal, was die anderen machen.« Mir war klar, dass er damit nicht seine Frau und deren Freundin meinte. Wir nahmen den Zugangssteg nach oben.

JEDE MENGE BESUCHER

»Was soll das?«, herrschte Elke, die mit Kerstin Prangenberg nach wie vor am Rand der Grube stand, ihren Mann
an. Anscheinend war sie immer noch sauer wegen seines
Gemeckers in der Baugrube. »Warum bist du zur Tankstelle gefahren?«

»Ich muss doch sowieso tanken«, verteidigte sich Claus.
»Dietmar gefällt unser Boot«, fügte er hinzu. »Sollen wir ihn
in den nächsten Tagen zu einer kleinen Ausfahrt einladen?«
Er zwinkerte ihr zu. Claus war eindeutig krimiinfiziert.

»Darum geht es überhaupt nicht«, konterte Elke verärgert. »Unser Boot liegt jetzt hier wie auf dem Präsentier-
teller. Ich habe keine Lust, es von diesem Westernhelden
auf den Kopf stellen zu lassen.«

»Okay, okay, ich fahr es sofort zurück.« Claus knickte
mit einem Seufzer ein.

»Damit machst du uns noch verdächtiger. Die Beamten
stehen bestimmt am Fenster und beobachten uns.«

»Dann fahre ich das Boot eben erst heute Abend zurück.«
Claus klang frustriert. Auch er kam, wie ich, manchmal
völlig überraschend und unschuldig in die Situation, es
seiner Frau nicht recht machen zu können. Dann half als
letzte Rettung meist nur noch, ja zu sagen und seiner Frau
bedingungslos recht zu geben. Leider war diese Taktik nicht
immer zielführend, was das Leben nicht gerade einfacher
machte. In solchen Fällen war die zeitgenössische Psycho-
logie über ihre Grenzen hinaus gefordert.

»Kein Grund, paranoid zu werden, Elke«, leistete ich

Claus Schützenhilfe. »So wie ich unseren Westernhelden einschätze, wird er ausschließlich das Boot von Hopf oberflächlich untersuchen. Und selbst da bin ich mir nicht sicher.«

»Da vorne kommt mein Mann«, unterbrach Kerstin Prangenberg die Diskussion.

Manfred Prangenberg kam gerade mit Stefan Baum, der lässig eine Zigarre in der Hand hielt, laut streitend aus dem Vereinsheim heraus.

»Das geht überhaupt nicht!«, rief Prangenberg zornig.

Baum konterte: »Du weißt genau, dass ich mir das nicht gefallen lasse.«

In diesem Moment bemerkten sie, dass wir allesamt die beiden anstarrten, da wir den offensichtlichen Zwist mithören konnten. Sofort verstummten sie.

»Hallo, Kerstin«, rief ihr Mann uns zu. »Wenn das Bauloch brennen würde, könnte man meinen, ihr steht um ein Lagerfeuer herum.«

»Hat man Sie rausgeschickt?«, fragte ich die beiden.

»Hallo, Herr Palzki«, begrüßte mich Manfred Prangenberg, ohne auf meine Frage einzugehen. »Claus hat uns erzählt, dass Sie quasi parallel zu den anderen Beamten ermitteln.« Er blickte kurz in Richtung Vereinsheim. »Das kommt uns sehr gelegen«, fuhr er fort. »Dieser Wichtigtuer aus Worms hat es sich am Samstag mit so ziemlich allen Vereinsmitgliedern verscherzt. Und jetzt kommt noch der Tod von Hans-Bernd Hopf hinzu, wir sind unfassbar traurig und erschüttert.«

Stefan Baum ergänzte: »Wenn wir Ihnen irgendwie helfen können, Herr Palzki, lassen Sie es uns wissen. Als Rechtsanwalt kann ich vielleicht den einen oder anderen Tipp geben.«

Dietmar Becker wollte sich in die Unterhaltung einmischen, doch ich unterbrach ihn schon bei der ersten Silbe.

»Worum ging es bei Ihrem Streit?« Ich rechnete nicht mit einer Antwort, doch ausnahmsweise täuschte ich mich.

»Stefan und ich wollten heute einen gemeinsamen Arbeitseinsatz absolvieren. Alle Mitglieder müssen jedes Jahr eine bestimmte Stundenanzahl für den Verein aufbringen. Wir hatten uns vorgenommen, den Rasenmäher zu warten und ein paar Büsche am Zaun zurückzuschneiden.«

»Dabei bemerkten wir, dass einer der Schuppen aufgebrochen wurde«, fuhr Baum fort. »Wir haben sofort die Inventarliste mit den vorhandenen Geräten abgeglichen, es scheint aber nichts zu fehlen.«

»Meint ihr den Schuppen, in dem der große Rasenmäher steht?«, fragte Claus.

Beide nickten zustimmend.

»Dann weiß ich, was fehlt.« Claus zeigte auf den Wagenheber in meiner Hand.

»Was ist das?«, fragte Prangenberg. Aufgrund der Handtücher war der Wagenheber als solcher nicht zu erkennen.

»Ein wichtiges Beweismittel«, erklärte ich knapp. »Ich weiß aber immer noch nicht, warum Sie sich gestritten haben.«

»Das war kein Streit«, verteidigte sich Baum. »Nachdem wir den Einbruch festgestellt hatten, sind wir ins Vereinsheim, um den Beamten den Vorfall zu melden.«

»Das kann ich bezeugen«, mischte sich Kerstin Prangenberg ein. »Die beiden sind bei uns vorbeigekommen, während ihr unten wart.« Elke nickte zustimmend.

»Die Spurensicherung hat uns gar nicht richtig zu Wort kommen lassen«, sagte Baum. »Als Jurist habe ich darauf bestanden, mit dem Leiter der Ermittlungen zu sprechen. Doch dieser arrogante Schnösel behandelte uns dermaßen von oben herab, als wären wir seine Leibeigenen. Wütend haben wir ihn einfach stehen lassen. Soll er selbst schauen, wie er weiterkommt.«

»Wir hoffen natürlich trotzdem, dass der Mörder gefasst wird«, fügte Prangenberg hinzu.

Ich blieb hartnäckig. »Das ist immer noch kein Grund für Ihren Streit.«

»Aber wir haben doch gar nicht gestritten«, behauptete Prangenberg standhaft.

Da ich keine plötzliche Meinungsänderung erwartete, wandte ich mich an Stefan Baum: »Dann klären Sie mich doch bitte über Ihre Treffen mit den beiden Toten auf.« Meine Frage war zwar nicht ganz korrekt gestellt, da Baum sich nicht mit den Toten getroffen hatte, doch diese sprachliche Ungenauigkeit fiel niemandem auf.

»Was für ein Treffen?« Der Rechtsanwalt wurde kreidebleich.

»Na kommen Sie«, insistierte ich. »Ich weiß, dass Sie sich mehrmals mit Hans-Jürgen Krebs und Hans-Bernd Hopf getroffen haben. Zuletzt im Büro des Ersten Vorsitzenden.«

»Das ist doch Humbug«, wehrte Baum sich. Dann nahm er den strengen Blick des Hafenmeisters wahr. »Ach, so ist das, Claus hat gepetzt.«

»Und wenn schon«, trieb ich ihn weiter in die Enge. »Das ändert nichts an dieser Tatsache.«

»Die Zusammenkunft war rein privater Natur.«

»Du hast dich wirklich mit den beiden getroffen?«, mischte sich Manfred Prangenberg ein. Mir hast du gesagt ...«

Stefan Baum winkte mürrisch ab. »Gar nichts habe ich gesagt. Bin ich jetzt im Kreuzverhör? Unsere Unterhaltung hatte weder etwas mit den Verbrechen noch mit Angelegenheiten des Vereins zu tun. Mehr sage ich dazu nicht.«

Der Rechtsanwalt hatte dermaßen bestimmt gesprochen, dass selbst ich nicht sagen konnte, ob er log oder nicht. Dieses Phänomen hatte ich in meiner beruflichen Laufbahn zu meinem Leidwesen bei Juristen schon mehrfach feststellen müssen. Ein Comedian hatte mal erwähnt, dass sich die Berufsbilder von Juristen, Pokerspielern und Schauspielern ziemlich stark ähneln.

Ich wandte mich nun an Prangenberg. »Haben Sie bereits einen Termin für die Neuwahl des Postens für den Ersten Vorsitzenden vorgeschlagen? Sie werden doch kandidieren, oder?« Ich drehte mich halb um meine Achse. »Wahlplakate kann ich noch keine sehen.«

Stefan Baums Gesichtsausdruck wurde eine Spur verdrießlicher, doch er blieb stumm und starrte seinen offensichtlichen Kontrahenten an.

»Warum wollen Sie mich unter Druck setzen, Herr Palzki?«, wehrte sich Manfred Prangenberg. »Ich gehe offen damit um, dass ich bei den nächsten Wahlen für die Position des Ersten Vorsitzenden zur Verfügung stehe. Ich bin übrigens nicht der einzige Kandidat.«

»Viele bleiben nicht mehr übrig«, rutschte es Claus heraus. »Wenn der geheimnisvolle Mörder auch noch Stefan und mich beseitigt, dann bist du der einzige Kandidat.«

»Hör auf mit diesen Witzen«, schnauzte ihn seine Frau an.

»Du willst auch kandidieren?«, fragte Prangenberg überrascht. Mir war diese Information ebenfalls neu.

Claus grinste. »Ich überlege es mir noch. Wenn ich bis dahin am Leben bleibe.« Elkes stechender Blick ließ ihn verstummen.

Die mittlerweile hitzige Diskussion wurde durch die Ankunft eines Taxis unterbrochen. Eine etwa 40-jährige Frau stieg aus und schaute sich suchend um. Mit ihrem Aussehen und ihrer Kleidung wirkte sie an diesem Ort völlig deplatziert. Elke Bissinger und Kerstin Prangenberg gifteten mit wütenden Blicken ihre Männer an, weil sie den Neuankömmling mit hängendem Unterkiefer anstarrten.

Den anderen männlichen Personen unserer Versammlung, mich eingeschlossen, ging es nicht viel anders. Die Dame schien ein Model, oder, greifbarer ausgedrückt, ein Kunstwesen zu sein, das am ehesten einem Modekatalog der High Society entsprungen sein musste. Nachdem sie uns erblickt hatte, stolzierte sie in ihren atemberaubend hohen High Heels formvollendet auf uns zu. In der einen Hand trug sie eine glitzernde Handtasche, mit der anderen hielt sie eine Zigarette, die auf einer peinlich langen Zigarettenspitze steckte. Alles an ihr war markant auffällig: angefangen von der Sonnenbrille mit untertassengroßen Gläsern bis hin zu den königsblauen Strumpfhosen im Löcherlook. Mit keinem einzigen ihrer Kleidungsstücke oder Accessoires würde ich Stefanie auf die Straße lassen. Meiner Meinung nach musste die Frau entweder einer geschlossenen psychiatrischen Abteilung entsprungen sein, oder sie besaß viel Geld und hielt sich für die Krone der Schöpfung. Im zweiten Fall würde sich der Kreis mit der psychiatrischen Abteilung irgendwann wieder schließen.

»Guten Tag, meine lieben Männer«, flötete sie in einer unnatürlich piepsigen Stimmlage, als sie vor der Baugrube stand und pikiert den lehmigen Boden bemerkte. Die beiden anwesenden Frauen ignorierte sie. »Würden Sie die Güte haben, mir freundlicherweise den Aufenthaltsort von Professor Hans-Bernd Hopf zu nennen? Er erwartet mich, leider habe ich mich etwas verspätet, da die S-Bahn unpünktlich war.«

»Sie sind mit der S-Bahn gekommen?« Nicht nur Dietmar Becker kam diese Bemerkung spanisch vor.

»Ja, ich weiß«, piepste sie weiter. »Dieses Transportmittel ist selbstverständlich unter meiner Würde.« Sie setzte eine verletzte Miene auf. »Zusammengepfercht mit diesem gewöhnlichen Volk, und wie das im Zug immer so penetrant riecht.« Sie nahm einen tiefen Lungenzug aus ihrer Zigarette.

Ich simulierte ein Husten. »Na ja, Ihr Glimmstängel riecht auch nicht besser.«

»Pah«, antwortete sie und warf ihren Kopf zurück. »Ich weiß gar nicht, warum ich mich mit Bauarbeitern unterhalte.« Sie sah verächtlich in die Baugrube.

»Ich bin der Hafenmeister des Vereins«, sagte Claus, um dieses Missverständnis auszuräumen. »Doktor Claus Bissinger«, ergänzte er.

»Ein Arzt, wie schön«, flötete das Kunstwerk. »Würden Sie mich bitte zum Professor führen? Ich hatte gehofft, er würde mich am Tor erwarten.«

»Sie sind zu spät gekommen«, erklärte ich ihr.

Meinen Satz interpretierte sie nicht so, wie ich ihn gemeint hatte. »Ich bin doch nur eine Viertelstunde zu spät«, echauffierte sie sich und nahm einen weiteren Lungenzug. »Diese blöde S-Bahn habe ich nur genommen, weil ich die Jacht des Professors nach Speyer zu meinem Liegeplatz überführen möchte.«

Ich wusste zwar, dass Hans-Bernd Hopf sein Boot verkaufen wollte, mit dieser Art von Käuferin hatte ich jedoch nicht gerechnet. Sprach Hopf nicht von einer Ortsbürgermeisterin aus der Nähe von Freinsheim? »Sie kommen nicht nur eine Viertelstunde zu spät«, erklärte ich ihr. »Ihr Professor wurde in der vergangenen Nacht ermordet.«

Sie benötigte mehrere Sekunden, um meinen Satz inhaltlich zu verstehen. Mit solchen Niederungen menschlichen Zusammenlebens hatte sie sicherlich keine Erfahrungen. »Ermordet?«, fragte sie nach. »Heißt das, dass er tot ist?«

»Im Regelfall ist das so.« Nun war ich auch über ihren ungefähren Intelligenzquotienten im Bilde, den ich in die Größenordnung von Buttermilch einordnete.

»Was mache ich jetzt bloß?« Sie zog heftig an ihrer Zigarette, die ihr wohl einen Teil ihrer Medikamente ersetzte. »Ich habe doch keinen Bootsführerschein. Wie bringe ich die Jacht nach Speyer?«

»Erst mal gar nicht«, konfrontierte ich sie mit der harten Realität. »Wir von der Polizei haben das Boot vorläufig beschlagnahmt.«

»Ach, Sie sind ein Kommissar?«, flötete sie mich mit einem debilen Augenzwinkern an. »Können wir das unter uns regeln? Eine großzügige Spende für Ihre Kaffeekasse ist Ihnen gewiss.«

»Wir trinken keinen Kaffee«, wies ich ihren plumpen Versuch zurück. »Wenn Sie möchten, kann Sie unser Chefdetektiv gerne in einem entsprechenden Kraftfahrzeug zum Bahnhof chauffieren.« Mit einem Seitenblick beobachtete ich Beckers Reaktion.

»Aber selbstverständlich, mit größtem Vergnügen«, überschlug sich Becker vor Begeisterung. »Sobald Ihre Jacht freigegeben wird, werde ich Sie informieren.«

Während die Diva überlegte und ihre Zigarette dezimierte, bekamen wir weiteren Besuch.

»Palzki!«, schrie John Wayne von der Treppe des Vereinsheims herunter. »Wer hat Ihnen erlaubt, auf dem Klubgelände aufzukreuzen?« Mit breitem Schritt stapfte er auf uns zu. Kurz vor der Grube blieb er stehen. Ein kleiner Schups und wir hätten etwas zu lachen. Er holte tief Luft zu einem verbalen Rundumschlag, doch ich war schneller.

»Sparen Sie sich Ihre Kräfte, Herr wie-auch-immer. Wenn Sie Ihre Arbeit richtig und vollständig gemacht hätten, wüssten Sie, dass das zweite Opfer kurz vor seinem Tod seine Jacht verkaufen wollte. Ich begleite übrigens im Auftrag des ermordeten Professors den Verkauf des Bootes an die Käuferin.«

Das weibliche Kunstwerk hatte wahrscheinlich nur die Hälfte verstanden. »Was für eine Wonne!«, blökte sie affektiert. »Ich liebe Cowboys.« Sie umarmte den Westernhelden, was diesen zur Salzsäule erstarren ließ. »Ich wollte schon immer einen Cowboy als Mann«, strahlte sie. »Viermal habe ich bisher danebengegriffen.«

Die Situation war kurz vor dem Explodieren. In der nächsten Sekunde konnte alles passieren, alles Denkbare und auch alles Undenkbare. Wie würde der Cowboy reagieren?

»Ihr Parfüm ist ekelerregend«, stöhnte er und trat einen Schritt zur Seite. Von seinem neuen Standort konnte er in die Grube schauen. »Ja, was ist denn das?«, schrie er. Ohne weiteren Kommentar sprang er in die Grube und hob den Eimer mit dem Putzmittel in die Höhe. »Das ist der gleiche Geruch wie im Büro des Vorstands«, jubelte er. Er griff zu seinem Handy und wählte eine Nummer. »Rauskommen, sofort.« Nur diese beiden Wörter, mehr nicht. Einen halben Augenblick später stürmten mehrere Beamte aus dem Vereinsheim. »Das ist der Tatort«, brüllte ihnen ihr Chef entgegen. »In diesem Loch wurde er ermordet, riecht ihr es auch?« Stolz kletterte er aus der Baugrube.

»So macht man das, Palzki«, giftete er mich an. »Sie hätten bestimmt tagelang nach dem Tatort gesucht.« Er präsentierte mir seine Beute: den Eimer mit den Putzmitteln. »Die Analyse wird 100-prozentig ergeben, dass jemand mit diesem Zeug den Tatort und das Büro desinfiziert hat, um die Spurenlage zu beseitigen.«

Elke und Kerstin Prangenberg, die sich hinter ihren Männern versteckt hatten, wurden blass.

»Gratuliere«, sagte ich, einen Lachanfall unterdrückend. »Leider habe ich keine Hand frei, sonst würde ich …«

»Was halten Sie da in Ihrer Hand?«, fragte der Westernheld im Befehlston.

Ich nutzte die Gelegenheit, ihm den Wagenheber zu übergeben. »Ich habe mir erlaubt, für Sie die Tatwaffe zu bergen. Die Blutanhaftungen sind nicht zu übersehen.« Den Fundort verschwieg ich, allzu leicht wollte ich es dem Angeber nicht machen.

»Sie sind in die Grube gestiegen?«, brüllte er mich an.

»Es ist alles desinfiziert«, gab ich frech zurück. »Apropos, Sie waren auch unten. Jetzt muss ich Sie aber alleine weiterarbeiten lassen. Den Rest können Sie und Ihre Kollegen erledigen. Ich muss die Dame zum Bahnhof bringen.« Ich ignorierte sein Schnauben und drehte mich zu Becker. »Können wir?« Er nickte, und ich drehte mich weiter zur Modelfrau. »Darf ich Sie zum Wagen begleiten, Gnädigste? Ihr neuer Traum-Cowboy hat heute leider einen schwierigen Tag. Mit dem Heiratsantrag sollten Sie noch etwas warten.«

Es tat mir zwar um die anderen leid, die dem zügellosen Tobsuchtsanfall des Cowboys ausgeliefert blieben, aber irgendwie würden sie sich wehren können.

Als wir KPDs Luxuskarosse erreichten, drückte mir Becker den Schlüssel in die Hand. »Das ist nur symbolisch gemeint, Herr Palzki. Der Wagen hat ein Keyless-System.«

»Für Keyless gilt meine Fahrerlaubnis nicht«, klärte ich ihn auf. »Außerdem hat Diefenbach diesen mit Elektronik vollgestopften Blechhaufen Ihnen anvertraut.« Ich gab ihm den Schlüssel zurück und öffnete die Beifahrertür. »Bitte schön, meine Dame«, sagte ich zu unserer Begleiterin, während ich versuchte, mit reiner Willenskraft meine Nasenflügel zu verschließen. Die Kombination ihres extrem aufdringlich süßen Parfüms mit dem kalten Zigarettenrauch war nur schwer zu ertragen. Eine gerade noch beherrschbare Übelkeit überkam mich.

»Vorne sitzt immer das Personal«, gab sie mir zu verstehen. »Machen Sie mir die Fondtür auf, damit ich einsteigen kann.«

Um möglichst schnell diese Fahrt hinter mich zu bringen, tat ich ihr den Gefallen.

Sie hatte kaum Platz genommen, da fragte sie: »Ich darf doch rauchen?« Ohne eine Antwort abzuwarten, steckte sie sich eine Zigarette an.

Beckers entsetztes Gesicht ignorierte ich. »Fühlen Sie sich wie zu Hause. Der Champagner ist leider ausgegangen.«

Das eine oder andere Mal hatte ich bereits das zweifelhafte Vergnügen gehabt, KPDs Dienstwagen lenken zu dürfen. Die absurden Beschleunigungswerte waren mir allzu lebhaft in Erinnerung, da sie jedes Mal meinen Gleichgewichtssinn an und über die Belastungsgrenzen brachten.

Da ich Becker keinesfalls eine bessere Fahrpraxis zugestand, schnallte ich mich an, um gesundheitliche Risiken im Rahmen meiner Möglichkeiten zu minimieren.

Meine Befürchtungen bewahrheiteten sich. Mit dem Thema Feinmotorik hatte der Student schon immer seine Schwierigkeiten gehabt. Das sensible Gaspedal stand in drastischem Widerspruch zu seinen ungelenken Bewegungen. Nach dem vierten harten Ruckeln, bei denen unsere Körper Beschleunigungswerte wie bei einem Vulkanausbruch erreichten, landete der Rest meines unverdauten Frühstücks nebst einer großzügigen Portion Magensäure in den Lüftungsschlitzen hinter der Windschutzscheibe. Wir hatten noch nicht einmal das Tor des Vereinsgeländes erreicht.

»Herr Palzki«, schrie Becker entsetzt. »Das bekomme ich nie mehr sauber. Wenn das Herr Diefenbach mitkriegt … !«

Ich schaltete die Lüftung aus, doch der beißende Geruch hatte sich sofort im kompletten Fahrgastraum ausgebreitet.

Dieses Mal war ich an meiner Übelkeit unschuldig, doch was nutzte mir diese Erkenntnis? Der Weg zum Bahnhof war zwar nicht sehr weit, aufgrund Beckers mangelhafter Fahrpraxis aber unerreichbar. Ich versuchte mich hilfsweise in Sarkasmus: »Wenigstens riecht man nichts mehr vom Zigarettenrauch.«

Während unser Fahrer mit einem Päckchen Taschentücher versuchte, die Flecken auf der Ablage aufzuwischen, öffnete ich das Handschuhfach und entnahm ihm ein Bündel Papiertüten, die KPD nach meiner letzten Fahrt dort vorsichtshalber deponiert hatte. »Brauchen Sie auch eine Kotztüte?«, sprach ich die Dame an. Ich drehte mich, so gut es ging, zu ihr um und sah ihr nickendes blasses Gesicht. »Es ist seine erste Fahrstunde«, entschuldigte ich die Situation. Sie sagte nichts, wahrscheinlich konnte sie nicht.

»Fahren Sie endlich los«, befahl ich Becker in der Hoffnung, dass mein Magen nicht nachliefern konnte.

Zehn Minuten später ruckelten wir auf den Bahnhofsvorplatz. Die Übelkeit hatte sich um mehrere Zehnerpotenzen verstärkt, aber ich lebte, was die Hauptsache war. »Bleiben Sie einfach mitten auf dem Zufahrtsweg stehen«, empfahl ich Becker, der sich nach einem Parkplatz umsah. »Wir brauchen nur ein paar Sekunden.«

Mit zitternden Knien stieg ich aus und öffnete die hintere Tür. Das weibliche Kunstwerk war zerstört. Auf der Rückbank lag ein zusammengesunkenes Häufchen Elend. In der Hand hielt sie die aufgeplatzte Papiertüte, deren Inhalt sich über ihrer Designerkleidung großflächig ausgebreitet hatte. Durch ihre großen Brillengläser und die gekrümmte Haltung wirkte sie auf mich wie ein Uhu in Lauerstellung.

»Wir haben den Bahnhof erreicht«, krächzte ich. Es tat gut, frische Luft schnappen zu können.

Langsam kam Bewegung in ihren verklebten und derangierten Körper. Umständlich kletterte sie aus dem Wagen, schnappte sich ihre Handtasche und sagte: »Nie mehr in meinem Leben komme ich nach Worms. Die Jacht kann mir gestohlen bleiben.« Ihr Gangbild mit den High Heels sah bei Weitem nicht mehr so professionell aus wie vorhin im Hafen.

»Das hätten wir geschafft«, meinte ich zu Becker, der ebenfalls unsicher auf den Beinen war. »Lassen Sie sämtliche Scheiben runter, bei diesem Gestank steige ich nicht in den Wagen.«

»Ich auch nicht«, stöhnte Becker. »Irgendwas muss mit dem Motor oder dem Getriebe nicht in Ordnung sein, so bockig, wie der Wagen fährt. Hoffentlich meint Herr Diefenbach nicht, dass ich an dem Schaden Schuld habe.«

»Ach was«, beschied ich ihm. »Um den Geruch rauszukriegen, kaufen Sie ein paar Dutzend Duftbäume, am besten mit Chefgeruch.«

»Und was machen wir jetzt?«, fragte mich der hilflos wirkende Student.

Ich hatte längst eine vernünftige Antwort gefunden. »Wir kontrollieren, ob die Pizzeria, von der Sie gestern schwärmten, wirklich so leckere Angebote hat, wie Sie behaupten.«

Seine Augen glänzten. »Das ist eine gute Idee, Herr Palzki. Ich habe heute noch nichts Vernünftiges gegessen. Es sind nur ein paar Meter. Was machen wir in der Zwischenzeit mit dem Wagen?«

»Den lassen wir an Ort und Stelle stehen. So wie der stinkt, traut sich nicht einmal eine Politesse in die Nähe.«

»Auf Ihre Verantwortung«, meinte Becker und stolperte zur Pizzeria.

Der anregende Duft beim Betreten des italienischen Restaurants ließ meine Übelkeit schlagartig vergehen. Hatte ich endlich die *Sieben Brücken* hinter mir gelassen, die Peter Maffay als Synonym für schlechte Zeiten besungen hatte? Wartete nun der helle Schein in Form einer perfekt schmeckenden Pizza auf mich?

Ich konnte mein Glück kaum fassen. Auf dem Bahnhofsvorplatz hatte ich bezüglich meiner Idee noch größte Bedenken, da ich dem Studenten nicht zutraute, meinen erlesenen Geschmack zu treffen. Dennoch gab ich ihm eine Chance. »Welche Pizza haben Sie gestern gegessen?«

Der Student zeigte auf der Karte auf die entsprechende Position. »*Surprise*, kann ich nur empfehlen.«

»Pizza *Surprise*?« Ich sah ihn an. »Die kenne ich gar nicht. Was ist da alles drauf?« Dass hinter dem Namen der Pizza keine Zutaten genannt wurden, aktivierte leider nicht mein internes Alarmsystem.

»Nur gute Sachen«, bekam ich zur Antwort.

»Von mir aus«, sagte ich und bestellte bei der Bedienung mangels Vorfüllung des Magens die Pizza *Surprise* in Übergröße.

Becker begnügte sich mit einer *Speciale* im normalen Format. »Nach der Fahrt brauche ich etwas Deftiges«, meinte er, was mich zum ersten Mal aufhorchen ließ. Das alkoholfreie Weizenbier, das in diesem Moment aufgetragen wurde, beruhigte mich wieder.

»Einmal die *Speciale*«, sagte die Bedienung und stellte meinem Gegenüber eine extrem gut duftende Pizza hin. Ich konnte gerade noch meinen Mund schließen, damit die überschießende Magensäure nicht herauslief.

»Pizza Famiglia *Surprise*«, war die nächste Ansage der Bedienung, die mir eine halbe Backblech große Pizza hinstellte.

Peter Maffay war ein Betrüger. Ein Lügner des scheinheiligen Schlagerhimmels. Die Pizza *Surprise* roch nicht einmal im Ansatz wie eine gute italienische Pizza, sondern eher wie ein gesundes Abendessen, wie es meine Frau regelmäßig zubereitete. Auch der optische Eindruck ließ mich verzweifeln: ein dünnes Teigblättchen mit einem kaum sichtbaren Hauch an roter Tomatensoße. Der Rest des Gebildes bestand aus Gemüse: Karottenstücke, krebsartige Brokkoliteilchen, verwelkte Spinatblätter und gigantische Tomatenhautfetzen konnte ich zuordnen, der überwiegende Rest war mir unbekannt.

»Sieht gut aus«, meinte Becker nickend. »Etwas groß, aber Sie packen das schon.«

Im ersten Moment dachte ich, er meinte es ironisch, doch ich täuschte mich. »Sie haben so etwas gegessen?«, fragte ich zur Sicherheit noch mal nach. Unter anderen Voraussetzungen hätte ich das Ding für eine geschmacklose Deko gehalten.

Der Student nickte eifrig und griff nach seinem Besteck. »Nur halt ein paar Nummern kleiner, Herr Palzki. Lassen Sie es sich schmecken.«

Meine Kurzschlusshandlung überstieg die Reaktionsfähigkeit des Studenten. Mit einer Hand hob ich seinen Teller hoch, mit der anderen schob ich ihm das Backblech hin.

»He, was soll das?«, protestierte er.

»Das ist die Rache dafür, dass Sie mich nicht darüber aufgeklärt haben, dass *Surprise* die italienische Übersetzung für *Gemüse* ist.«

Becker bekam große Augen, dann begann er, trotz der ernsten Lage, schallend zu lachen. »Sie sind der Knaller, Herr Palzki. Hatten Sie kein Englisch in der Schule?«

»Lenken Sie nicht ab, was hat meine Schulbildung mit dieser Katastrophe zu tun?«

»Weil *Surprise* kein italienisch ist.«

In diesem Moment dämmerte es mir. Natürlich kannte ich das englische Wort für Überraschung, hatte damit allerdings nicht in einem italienischen Restaurant gerechnet. »Überraschung?«

Becker nickte. »Alles was dieses Restaurant zu bieten hat. Wir sitzen in einem vegetarischen Restaurant, haben Sie das Schild am Eingang übersehen?«

Seine Antwort half mir in meiner Verwirrung nicht weiter. »Vegetarisch? Aber Sie ...«, ich verbesserte mich, da sein Teller inzwischen vor mir stand, »aber das ist doch eine *Speciale* mit Schinken und Salami.«

»Alles vegetarische Ersatzprodukte«, erklärte mir Becker.

Nie wieder würde ich unbefangen Peter Maffays Musik hören können. Außerdem hoffte ich, dass Stefanie niemals erfuhr, dass ich freiwillig ein vegetarisches Restaurant betreten hatte. Ich war emotional hin- und hergerissen. Vernünftig wäre es gewesen, sofort aufzustehen und das Etablissement zu verlassen. Da ich jedoch bisweilen nicht immer vollständig vernünftig handle, blieb ich sitzen und stocherte lustlos in Beckers *Speciale* herum. Irgendwann überwand ich mich und stopfte mir etwas Schinkenersatz in den Mund. Die Konsistenz und der Geschmack überraschten mich. Wenn ich nicht gewusst hätte, dass es sich um ein Ersatzprodukt handelte, wäre ich auf den Schwindel hereingefallen. Allein das Wissen um die Herkunft vergällte mir den Genuss. Mein innerer Trieb zwang mich, lediglich Teile des Teigbodens zu essen, um wenigstens ein klein wenig mein Kaloriendefizit zu bekämpfen.

»Hat es Ihnen nicht geschmeckt?«, fragte die Bedienung beim Bezahlen. »Ich packe Ihnen den Rest ein«, sagte sie, ohne eine Antwort abzuwarten. Das schwere Paket, dass sie mir gab, reichte ich direkt an Becker weiter. »Für schlechte Zeiten«, meinte ich.

»Was ist vor dem Bahnhof los?«, rief Becker, als wir die Pizzeria verlassen hatten.

Auf dem Vorplatz stand ein kompletter Gefahrstoffzug der Feuerwehr, ein Krankenwagen sowie mehrere Streifenwagen.

»Die haben Diefenbachs Wagen abgesperrt«, schrie Becker verzweifelt.

Als wir näherkamen, sahen wir zwei Feuerwehrleute in Chemikalienschutzanzügen, die mit tragbaren Messgeräten um KPDs Wagen herumschlichen.

»Sie steigen in den Wagen ein, ohne einen Kommentar abzugeben«, befahl ich Becker mit strenger Stimme. »Das Reden überlassen Sie mir.«

»Sie dürfen hier nicht durch«, sprach uns ein uniformierter Polizist an, als wir das Absperrband anhoben, um es rückenschonend passieren zu können.

»Wir dürfen, Kollege«, beschied ich ihm strikt und hielt ihm meinen Dienstausweis hin. »Wir sind in Nothilfe nach Paragraf 32 StGB unterwegs. Der Gestank ist für die Bevölkerung völlig harmlos. Sie können die Absperrung unverzüglich aufheben.«

Becker war bereits in den Wagen eingestiegen. »Sie haben sich bestimmt das Kennzeichen notiert«, instruierte ich den sichtlich überforderten Beamten weiter. »Es handelt sich um ein Dienstfahrzeug der rheinland-pfälzischen Kriminalpolizei. Und der TÜV ist auch noch nicht abgelaufen.« Rheinland-Pfalz klang im Moment neutraler als Schifferstadt oder Pfalz.

Der Beamte hielt Rücksprache mit den Feuerwehrleuten. »Eine Gefährdung der Bevölkerung kann inzwischen tatsächlich ausgeschlossen werden. Ich muss Sie trotzdem bitten, auf meinen Chef zu warten, dieser wird in ein paar Minuten bei uns sein. Er möchte sich selbst ein Bild zur Lage machen.«

Ich grinste ihn an. »Cowboyhut, Westernstiefel und völlig empathielos?«

»Sie kennen meinen Chef?«, fragte er überrascht.

»Und ob«, bestätigte ich seine Vermutung. »Wir fahren ihm entgegen. Er wird wohl noch bei diesem Jachtklub sein.«

»Stimmt«, sagte der Beamte. »Wenn das so ist, dürfen Sie fahren.«

Ich grüßte mit einer Handgeste und stieg ein. »Fahren Sie los, aber lassen Sie bloß die Scheiben unten.«

»Zum Hafen?«, fragte der Student.

»Fast«, antwortete ich. »Wir machen unterwegs einen Halt bei dem Bootshändler, um eine Kleinigkeit zu überprüfen. Mit etwas Glück ermitteln wir dort sogar den Mörder.«

Die Rückfahrt erwies sich ähnlich anstrengend wie die Hinfahrt. Ich bat Becker, direkt auf das Betriebsgelände des Bootsbauers zu ruckeln. Wir hatten kaum geparkt, da kam uns Oliver Allegro auch schon entgegen. »Hallo, Herr Palzki«, begrüßte er mich und nickte Becker kurz zu, »Claus rief mich schon vor einer ganzen Weile an und sagte, dass Sie gleich vorbeikommen würden.« Er rümpfte die Nase, vermutlich war er dem Wagen zu nahe gekommen.

»Mein Chauffeur hat den Bahnhof nicht gleich gefunden«, erklärte ich ihm, um das Drama mit der Pizzeria nicht erwähnen zu müssen.

»Hat der Wagen kein Navi?«, fragte Allegro, wartete aber die Antwort nicht ab. »Kommen Sie gleich mit in mein Büro, damit Sie die Bescherung mit eigenen Augen sehen können.« Er führte uns im Verwaltungsgebäude hinter eine lang gezogene Verkaufstheke und zeigte auf eine Tür. »Hier hinein, bitte.«

Wir kamen in ein Büro, in dem es sehr geschäftig aussah. Mannshohe Papierstapel lagen auf dem Schreibtisch und auf diversen Regalen. Auf dem Boden vor dem Fenster standen kartonweise Prospekte, und zwei Wände waren bis auf den letzten Quadratzentimeter mit Aktenordnern zuge-pflastert. Der Geschäftsführer deutete auf eine schmale Tür neben dem Schreibtisch. »Die Tür führt zu unserer Tech-nikzentrale: Server, Internet- und Telefonanschluss, Vertei-lerschränke sowie unsere Videoüberwachung.«

Die Technikzentrale bot ein typisches Bild für einen Raum, zu dem nur Techniker Zutritt hatten: Es herrsch-ten chaotische Zustände. Kabel und Leitungen in wir-ren Strängen, wohin man auch blickte. Selbst die Vertei-lerschränke standen offen, weil sie wegen der Menge der hinein- und hinausführenden Leitungen schlichtweg nicht mehr zu schließen waren. Auf einem Tisch in der hinters-ten Ecke stand ein verstaubter Röhrenmonitor, davor ein PC mit angerostetem Gehäuse, der erkennbar mit schwe-rem Gerät malträtiert worden war.

»Ich weiß, es müsste mal wieder aufgeräumt werden«, entschuldigte sich Allegro und zeigte auf die Reste des Computers. »Das habe ich erst kurz nach dem Anruf von Claus entdeckt«, berichtete er. »Ich wollte schon mal vorab schauen, ob es bei uns einen unbemerkten Einbruch gege-ben haben könnte.«

»Der PC ist dafür der beste Beweis«, sagte ich. »Wann wurde der Raum das letzte Mal betreten?«

Allegro hob die Achseln. »Keine Ahnung, ich war bestimmt schon Wochen nicht mehr hier drinnen. Ich müsste bei der IT nachfragen.«

Dietmar Becker untersuchte während des Dialogs die Reste des Computers. »Das muss ein Profi gewesen sein«, stellte er mit Kennermiene fest. »Die Festplatte wurde aus-gebaut.«

»Sie sind ein wahrer Experte«, meinte ich spöttisch zu dem Studenten. »Selbst ich als Laie weiß, dass es nicht reicht, das Gehäuse eines Computers zu zertrümmern, um die gespeicherten Informationen zu zerstören.« Ich drehte mich zu Allegro um. »Sie machen auf Ihren Servern bestimmt jede Nacht eine Datensicherung.«

»Selbstverständlich«, bestätigte er sofort. »Nur leider nicht von den Aufnahmen der Videoüberwachung. Der PC und die Software stammen aus dem vergangenen Jahrhundert. Das trifft übrigens auch auf die Kameras zu. Mit deren geringer Auflösung wäre es sowieso schwierig geworden, Personen zu identifizieren.« Er seufzte kurz auf. »Wir haben die Videoüberwachung noch nie benötigt. Die Kameras schrecken Einbrecher offensichtlich auch ohne moderne Technik ab.«

Becker gab sich mit den Erklärungen des Geschäftsführers nicht zufrieden. Er untersuchte die Kabel, die in die Rückseite des demolierten PCs gesteckt waren. »Stimmt«, stellte er schließlich fest. »Der Computer war mit keinem Netzwerk verbunden. Er hat nicht einmal eine entsprechende Karte.«

Allegro schaute mich verwundert an.

»Herr Becker ist bisweilen paranoid veranlagt«, erklärte ich ihm. »In allem und jedem sieht er ein Verbrechen. Mich selbst hat er auch schon verdächtigt.«

»Soll ich das der Polizei melden?«, fragte Allegro. »Es gibt aber keinen weiteren Hinweis zu einem Einbruch, was mich irgendwie stutzig macht.«

Ich zögerte nur einen winzigen Augenblick. »Lassen Sie das, wir wissen ja nicht, wie lange der Computer bereits kaputt ist und ob es einen Zusammenhang mit den Tötungsdelikten im Jachthafen gibt. Das würde die Wormser Beamten nur verwirren.«

Meine Überlegung war zwar eine andere, das brauchte der Geschäftsführer aber nicht zu wissen. »Falls einer Ihrer IT-Mitarbeiter die Festplatte finden sollte, melden Sie sich bitte.« Mir war längst klar, dass die Festplatte entweder von Allegro selbst oder einem Mitarbeiter des Unternehmens entwendet worden war oder aber von einem strategisch denkenden Täter, der genau diesen Eindruck erwecken wollte.

»Mache ich, Herr Palzki.« Allegro schaute auf die Uhr. »Ich erwarte in ein paar Minuten Claus Bissinger, weil er ein Ersatzteil für sein Boot abholen will. Falls Sie bei einem Kaffee auf ihn warten möchten? Sie arbeiten doch eng mit ihm zusammen.«

»Keine Zeit«, beschied ich ihm. Ich hatte zwar mangels taktischem Plan keine Ahnung, wie sich die Ermittlungen in der nahen Zukunft vorantreiben ließen, doch irgendwie würde es schon weitergehen. Diese Ungewissheit verursachte mir ein unbehagliches Gefühl, zumal es auch jederzeit passieren konnte, dass die Wormser Beamten trotz meiner intensiven Bemühungen den Täter vor mir schnappten. Theoretisch könnte dies auch auf Dietmar Becker zutreffen, doch eine solche Möglichkeit hielt ich für stark realitätsfern.

Die Schlaglochpiste auf dem Zufahrtsweg zum Vereinsgelände glich Beckers unruhige Fahrt nicht aus, im Gegenteil, sie verstärkte die abrupten Geschwindigkeitsänderungen zusätzlich. Mit Freude nahm ich zur Kenntnis, dass uns die gesamte Wormser Polizeimacht entgegenkam, die sich um den Tatort im Jachthafen gekümmert hatte. Ob mich der Westernheld erkannte, wusste ich nicht, da ich beharrlich rechts aus dem Fenster schaute.

FAST WIE BRUCE WILLIS

»Was ist das jetzt schon wieder?«, rief ich, als Becker den Wagen neben dem Hafenbecken parkte. Handelte es sich um eine Fata Morgana, oder hatte mein Gehirn durch die Autofahrt Schaden genommen? »Ist das die Realität?«

»Scheint so«, bestätigte Becker, der sich im ersten Moment auch nicht so sicher war. »Wie ist das Boot durch die schmale Einfahrt gekommen?«, grübelte er.

Zweifelsohne lag KPDs *Geldanlage* im Hafen des Jachtklubs. Das Boot, das am Quersteg direkt neben der Hafenzufahrt angelegt hatte, blockierte wegen seiner Länge die vordere Hälfte des Hafenbeckens. Mehrere Personen befanden sich auf der Steganlage.

Neugierig eilten wir die Treppe nach unten. Auch wenn ich mir denken konnte, was die beiden Not-Notärzte dort trieben, war ich über die gegebene Situation erstaunt: wie auf einem Flohmarkt hatten Metzger und Wallmen vor der Jacht zwei Bierzeltgarnituren auf dem Steg aufgebaut. Stefan Baum sowie das Ehepaar Kerstin und Manfred Prangenberg verabschiedeten sich gerade von Günter Wallmen, während drei oder vier weitere Personen heftig mit Doktor Metzger diskutierten. Vielleicht verhandelten sie den Preis des Champagners beziehungsweise der anderen auf den Tischen liegenden Genussmitteln? Mit Bestürzung entdeckte ich am Rand des Tisches eine Schüssel mit mir allzu bekannten Keksen. Bezüglich der daneben liegenden kleinen Papiertütchen hatte ich nur eine ungefähre Vorstellung.

»Hallo, Reiner«, rief mir meine Cousine Elke entgegen, die etwas abseits des Verkaufstisches stand und sich mit ihrem Handy beschäftigt hatte.

Der laute Ruf schenkte uns die Aufmerksamkeit der Mediziner. »Palzki!«, grölte Metzger über die Steganlage. »Günter hat mir alles erzählt.« Er schüttelte sich vor Lachen, dann hob er die Schüssel mit den Keksen in die Höhe. »Wollen Sie noch einen? Sind Sie auf den Geschmack gekommen? Oder möchten Sie unsere fertig verpackten Extrakte mit den …«

Ein Ellbogenstoß seines Kumpels nebst bösem Blick ließ ihn verstummen.

»Sag bloß, du kennst die zwei?«, fragte mich Elke.

Ich deutete auf Dietmar Becker, der sich längst hinter den Tisch zu seinen Buddys gesellt hatte. »Ich denke, du hast alle Krimis von diesem Schreiberling gelesen? Dann solltest du die wahnsinnigen Not-Notärzte Doktor Metzger und Günter Wallmen kennen.«

»Die gibt's wirklich?« Elke erblasste.

»Dein Lieblingskrimiautor mag eklatante Defizite im Konstruieren einer spannenden und authentischen Handlung haben, auch mit der Realität bezüglich der Polizeiarbeit und deren Beamten nimmt er es nicht allzu genau, aber hinsichtlich der beiden Kandidaten, die euren Hafen gekapert haben, ist alles korrekt. Das ist oft genug der wunde Punkt bei naiven Krimilesern: Ausgerechnet die Teile der Handlung, die sie für stark überzogen und unglaubwürdig halten, sind die wahren Fakten.«

»Du meinst wirklich, dass die beiden …«

»Garantiert«, fiel ich ihr ins Wort. »Nichts wird sie von ihren Plänen abhalten, nicht einmal ein Verbot, in Zukunft in euren Hafen zu fahren. Um das zu verhindern, müsstet ihr die Zufahrt verengen. Aber keine Panik: Das Problem erübrigt von selbst. Diese großkotzige Jacht gehört, wie du vielleicht bereits am Namen erkannt hast, meinem Chef Diefenbach.«

Elke kam aus dem Staunen nicht mehr heraus. »Dein Chef kann sich solch ein Boot leisten?«

»Das sieht nur so aus«, gab ich ihr zu verstehen. Ich wechselte abrupt dieses unsägliche Thema. »Haben die Wormser Beamten außer der hochverdächtigen Baugrube noch etwas anderes entdeckt?«

Elke schaute betreten zu Boden. »Das darf niemand erfahren, Reiner. Kerstin und mir ist es megapeinlich, dass die Beamten aufgrund unserer Reinigungsaktion auf eine falsche Fährte reinfielen.«

Ich lächelte zufrieden. »Das ist das tägliche Brot für uns Ermittler. Von mir erfahren die nichts.«

Meine Cousine atmete dankbar auf. »Danke, Reiner. Ich hoffe, dass der Mörder schnell gefunden wird. Da sich ja jetzt das Bundeskriminalamt einschaltet, dürfte es nur eine Frage der Zeit sein, bis bei uns im Verein wieder Ruhe einkehrt.«

»Das BKA?«, rief ich erstaunt aus, weil ich mit vielem gerechnet hätte, damit aber nicht. »Wegen einer desinfizierten Baugrube?«

Elke schüttelte den Kopf. »Nicht wegen der Grube, sondern wegen des Boots.« Sie schaute zur Jacht von Hans-Bernd Hopf.

»Wurde das Geheimversteck gefunden?«, rutschte es mir versehentlich heraus.

»Woher weißt du davon?« Elke schaute mich skeptisch an. »Das war doch nur eine reine Spekulation des Cowboys.«

Ich hatte den Eindruck, dass wir gegenseitig ziemliche Informationsdefizite hatten. »Erzähl, was ist während meiner Abwesenheit passiert?«

»Der komische Westernheld hat sich zunächst auf die Grube als Tatort des Mordes versteift. Da warst du ja noch bei uns. Kurze Zeit später fragte ihn einer der Spurensicherer, ob sie auch die Jacht des Opfers untersuchen sollen. Von einer auf die andere Sekunde war der Cowboy wie ausgewechselt. An das Boot hatte er anscheinend vorher überhaupt nicht gedacht. Er befahl seinen Mitarbeitern, das Boot zu beschlagnahmen und es in die Halle von Oliver Allegro zu bringen.«

»Ist er oder einer seiner Mitarbeiter auf das Boot gegangen?«

»I wo«, sagte Elke. »Er faselte völlig wirr von irgendwelchen Verstecken, die es auf beiden Booten der Opfer geben muss, und dass er sofort nach seiner Rückkehr ins Büro Beamte des Bundeskriminalamts nach Worms zitieren würde, da es um eine bundeslandübergreifende Mordserie von großer Tragweite geht.«

»Der hat einen Knall.« Mehr wusste ich zu der blühenden Fantasie des Wormser Beamten nicht zu sagen.

»Meinst du, es hat etwas mit den Wartungszugängen zu tun? Claus erzählte mir, dass ihr in Hansis Boot eine verdächtige Öffnung entdeckt habt.«

»Da war leider überhaupt nichts Verdächtiges dran«, erklärte ich ihr. »Den Zugang zu der doppelten Außenwand habe ich zufällig entdeckt. Allerdings war dort nichts versteckt, und die Zugänge sind allgemein bekannt und wahrlich kein Geheimnis.«

»Unser Boot hat auch mehrere dieser kleinen Luken«, sagte Elke. »Die sind aber mit Silikon verschlossen.«

»Wie gesagt«, wiederholte ich mich, »nichts Rätselhaftes. Soll unser Cowboy ruhig danach suchen lassen. Dann ist er wenigstens beschäftigt und nervt nicht.« Ich hoffte, dass ich recht behielt. Es wäre peinlich, wenn die Wormser aufgrund der blühenden Fantasie ihres Chefs das Motiv für das Verbrechen vor mir finden würden. Vielleicht konnte ich Claus und Oliver Allegro überreden, mit mir eine nicht ganz legale Untersuchung des Bootes durchzuführen, sobald es in der Halle des Bootshändlers stand. Ich wusste ja, dass auf dem Betriebsgelände zurzeit keine Videoaufzeichnungen möglich waren.

»Seltsam, was macht dieser Kerl dort hinten?« Elke rüttelte mich am Oberarm, damit ich in die entsprechende Richtung schaute.

Eine Gestalt, die in einem viel zu weiten körperverhüllenden Regenumhang steckte, saß auf dem Steg direkt neben der Bordwand von Hopfs Boot. Neben ihm lag ein Behälter in der Größe eines Werkzeugkastens. Mit seinen Händen ließ er an einem Seil einen nicht erkennbaren Gegenstand ins Wasser gleiten. Mein erster Gedanke ging Richtung Anker, was aber in dieser Art und Weise keinen Sinn ergab.

»Hallo«, rief Elke dem Unbekannten zu. »Was machen Sie da?«

Die Gestalt zuckte zusammen und raffte sich auf. Sie drückte wie wild auf dem Behälter herum, dann rannte sie, ohne sich um Elkes Ruf zu kümmern, zur Treppe, um die Steganlage zu verlassen.

»Bleiben Sie stehen!«, rief ich ihm hinterher, da ich eine ungesetzliche Aktion vermutete. Ich wollte gerade ergänzen, dass ich von der Polizei sei, da erschütterte eine gewaltige Explosion die Schwimmstege. Dem ohrenbetäubenden Knall erfolgte nur eine untypisch kleine Staubwolke. Der Grund war mir sofort klar: Die Explosion musste unter Wasser stattgefunden haben, was durch die rasant zunehmende Schieflage der Jacht bestätigt wurde. Nur mit Mühe konnten wir auf der Steganlage unser Gleichgewicht halten. Sämtliche Boote im Hafen wippten wie wild hin und her, selbst KPDs Riesenschiff war gegen die starken Wellenbewegungen nicht gefeit. Ein kurzer Blick in diese Richtung zeigte mir, dass die beiden Bierzelttische nebst Ware ins Wasser gefallen waren und die beiden Not-Notärzte betreten auf die schwimmenden Tische starrten.

Das akute Problem lag auf der anderen Seite. Ich wagte nur sehr vorsichtig, in Richtung der sinkenden Jacht zu gehen, da ich nicht wusste, ob noch weitere Explosionen folgen würden. Elke und ich hielten uns gegenseitig fest, während wir dem Verursacher nachschauten, der im Begriff war, das Hafengelände zu verlassen. Fast zeitgleich kam durch das Tor des Jachtklubs ein Wagen gefahren, vermutlich eines der Vereinsmitglieder. Der Attentäter, dessen Fluchtweg durch den zufälligen Neuankömmling blockiert war, der kurz vor der Baugrube seinen Wagen stoppte, zögerte eine Sekunde, dann rannte er die Stegtreppe wieder nach unten, direkt auf uns zu. Leider war dies nur der erste Eindruck, denn er sprang auf das Boot von Claus und Elke Bissinger, das immer noch an der Tankstelle parkte.

»Unser Boot!«, heulte Elke panisch auf.

»Jetzt kriegen wir ihn«, schrie ich euphorisch und rannte Richtung Tankstelle. Doch im gleichen Moment sprang der Motor des Bootes an und der Gauner legte einen Blitzstart hin. Da die direkte Ausfahrt versperrt war, rammte er ein kleineres Boot zur Seite und fuhr in Richtung Hafenausgang.

»Claus hat den Schlüssel stecken lassen, dieser Idiot!«, schimpfte meine Cousine.

Nicht zum ersten Mal produzierte mein Körper in solch einer dramatischen Situation in Rekordzeit eine Überdosis Adrenalin. Ohne es wirklich zu wollen, fühlte ich mich von einem Moment auf den anderen wie Bruce Willis, der sich gegen brutale Verbrecherarmeen durch Hochhäuser oder Flughäfen kämpfte. So schnell es meine Kondition zuließ, rannte ich zum Ende des Stegs, meine Cousine folgte mir. »Schnell, aufs Schiff!«, rief ich den Notärzten zu.

Günter Wallmen und Doktor Metzger starrten voller Entzücken dem Boot von Elke und Claus Bissinger nach, das eben die Ausfahrt zum Rhein passierte. »Wow«, sagte Wallmen, »cooler als die Wasserskishow im *Holiday Park*. Wird das bei euch jeden Tag aufgeführt?«

Dietmar Becker schaltete ungewohnt fix. Er registrierte mein abgehetztes und aufgeregtes Gesicht und wusste sofort, was Sache ist. »Das war der Mörder!«, schrie er.

»Wir müssen ihm nach«, forderte ich und schaute zu den beiden Medizinern: »Steigen Sie endlich in Ihr Boot.« Mutig sprang ich als Erstes auf die *Geldanlage*, Becker folgte mir auf dem Fuß. »Elke, du bleibst hier und kümmerst dich um die anderen Leute.« Nebenbei nahm ich zur Kenntnis, dass sich weder Stefan Baum noch das Ehepaar Prangenberg weiterhin auf der Steganlage befanden.

»Eine Verfolgungsjagd?«, fragte Doktor Metzger, der immer noch der Meinung war, sich in einem interaktiven Freiluft-Theaterstück mit Einbindung des Publikums zu befinden.

Wallmen rüttelte am Arm seines Kumpels. »Matthias, das muss der Mörder sein, den Herr Palzki sucht. Los, wir müssen ihm helfen.«

Wertvolle Sekunden vergingen, bis die beiden sich geeinigt hatten, wer den Führerstand übernehmen sollte. Metzger weigerte sich, da er befürchtete, den stringenten Tagesplan nicht einhalten zu können und mit Verspätung bei seinen Stammkunden aufzutauchen.

»Dann fahr eben ich«, ereiferte sich Wallmen und drehte

den Zündschlüssel. »Ich bin noch einigermaßen clean.« Die Jacht machte einen Satz, und Becker und ich knallten an den Steuerstand.

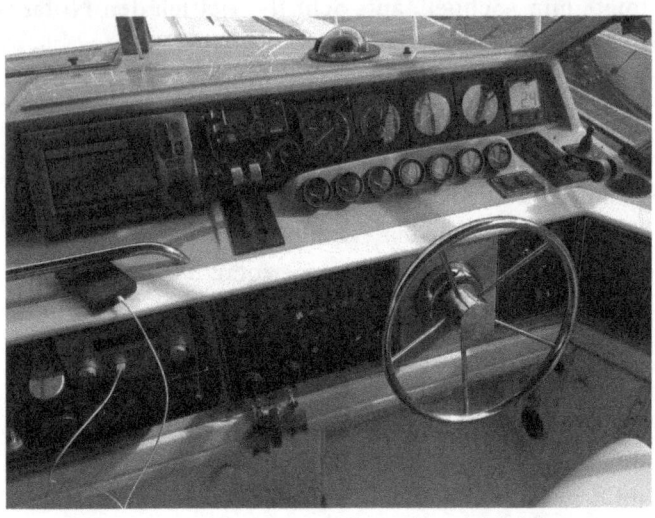

»Festhalten«, schrie der Speyerer Chirurg und vollführte ein Wendemanöver, als wäre das Boot eine *Himalaya-Bahn* auf einer Kerwe. »Endlich kann ich mal testen, was das kleine Schiffchen so hergibt«, freute sich Wallmen und drückte den Fahrhebel fast bis zum Anschlag. Mit beiden Händen hielt ich mich krampfhaft an einem Tisch fest und schloss kurz die Augen. Als ich sie wieder öffnete, passierten wir gerade die schmale Zufahrt zum Rhein. Aus meiner Perspektive sah es aus, als wäre diese für das Boot zu schmal. Ein lautes Knirschen bestätigte meinen Eindruck.

»Ist bestimmt nur ein kleiner Kratzer«, meinte Wallmen. »Die Lenkung reagiert bei der hohen Geschwindigkeit etwas träge.« Dann riss er sich die Brille von der Nase. »Ich habe doch tatsächlich vergessen, meine neue Lesebrille abzusetzen.«

Wir schossen kerzengerade aus dem Hafen heraus, senkrecht zur Fließrichtung des Rheins.

»Abdrehen!«, schrie Metzger, der bis eben seelenruhig neben seinem Kumpel gestanden hatte und einen Haschisch-Keks futterte. »Sonst rammst du den Frachter.«

Auch ohne Frachter wären wir Sekunden später ungebremst wie in einem *James-Bond*-Film auf das gegenüberliegende Ufer geschossen. Die *Geldanlage* drehte sich abrupt um 90 Grad rheinaufwärts und schob dem Frachter eine Heckwelle entgegen, die es in dieser Größenordnung auf dem Rhein noch nie gegeben haben dürfte.

Geschockt betrachtete ich den mit Kohle schwer beladenen Frachter, der durch die Heckwelle seitlich überflutet wurde.

»Ich habe alles im Griff«, schrie Wallmen gegen den Wind. »Jetzt geht es erst mal geradeaus.« Er drehte sich zu mir um. »Diefenbachs Boot fährt leider etwas bockig, da wir gestern minderwertigen Sprit getankt haben. Die Spezialmischung mit Olivenöl aus einer Überproduktion war saugünstig, aber leider nicht so 100-prozentig für die Schiffsmotoren geeignet.«

»Mann über Bord«, schrie ich zeitgleich, da ich Becker vermisste.

Doktor Metzger grölte sein berüchtigtes Frankensteinlachen. »Den hat unser Startmanöver auf dem falschen Fuß erwischt. Schauen Sie mal nach unten.«

Ich wagte einen Blick die Treppe hinunter. Unten lag Becker, anscheinend völlig desorientiert, zwischen zwei Gefrierschränken. »Alles okay«, stammelte er, nur halb bei Bewusstsein, zu mir hoch.

»Ich sehe den Gauner«, schrie Metzger. »Fahr schneller, Günter.«

»Lieber nicht«, konterte sein Kumpel. »Wir sind wegen unserer Ladung viel zu schwer. Wenn ich nicht weiterhin so geschmeidig fahre, kippen uns die Gefrierschränke mit der kostbaren Fracht um. Mehr als 90 Prozent Vollgas traue ich mich nicht.«

Geschmeidig?, fragte ich mich hilflos. Wenn die Fahrt so weiterging, war unser Leben keinen Pfifferling mehr wert.

»Der ändert seinen Kurs in Richtung Lampertheimer Altrhein«, schrie Metzger verzückt. »Kürze ab und fahre diagonal nach backbord, Günter.«

Ein helles Geräusch, eine Art Mischmasch aus Knirschen und Pfeifen dröhnte uns unangenehm penetrant in den Ohren, gleichzeitig bremste die Jacht mit einem ungleich-mäßigen Stottern ab.

»Scheiße, da ist keine Fahrrinne«, rief sein Kumpel zurück. »Ich drücke nun doch auf 100 Prozent, damit wir wieder freikommen.« Wie bei einem Katapultstart beschleu-nigte das Boot. »Matthias, ich glaube, irgendetwas stimmt mit dem Z-Antrieb nicht.« Das Motorengeräusch war deut-lich lauter und unrunder geworden.

»Bestimmt ist nur der Motor etwas überhitzt«, beruhigte ihn Metzger. »Fahr einfach weiter, solang es geht.«

Während sich die beiden um die weitere Taktik stritten, konnten mehrere kleine Motorboote, die in den Wellen stark schaukelten, in letzter Sekunde einen Zusammenstoß mit uns vermeiden.

»Er fährt jetzt doch nicht in den Altrhein«, rief Metzger, »der hat bestimmt bemerkt, dass es eine Sackgasse ist und wir schneller sind. Wir holen ihn bald ein, Günter.«

»Hoffentlich«, bemerkte dieser. »Ich weiß nicht, wie lange der Motor mit dieser Spritmischung durchhält.«

Mehrere Frachter und andere Boote, die rheinabwärts fuhren, kamen uns nun entgegen. Meinem Eindruck nach schien Günter Wallmen die Verkehrsregeln für die Wasserstraßen eher als unverbindliche Empfehlung zu sehen. Mehrere Male knirschte es bedrohlich im Rumpfbereich.

Aufgrund eines entgegenkommenden Frachters und eines ihn überholenden Abschleppbootes fuhr Wallmen jetzt hart in Ufernähe zur rheinland-pfälzischen Seite. Da Metzger nach unten gegangen war, um sich um Becker zu kümmern, stand ich auf und krallte mich todesmutig neben Wallmen am Steuerstand fest. »Aufpassen!«, schrie ich verzweifelt, da in diesem Augenblick aus dem Nordhafen der *BASF* ein Tankschiff herausfuhr. Ich sah bereits die größte Explosion der Landesgeschichte vor mir, doch der Speyerer Chirurg lachte nur kurz auf und zog mit der *Geldanlage* noch ein Stück weiter in Richtung Ufer. Kein noch so dünner Becker-Krimi hätte zwischen dem Tankschiff und unserem Boot Platz gefunden. Eine Handvoll Angler, die am Ufer saßen, wurden von den Wellenbergen erwischt. Ihr Equipment war wohl unrettbar verloren. Das Horn des Tankschiffes ignorierte Wallmen kommentarlos.

Kurz darauf sah ich auf der linken Seite die Zufahrt zum Bonadieshafen, der um die Friesenheimer Insel führte.

»Gleich mündet backbord der Neckar«, freute sich Wallmen. »Wenn er in den Neckar abbiegt, kriegen wir ihn an der ersten Schleuse.«

Diesen Gefallen tat uns der Attentäter nicht. Wir kamen Bissingers Jacht zwar stetig näher, der Abstand war trotzdem noch ziemlich groß. Wir unterquerten die beiden Rheinbrücken, die Ludwigshafen und Mannheim verkehrstechnisch miteinander verbanden.

»Er wird langsamer«, frohlockte der Bootsführer.

»Passen Sie auf, wir wissen nicht, ob er bewaffnet ist.«

»Das Risiko müssen wir eingehen«, bekam ich zur Antwort und ich fragte mich, wessen Blut wohl adrenalinverseuchter war. »Der Kiefweiher, das könnte funktionieren«, murmelte Wallmen mit einem Gesichtsausdruck, den ich das letzte Mal bei Jack Nicholson in der Stephen-King-Verfilmung *Shining* gesehen hatte. Der Kiefweiher liegt nördlich von Altrip parallel zum Rhein und ist mit diesem verbunden.

»Becker ist momentan außer Gefecht«, feixte Doktor Metzger, als er wieder zu uns hoch gekommen war. »Er ist mit dem Gesicht an einen Kompressor geknallt. Ich habe ihn einfach auf dem Boden liegen lassen. Dann kann er wenigstens nicht hinfallen und sich noch mehr wehtun«, ergänzte er pragmatisch.

Ich hatte ein äußerst schlechtes Gefühl, da das Boot mit dem Gauner inzwischen fast zum Stillstand gekommen war. Gab es ein technisches Problem, war der Sprit ausgegangen oder handelte es sich um eine plumpe, aber tödliche Falle?

Wallmen schien sich diese Fragen nicht zu stellen. Unbekümmert fuhr er parallel zu Bissingers Boot, ohne es zunächst zu berühren, und bremste ab. Just als wir die immer noch im Regenmantel verhüllte Gestalt hinter dem Steuerpult erkennen konnten, machte Wallmen einen Schwenker nach steuerbord und knallte an das andere Boot. »Ich dränge ihn in den Kiefweiher, dann kann er nicht mehr abhauen.«

Durch die Wucht des Aufpralls verlor der Gauner für einen Moment die Herrschaft über das Boot und fiel zu Boden. Doch nur Sekunden später stand er wieder an den Beschleunigungshebeln, drückte sie ganz nach vorne durch und gab Gas.

»Der haut ab«, schrie Metzger. »Versuche, ihn noch mal zu rammen.« Das Stottern unseres Motors verhinderte jedoch eine Beschleunigung, die diesen Namen verdient gehabt hätte. »Scheiß Sprit«, fluchte der Not-Notarzt. Längst hatte ich aus Sicherheitsgründen erneut auf der Sitzgruppe Platz genommen. Die *Geldanlage* benötigte eine halbe Minute, um ihre Höchstgeschwindigkeit zu erreichen. »Wie sollen wir ihn jetzt noch einholen?«, fluchte Metzger.

Der Abstand vergrößerte sich zusehends. Kurz nach dem Altriper Bogen befindet sich die Zufahrt zum Otterstädter Altrhein. An der Einmündung gibt es einen gefährlichen Strudel, den ich vor Jahren auf einer Fahrt mit einem Polizeiboot gezeigt bekommen hatte. Der Gauner schien diese Gefahrenquelle nicht zu kennen oder ihr keine Bedeutung beizumessen. Bissingers Boot begann zu trudeln, das Heck brach aus, sodass die Jacht plötzlich quer zur Flussrichtung stand und bedenklich schwankte. Erst nach mehreren Versuchen mit gewagten Manövern konnte der Unbekannte das Boot wieder unter seine Kontrolle bringen. Wallmen, der die Gefahrenstelle rechtzeitig erkannte, fuhr einen kleinen Bogen und konnte den Abstand auf knapp 100 Meter verringern.

»Der spinnt doch komplett«, grölte Metzger. »Der fährt in das Angelhofer Rheintal, dort gibt es für ihn kein Entrinnen.«

Den Namen Angelhofer Rheintal kennen nur wenige Einheimische. Der sich nördlich von Speyer befindliche Altrheinarm war den meisten lediglich unter dem nicht korrekten Namen Reffenthal bekannt.

»Machen Sie langsam«, bat ich Wallmen. »Wir müssen versuchen, ihm den Weg abzuschneiden.«

»Langsam kann jeder«, konterte Wallmen, und Metzger johlte.

»Gute Antwort, Günter. Soll ich Palzki erzählen, dass in diesem Bereich die zulässige Geschwindigkeit für Sportboote fünf Stundenkilometer beträgt?«

»Wir sind im Auftrag der Polizei unterwegs«, ergänzte der Speyerer Chirurg. »Auf Sog und Wellenschlag kön-

nen wir keine Rücksicht nehmen, nur um andere Wasser-
sportler und den Uferbereich zu schützen. Eine Mörder-
jagd hat Vorrang.«

Inzwischen waren wir bis auf knapp 50 Meter an Bissingers Boot herangekommen. Wallmen fuhr einen kleinen Bogen nach Norden in die Nähe des Ufers, wo sich
ein Campingplatz befindet. Nicht wenige Strandbesucher
kreischten laut und erschrocken auf, als die hohen Wellen
tsunamiartig über ihnen zusammenschlugen.

Mitten im Altrheinarm konnten wir eine lang gezogene
Untiefe erkennen: Die Wassertiefe betrug kaum einen Meter.
Mehrere Bäume standen dort mehr oder weniger in Reih
und Glied im Wasser. Der Attentäter schien sich selbst im
Unklaren zu sein, nach welcher Seite er ausweichen sollte.
Nach zwei oder drei kleinen Kursänderungen düste er nördlich der Untiefe davon. Wallmen hatte mit der nicht ganz
so flexibel reagierenden Lenkung der *Geldanlage* reichlich
Schwierigkeiten, dennoch gelang es ihm kurz vor dem ersten Baum, in die gleiche Richtung einzuschwenken. Durch
dieses Manöver begann unser Boot, heftigst hin und her zu
schwanken. Diese intensiven Bewegungen, zumal quer zur
Fahrtrichtung, war der Auslöser eines erneuten Anfalls meiner Seekrankheit, die bisher möglicherweise durch meinen
Adrenalinüberschuss unterdrückt worden war.

»Was hat der vor?«, schrie Metzger und zeigte nach
vorne. Mitten im Altrheinarm lag eine Urwaldinsel. Sie
war höchstens so groß wie ein Fußballfeld und komplett mit
Schilf, Silberpappeln und Sträuchern aller Art zugewuchert.
Bestimmt war sie im Inneren undurchdringlich. Bissingers
Jacht drehte in der allerletzten Sekunde ab und rauschte in
einem scharfen Bogen um den Westzipfel der Insel.

Wir hatten dieses Glück nicht. Wallmen schrie pausen-
los »Scheiße«, und Metzger griff ihm ins Steuer, was das

Schwanken der *Geldanlage* zusätzlich verstärkte. Das Boot kam ins Trudeln, hielt aber immer noch direkt auf die Insel zu. Wallmen versuchte in einem letzten Kraftakt, seinen Kumpel beiseitezustoßen. Bei diesem Handgemenge verfing er sich im Gashebel, der nun auf Volllast sprang. Das Boot reagierte ohne Verzögerung mit seiner letzten Beschleunigung. Da die Insel über keinen Strand verfügte, wurde die *Geldanlage* durch die ufernahe Bewachsung katapultartig in die Höhe geschleudert. Der infernalische Lärm des Crashs, als die Bewegungsenergie des Bootes im Bruchteil einer Sekunde in Schrottenergie umgewandelt wurde, war das Letzte, was ich mitbekam.

ES IST KOMPLIZIERT

»Palzki? Sind Sie verletzt?« Eine flache Hand schlug mir mehrmals heftig auf die Wangen.

»Aua, was soll der Mist?«, blökte ich. Es gelang mir, meine Augen zu öffnen, und ich starrte in das dämlich grinsende Gesicht des Not-Notarztes.

»Palzki lebt wieder«, rief Metzger. »Ich wusste doch, dass er ein robustes Kerlchen ist.«

Günter Wallmen kam in mein Blickfeld. Sein Gesicht und seine Arme hatten zahlreiche Kratzer und Platzwunden davongetragen. »Sie hatten unfassbares Glück, Herr Palzki. Ihr Aufschlagort war dornen- und baumstammfrei. Mich hat es in eine Dornenhecke geschleudert.«

»Hättet ihr euch anständig festgehalten, dann wäre euch nichts passiert«, tönte der offensichtlich unverletzte Not-Notarzt. »Ich habe eine Weile gebraucht, um Sie in dem Wirrwarr aus Buschwerk zu finden, Palzki.«

»Becker?«, stammelte ich. »Was ist mit Becker?«

»Dem geht's gut«, erklärte Metzger. »Er hat vielleicht ein bisschen zu viel Kältemittel eingeatmet, als es die Gefrierschränke zerhauen hat, aber immerhin ist das Zeug FCKW-frei.« Ich folgte Metzgers Blick und erschrak über den Zustand der Jacht, die mindestens ein Drittel ihrer Länge eingebüßt hatte und nur noch reinen Schrottwert besaß.

»Die restlichen Kekse meiner Schwiegermutter konnte ich retten«, strahlte Wallmen. »Herr Diefenbach wird seine Produkte leider abschreiben müssen. Hoffentlich hat er das Zeug offiziell über die Bücher laufen lassen.«

»Wo ist Becker?« Zunächst mussten die Personenschäden quantifiziert werden, dann kam der Rest.

»Der kommt gleich«, beruhigte mich Metzger. »Er hat noch etwas die Hosen voll, und das dürfen Sie wörtlich nehmen.« Der Not-Notarzt machte nun einen auf Mediziner und überprüfte meine Körperfunktionen, indem er mir auf Beine und Arme schlug. »Alles paletti«, attestierte er, »die Nerven sind okay. Stehen Sie auf, Palzki.«

Nur mit immensen Schwindelgefühlen konnte ich dieser Aufforderung folgen.

»Wir hätten da noch eine kleine Bitte«, begann Wallmen und machte ein ernstes Gesicht. »Die Fahrt auf dem Rhein hat ja erst mal kein allzu erfolgreiches Ende genommen. Matthias und ich haben uns aber in jeder Sekunde stets bemüht, Herr Palzki. Das können und müssen Sie bezeugen!«

Ich nickte, ohne zu wissen, auf was ich mich gerade einließ.

»Es geht nämlich um Folgendes.« Er machte eine Pause.

So wie Wallmen um den heißen Brei herumredete, musste es sich um etwas Peinliches handeln. »Den Unfall müssen Sie Diefenbach schon selbst beichten«, sagte ich. »Da bleibe ich außen vor.«

»Ach das«, winkte der Speyerer Chirurg lässig ab. »Dafür wird Herr Diefenbach bestimmt Verständnis haben. Außerdem haben nur Idioten ihr Boot nicht anständig versichert.«

Na dann, dachte ich. »Und wo liegt Ihr Problem?«

»Es ist ein klitzekleines rechtliches Problem, Herr Palzki.«

»Seit wann interessieren Sie und Metzger sich für die Rechtslage?«, fragte ich erstaunt.

Wallmen stammelte. »Ja, es ist doch … äh … Sie wissen doch, dass wir zurzeit Probleme mit unserem OP-Mobil haben.«

Metzger, der danebenstand, dauerten die Erklärungen seines Kumpels zu lang. »Sag ihm doch endlich, dass du keinen Bootsführerschein hast.«

»Du doch auch nicht«, entgegnete ihm Wallmen.

»Ich bin auch nicht gefahren.«

Ich sah abwechselnd von einem zum anderen. »Sie haben eine millionenschwere Jacht zerstört und machen sich Gedanken darüber, weil Sie keine Fahrerlaubnis haben? Ich denke, das ist Ihr geringstes Problem.«

»Ich habe ja eine«, sprach Wallmen, »die ist aber nicht ganz wasserdicht. Bei den bisherigen Überprüfungen der Wasserschutzpolizei ist das nicht aufgefallen. Aber nach diesem Manöver werden die Leute vom *Partyboot blauweiß* bestimmt genau hinschauen.«

In diesem Moment wurden wir von Dietmar Becker abgelenkt, der aus Richtung des Wracks angewackelt kam. Trotz der ernsten Lage konnte ich mir ein leichtes Schmunzeln nicht verkneifen. Statt einer Hose hatte er sich eine Tischdecke mit Blumenmuster um die Hüften gebunden.

»Hippie-Dietmar«, schrie Wallmen.

»Ich habe unter Deck nichts anderes gefunden«, sagte Becker. »Wo sind wir eigentlich?«

»Im Reffenthal«, klärte ihn Metzger auf. »Leider ist uns der Bösewicht entkommen.«

Dietmar Becker bekümmerte dies wenig. »Das wird die wichtigste Spannungsszene in meinem nächsten Krimi. Zunächst die Explosion im Hafen und anschließend eine wilde Verfolgungsjagd über den Rhein, auf so etwas stehen meine Leser.«

»Sie haben von der Jagd auf dem Rhein ja gar nichts mitbekommen«, entgegnete ich dem Krimischreiber. »Sie lagen die ganze Zeit unter Deck, während wir oben um unser und Ihr Leben kämpften.«

»Ärgern Sie mich nicht immer mit solchen Nebensächlichkeiten, Herr Palzki. Ich kann durchaus eine glaubwürdige Verfolgungsjagd zu Papier bringen, ohne sie tatsächlich erlebt haben zu müssen.«

Ich ließ ihn in diesem Glauben, da es Wichtigeres zu tun gab, als ihn auf den Boden der Tatsachen zurückzuholen. Von allen Seiten kamen Boote auf die Insel zugefahren, sogar ein orangefarbenes Schlauchboot mit gehisster Piratenflagge war darunter. »Halten Sie die Gaffer auf!«, befahl ich den dreien. »Sonst ist das Chaos perfekt.« Ich zog mein Handy, das glücklicherweise unversehrt geblieben war, aus der Hosentasche.

»Auf dieser Insel haben Sie ganz bestimmt keinen Empfang«, mutmaßte Besserwisser Becker.

Während ich in meinem Geldbeutel nach der Visitenkarte des Polizeipräsidenten kramte, ertönte der Refrain von Tom Jones *Sex Bomb*.

»Den Klingelton haben mir meine Kollegen installiert«, verteidigte ich mich peinlich berührt. »Palzki«, meldete ich mich.

»Hier ist der Claus«, meldete sich atemlos der Mann meiner Cousine. »Ich bin gerade zurück von Oli. Elke hat mir vom Diebstahl unseres Bootes berichtet. Was ist los, Reiner? Geht's euch gut? Elke meinte, ihr habt die Verfolgung aufgenommen. Der Wormser Kripochef hat sich bei meinen Vereinskollegen gemeldet wegen der Explosion, er wird jeden Moment mit seiner Mannschaft bei uns im Hafen aufkreuzen. Elke sagte mir, dass der Mörder das Boot von Hopf in die Luft gesprengt hat. Wo seid …«

»Langsam«, unterbrach ich die konfuse Fragerei. Seine Aufregung konnte ich durchaus nachvollziehen. »Wir sind im Reffenthal und einigermaßen unverletzt. Dein Boot haben wir leider aus den Augen verloren, weit wird der Dieb aber nicht kommen.«

»Soll ich zu euch fahren?«, erkundigte sich Claus. »Ich setze mich sofort ins Auto und ...«

»Nein! Bleib, wo du bist. Ich melde mich, sobald die Lage übersichtlicher ist. Du könntest aber Herrn Allegro bitten, zu dir zum Hafen zu kommen. Vielleicht kann er als Sachverständiger die Wormser Kollegen unterstützen. Und noch etwas: Wenn der Westernheld auftaucht, wäre es gut, wenn er sich zunächst auf die Explosion konzentriert und nicht auf die Verfolgungsjagd. Vielleicht kannst du das ein wenig lenken, ohne dass er davon etwas mitbekommt.«

»Ja klar«, bestätigte Claus. »Laut Elke wurde das Boot von den beiden Medizinern aus Dietmar Beckers Romanen gefahren, das muss mir Elke aber noch mal genauer erklären. Elke konnte mich leider bei Oli nicht erreichen, weil ich mein Handy in ihrer Handtasche vergessen hatte. Soll ich nicht doch ...«

»Nein!«, wiederholte ich unnachgiebig und beendete das Gespräch. Hoffentlich war wenigstens Bissingers Boot versichert.

»Aus Worms gibt's nichts Neues zu berichten«, sagte ich zusammenfassend zu Becker und den beiden Pseudo-medizinern. »Ich werde jetzt den Ludwigshafener Polizei-präsidenten anrufen. Können Sie mich vor den Schaulus-tigen abschirmen?«

Das war auch bitter notwendig. Wir wurden von meh-reren vor dem Ufer kreuzenden Bootsbesatzungen begafft, als wären wir Außerirdische. Zwei Boote legten gerade am Ufer in unmittelbarer Nähe der *Geldanlage* an. »Das Wrack ist für die nächsten paar Millionen Jahre radioaktiv ver-seucht«, grölte ihnen Doktor Metzger entgegen. »Wollen Sie ein paar Jodtabletten kaufen?«

Sein spontaner Einfall zeigte bei den Gaffern eine rekord-verdächtig schnelle Wirkung. Ich zollte Metzgers Idee

Respekt und speicherte mir seinen Geistesblitz im Langzeitgedächtnis ab. Man könnte zum Beispiel nach Autobahnunfällen bei der Unfallaufnahme ein paar Schilder mit dem Warnzeichen für Radioaktivität aufstellen. Damit sollte man das Gaffertum verringern können.

»Baumann«, meldete sich der Polizeipräsident.

»Palzki hier«, antwortete ich. »Entschuldigen Sie bitte, dass ich Sie auf …«

»Dafür habe ich Ihnen diese Nummer gegeben«, unterbrach er mich. »Haben wir eine Notsituation? Wie kann ich Ihnen helfen?«

Im Schnelldurchgang berichtete ich ihm die Erlebnisse der vergangenen Stunde.

»Ich kümmere mich um alles«, sagte er kurz angebunden und legte auf. Kein Wort darüber, wie er das bewerkstelligen wollte und was er zu unternehmen gedachte. Schlauer war ich dadurch nicht geworden.

»Wir sollen warten«, sagte ich zu den anderen, auch wenn das reine Spekulation war.

Wallmen kam mit einer Flasche Champagner. »Ein paar Flaschen haben es überlebt«, meinte er. »Gläser gibt's leider keine.« Er ließ den Korken knallen und setzte sich die Flasche an den Mund. Sofort schoss ihm der Schaum ins Gesicht. »Bäh, ich hätte die Flasche besser ein wenig ruhen lassen.« Wütend warf er sie in ein Gebüsch.

Wir wurden durch unzählige Ferngläser beobachtet. Keiner der Schaulustigen traute sich jedoch näher als 50 Meter an uns heran.

»Wenn die Jacht tatsächlich einen radioaktiven Stoff an Bord hätte, wäre der gesamte Altrheinarm verseucht«, meinte Becker. »Und wir relativ schnell tot«, ergänzte er.

Wallmen nickte eifrig. »Das Zeug ist brutal gefährlich«, bestätigte er dem Studenten. »Matthias und ich sollten mal eine kleine Menge waffenfähiges Plutonium sowie etwas angereichertes Uran von einer geheimen unterirdischen Bergwerksanlage im Allgäu nach Amsterdam bringen.«

Der Not-Notarzt Metzger reagierte seltsamerweise verärgert. »Das war ein exzellentes Angebot, das uns richtig viel Kohle eingebracht hätte.« Er schaute zu seinem Kumpel. »Nur weil du der Meinung warst, dass uns unterwegs die Bullen anhalten könnten, haben wir darauf verzichtet.«

»Der TÜV unseres OP-Mobils war seit drei Jahren abgelaufen«, merkte Wallmen an. »Eine Kontrolle, und wir wären dran gewesen. Bei solchen Sachen kennt die Staatsmacht keine Gnade. Und in Bayern schon gar nicht.«

»Was für ein Quatsch«, entgegnete Metzger. »Das Zeug riecht nicht und nimmt nicht viel Platz weg. Nicht einmal ein Drogenspürhund wäre uns auf die Schliche gekommen.«

»Ahoi!«, rief es durch ein Megafon. Erst jetzt sahen wir das Boot der Wasserschutzpolizei. »Ahoi, Herr Palzki. Gibt es Verletzte?«

»Nein«, schrie ich, bevor Metzger seinen dummen Spruch mit dem radioaktivverseuchten Boot anbringen konnte. »Woher wissen Sie, wer wir sind?«

»Die Polizei weiß alles«, dröhnte es über das Megafon. »Sie müssen sich noch ein wenig gedulden, weil wir mit unserem großen Boot nicht direkt anlegen können.«

Unsere Geduld wurde nicht überstrapaziert. Kurze Zeit später hielt ein kleines Motorboot auf uns zu. »Kommen Sie zu uns rüber«, schrie eine der beiden Frauen, die sich an Bord befanden. »Die nassen Füße können wir Ihnen leider nicht ersparen. Wir müssen zweimal fahren.«

Gerne ließ ich den Medizinern den Vortritt, die bis zu den Oberschenkeln in das Wasser des Altrheins steigen mussten, um in das Motorboot klettern zu können. Die

Überfahrt zum größeren Boot der Wasserschutzpolizei ging schnell vonstatten.

»Nun Sie beide«, rief uns die Beamtin zu.

»Ich?«, schrie Becker, der mit dem Tischtuch kämpfte, das im Wind heftig wedelte. »Ich habe nichts drunter.«

»Die Polizei hat bestimmt schon Schlimmeres gesehen«, spottete ich. Es war wie in einem grotesken Film, wie der Student mit seinem provisorischen Kleidungsstück in Richtung Motorboot watete. Die beiden Beamtinnen grinsten sich gegenseitig an, sagten aber nichts.

»Willkommen an Bord«, begrüßte mich der Chef der Wasserschutzpolizei. »Wir wurden vom Präsidium über die Lage informiert. Im Auftrag von Herrn Baumann bringen wir Sie und Ihre Begleiter zu Ihrer Dienststelle nach Schifferstadt. Sobald Sie dort eintreffen, sollen Sie den Polizeipräsidenten anrufen, Herr Palzki.«

»Danke schön, das klappt ja wie am Schnürchen.«

»Bei uns immer«, sagte der Beamte in einem etwas steifen Ton. »Die Jacht, die Sie verfolgt haben, haben wir inzwischen ganz in der Nähe am Wasserübungsplatz gefunden, der früher als Truppenübungsplatz der Pioniere mit ihren Amphibienfahrzeugen diente. Leider befand sich niemand an Bord.«

»Der Fahrer ist entwischt?«, fragte ich enttäuscht.

Ich bekam ein Nicken zur Antwort. »Wir haben das Boot beschlagnahmt. Die Spurensicherung aus Ludwigshafen wird sich im Laufe des Tages darum kümmern.« Er wechselte das Thema und schaute in Richtung des Wracks. »Wie ist das passiert? Das hätte man beim Drehen eines *James-Bond*-Streifens nicht besser hingekriegt. Im Naturschutzgebiet ist das natürlich ein Desaster. Hoffentlich sind keine Betriebsstoffe ausgelaufen. Das Feuerwehrboot aus Mannheim ist bereits unterwegs.«

Metzger und Wallmen schauten sich gegenseitig mit langen Gesichtern an. Jetzt würde es ihnen nichts mehr nutzen, dass sie Olivenöl als Zusatzsprit getankt hatten oder dass das Kühlmittel der Weißen Ware FCKW-frei ist.

»Wer ist gefahren?« Die Frage des Chefs der Wasserschutzpolizei bohrte sich unheilvoll in die Eingeweide der Mediziner.

»Er!«, sagten beide gleichzeitig und zeigten auf den jeweils anderen.

Während der Beamte verblüfft dreinschaute, hatte ich deren Taktik sofort begriffen. Mit gegenseitigen Schuldvorwürfen machten sie es der Polizei und der Justiz nahezu unmöglich, den wahren Schuldigen herauszufinden. Nur wenn einer der Beteiligten Schwäche zeigte und umknickte, konnte der gordische Knoten juristisch gelöst werden. Dass einer der beiden Schwäche zeigen würde, konnte ich mir beim besten Willen nicht vorstellen. Im Verkehrsrecht würde in solchen Fällen der Fahrzeughalter zum Führen eines Fahrtenbuches verdonnert werden. In diesem speziellen Fall würde das allerdings nichts bringen.

Der Beamte gab so schnell nicht auf. »Wer stand am Steuerstand?«, fragte er nun stattdessen Becker, der inzwischen einen Overall trug. Dieser hob die Achseln. »Ich weiß es wirklich nicht, ich lag die ganze Zeit halb bewusstlos unter Deck.«

»Soso«, reagierte der Beamte der Wasserschutzpolizei. Seufzend wandte er sich an mich: »Sie haben natürlich auch nichts gesehen, Herr Palzki?«

Die nächsten Sekunden konnten entscheidend sein. In Gedanken begann ich, bis zehn zu zählen. Ich kam bis fünf.

»Das habe ich mir gedacht«, sagte mein Gegenüber. »Sie wollen auch nicht gesehen haben, wer gefahren ist.«

Da ich überhaupt keine Aussage gemacht hatte, konnte

ich seine falsche Feststellung ignorieren, ohne mein Gewissen zu belasten.

»Dann wird sich der Polizeipräsident um diese Angelegenheit kümmern«, sagte der Beamte und seufzte. »Ich kann sowieso nicht verstehen, warum er bei dieser Sauerei so kulant reagiert.« Er schaute in Richtung des Wracks und setzte einen weiteren Seufzer ab.

Das Boot der Wasserschutzpolizei machte am Steg der Campingplatzanlage fest.

»Brauchen Sie uns beide noch?«, fragte Wallmen. »Ich habe auf dem Campingplatz ein paar Bekannte, die könnten Matthias und mich zu mir nach Speyer fahren. Meine Schwiegermutter wohnt ja nur ein paar Häuser weiter, daher …«

»Genauso machen wir das.« Ich war froh, die beiden Weißkittel fürs Erste los zu sein. Einen tieferen Einblick in ihren Drogenkonsum wollte ich mir ersparen. »Kommen Sie bitte morgen Vormittag auf die Dienststelle nach Schifferstadt, um Ihre Aussagen offiziell aufzunehmen.«

Zum Abschied zwinkerten sie Becker und mir zu.

Die Wasserschutzpolizei brachte den Studenten und mich nach Schifferstadt.

»Der ist für Sie«, sagte ich im Waldspitzweg vor dem Dienstgebäude zu Becker und überreichte ihm meinen Autoschlüssel. Unterwegs hatte ich mir überlegt, wie ich ihn für den Rest des Tages möglichst unauffällig loswerden konnte. Mein Einfall war zwar nicht optimal, ohne Kompromisse ging es aber leider nicht. Es war ja nur ein Dienstwagen.

»Ich verstehe nicht«, sagte er.

»Ich weiß. Lassen Sie mich die aktuelle Situation in Worms zusammenfassen. Die Wormser Kripo dürfte inzwischen im Hafen sein und die Explosion untersuchen. Auf dem Klubgelände parken mein Wagen und der von KPD. Soweit alles klar?«

Becker nickte. »Ich verstehe immer noch nicht.«

»Deswegen bin ja auch ich der Beamte und Sie nur der Hobbyschriftsteller. Also passen Sie auf: Um uns, also die Schifferstadter Polizei, vorläufig aus der Sache herauszuhalten, ist es notwendig, meinen Dienstwagen heimlich vom Gelände des Klubs wegzuschaffen. Wer wäre für diese Mission besser geeignet als unser Geheimagent Dietmar Becker?«

»Ich soll Ihren Wagen in Worms abholen?« Endlich hatte er kapiert.

»So ist es. Sie können sich im Gegensatz zu mir frei im Hafen bewegen. Wenn mich dieser komische Westernheld entdecken würde, dann wäre, äh, dann, äh, dann können Sie sich bestimmt vorstellen, was dann los wäre. Daher ist es auch in Ihrem Interesse, wenn wir im Moment den Ball flach halten.«

»Und was mache ich mit Herrn Diefenbachs Wagen?«, fragte Becker.

»Stehen lassen«, gab ich ihm zu verstehen. »Der könnte ja seit Samstag dort stehen und zementiert die Unfähigkeit der Wormser. Oder er verwirrt sie zusätzlich, wenn er entdeckt wird.« Meine Argumente schienen ihn noch nicht endgültig zu überzeugen, daher legte ich nach: »Außerdem verspreche ich Ihnen, dass Sie morgen dabei sein dürfen, wenn wir gemeinsam den Mörder überführen.«

Becker strahlte. »Wirklich, Herr Palzki? Ich habe nämlich auch einen Verdacht. Meiner Meinung nach können nur ...«

»Morgen«, unterbrach ich ihn. »Vermutungen helfen uns nicht weiter. Bis morgen haben wir Beweise.« Hoffentlich hatte ich mich damit nicht zu weit aus dem Fenster gelehnt. Ich hatte zwar inzwischen ebenfalls eine vage

Ahnung bezüglich des Täters, viele Puzzleteile passten allerdings noch nicht so richtig zusammen.

Am Empfang organisierte ich einen Beamten der Verkehrspolizei, der Becker nach Worms fuhr. Eine Fahrt mit der S-Bahn wollte ich ihm, zumal er durch die Bootsfahrt noch etwas angeschlagen war, heute nicht mehr zumuten.

»Ich weiß von nichts, wenn mich der Wormser Kripochef fragen sollte«, sagte Becker stolz zum Abschied und zwinkerte mir ähnlich debil zu wie vorhin die beiden Pseudomediziner.

»Reiner, alles okay mit dir?« Jutta stand von der Besprechungslandschaft in KPDs Büro auf, als ich eintrat. »Wir haben uns große Sorgen gemacht.«

»Stimmt«, bestätigte Gerhard, blieb aber sitzen.

»Brutal!«, rief Jungkollege Jürgen, der hinter KPDs opulentem Schreibtisch saß und ein Notebook vor sich stehen hatte. »Wir haben eure Bootsfahrt live miterlebt. Das war ziemlich nervenaufreibend.«

»Ihr habt was?«, fragte ich ungläubig und ging zum Schreibtisch.

Jürgen drehte das Notebook herum und ich sah ein konfuses Bild: Mitten im dichten Gestrüpp sah man den deformierten Bug der *Geldanlage*.

»In diesem Moment hat die Kamera ihren Geist aufgegeben«, erklärte Jürgen. »Die Kamera hat die komplette Fahrt in hochauflösender Qualität aufgezeichnet und mit den GPS-Daten über einen Satelliten direkt in unseren Server laufen lassen. Eine Tonspur ist auch dabei.«

Gerhard stand nun neben mir und erklärte mir weitere Details. »Unser Kollege Jürgen wusste von der Jacht unseres Chefs …«

»KPD hat mich zum Stillschweigen verdonnert«, wehrte er sich.

»Jedenfalls wusste er Bescheid«, fuhr Gerhard unbeirrt fort. »In KPDs Auftrag hat er auf dem Dach der Jacht eine Kamera installieren lassen, die die Aufnahmen nebst GPS-Ortungssignal auf dem Server unserer Dienststelle speichert.«

Ich konnte mein Glück kaum fassen. Hatten wir es tatsächlich zum ersten Mal unserem Chef zu verdanken, einen Mörder überführen zu können? »Habt ihr die Aufnahme analysiert? Wer hat das Boot von Bissinger gefahren?«

Jürgen zuckte mit den Achseln. »Keine Ahnung, Reiner.«

»Keine Ahnung? Ihr habt eine hochaufgelöste Aufnahme und könnt mir nicht sagen, wer das Boot gefahren ist?«

Jutta zeigte auf das Notebook. »Die Kamera ist starr nach vorne ausgerichtet. Das Objektiv besitzt zwar ein leichtes Weitwinkel, trotzdem reichen die Aufnahmen nicht aus, um eine Person zu identifizieren. Meistens wart ihr zu weit entfernt. Nur bei dem Stopp in der Nähe von Altrip kann man seitlich für einen kurzen Augenblick den Bootsführer sehen. Wegen seines Regencapes ist er aber nicht zu erkennen. Jutta meint, dass es sich um eine männliche Person handelt, ich würde dafür aber nicht meine Hand ins Feuer legen.«

»Mehr habt ihr nicht?« Enttäuscht schaute ich in die Runde.

»Wir sind froh, dass du gesund zurückgekommen bist«, sagte Jutta. »Du hast eine mehr als lebensgefährliche Situation erlebt. Als der Tanker aus dem Nordhafen der *BASF* schoss ...«

Ich winkte ab. »Jetzt bin ich ja wieder da. Metzger und Wallmen sind gleich weiter nach Speyer. Ich habe sie für morgen früh vorgeladen, damit wir ihre Aussagen aufnehmen können. Becker habe ich nach Worms geschickt, um meinen Wagen zu holen. Normale Autos kann er hoffentlich fahren.« Ich verzichtete darauf, die desaströsen Ruckelfahrten mit KPDs Dienstwagen zu erwähnen.

Ich schnappte mir einen Notizblock und notierte ein paar Dinge, die mir im Laufe des Tages aufgefallen waren. »Jürgen, kannst du da bitte mal recherchieren? Geht das heute noch? Es wäre gut, wenn wir morgen früh Ergebnisse hätten. Ich bin guter Hoffnung, den Täter damit überführen zu können.«

Kurzerhand schnappte ich mir das Telefon und wählte die Geheimnummer von Henrik Baumann. »Ja, Palzki hier. Vielen Dank für die schnelle Rettung. Es hat alles wunderbar geklappt. Ich würde Sie gerne um einen weiteren Gefallen bitten. Er ist aber etwas heikel und es wäre gut, wenn man das äußerst diskret abwickeln könnte.« Ich erklärte ihm meinen Wunsch, dann holte ich tief Luft, da ich davon ausging, dass der Polizeipräsident diese ungewohnte Bitte lautstark abschmettern würde.

»Sind Sie sich wirklich sicher, Herr Palzki?«, fragte er in einem normalen Ton. »Was frage ich so blöd, wenn Sie nicht sicher wären, hätten Sie mich erst gar nicht gefragt. Okay, Herr Palzki, ich werde alles umgehend in Ihrem Sinn veranlassen. Wir sehen uns morgen Vormittag bei Ihnen in Schifferstadt.« Ich war baff. Baumann hätte ich gern als Vorgesetzten.

Meine Kollegen hatten meine Bitte natürlich mitbekommen. Mit offenen Mündern starrten sie mich an. »Hast du das eben wirklich gesagt?«, fragte Gerhard.

»Du musst dich irren«, behauptete Jutta.

Nur Jürgen reagierte anders. »Da könnte etwas Wahres dran sein, Reiner. Bei meinen Recherchen bin ich auf etwas Seltsames gestoßen, das könnte …« Er unterbrach sich selbst. »Bis morgen früh wissen wir Bescheid.« Er grinste verschmitzt. »Das Meiste, was du mir aufgeschrieben hast, kann ich innerhalb der nächsten ein oder zwei Stunden klären, du kannst darauf warten.«

»Keine halben Sachen«, sagte ich. »Bestell mir lieber eine große Pizza, das ist im Moment das Wichtigste.« Diese Fahrt auf dem Rhein hatte ich körperlich noch nicht komplett verkraftet. Das flaue Gefühl in meinem Magen war sich noch unsicher, in welche Richtung es reagieren sollte.

»Wir sind gerade mal seit zehn Minuten mit Pizzaessen fertig«, meinte Gerhard und zeigte auf den Kartonstapel neben der Besprechungsgruppe. Jetzt wusste ich wenigstens, wo der betörende Geruch herkam.

»Mir egal, ich brauche jetzt unbedingt was zu essen«, beharrte ich. Ich musste lernen, mich bezüglich meiner Nahrungsaufnahme durchzusetzen.

»Soll ich bei Stefanie anrufen und sagen, dass du gleich heimkommst?«, lästerte Jutta. Als sie meine versteinerte Mimik sah, wandte sie sich sofort an Jürgen: »Worauf wartest du noch? Los, bestell sofort Reiners Lieblingspizza.«

»Ich esse auch noch eine mit«, meinte Gerhard wohl aus Sympathiegründen.

Eine gute halbe Stunde später genoss ich meine erste vernünftige Mahlzeit seit dem Hafenfest in vollen Zügen. Das Leben konnte manchmal so schön sein.

Jürgen bearbeitete währenddessen meinen Rechercheauftrag. »Ich habe erste Ergebnisse«, frohlockte er aus heiterem Himmel. »Melissa von Rosenhausen scheidet als Täterin aus. Mit Geburtsnamen heißt sie übrigens Elfriede Meier.«

»Hast du die richtigen Notizen?«, fragte ich unseren Jungkollegen. »Diese Namen kenne ich nicht, sie stehen nicht auf meinem Auftrag.«

»Oh doch«, beharrte Jürgen. »Du hast laut den Unterlagen diese Dame gemeinsam mit Herrn Becker zum Wormser Bahnhof gefahren.«

Ich ahnte etwas. »Das Kunstwerk ist nicht echt?«

»Auf gar keinen Fall«, bestätigte Jürgen. »Melissa von

Rosenhausen ist eine Hochstaplerin. Sie hat unter ihrem Geburtsnamen lediglich ein Hauptschulabgangszeugnis und eine nach zwei Monaten abgebrochene Lehre als Kosmetikerin vorzuweisen. In der kurzen Zeit, in der sie in einem Kosmetikladen arbeitete, ist es ihr gelungen, einen solventen Kunden an Land zu ziehen. Einen der Sorte von Männern, die nur auf Äußerlichkeiten und nicht auf Intelligenz oder Charakter achten – ihr wisst, was ich meine. Mit gerade mal 15 Jahren zog sie daraufhin bei ihrer Großmutter aus, bei der sie wohnte, seit ihre Eltern sie drei Jahre zuvor vor die Tür gesetzt haben.«

»Mannomann«, sagte ich kopfschüttelnd, »in vier kurzen Sätzen hast du mehr Klischees zum Besten gegeben als Becker in einem ganzen Roman.«

»Klischees sind halt keine Märchen«, gab Jürgen zurück. »Irgendwoher muss ihr Ursprung ja kommen.«

Sofort fiel mir das Klischee der rothaarigen Politessen ein, das in den 80er-Jahren an den Stammtischen die Runde machte. Das lag allerdings daran, dass es zu dieser Zeit nicht nur bei Politessen Mode war, sich die Haare rot zu färben.

»Okay, was hat unsere Dame danach gemacht?«

»Männern den Kopf verdreht«, sagte Jürgen trocken. »Mit 17 hat sie ihren Oscar in den USA geheiratet, seitdem ist sie eine ›von Rosenhausen‹. Den Vornamen ließ sie gleich mit ändern. Scheidung mit 18, und dann wiederholt sich die Geschichte mehrfach, wobei sie ihren Namen beibehielt.«

»Dann hat sie also mehrere gut betuchte Männer ausgenommen?«, fragte ich.

Jürgen nickte. »Es wurde dadurch aber keiner zum Sozialfall, daher ist der gesellschaftliche Schaden gering.« Er schaute kurz auf seinen Ausdruck. »In der Folgezeit entwickelte sie sich zur pathologischen Lügnerin. In der sogenannten High Society geht sie seit Jahren ein und aus. Obwohl sie, trotz ihres exklusiven Lebensstils, finanziell bis ans Lebensende abgesichert zu sein scheint, erfindet sie Teile ihrer Lebensgeschichte neu, um sich interessanter zu machen. Medizinisch gesehen, ist ihr Verhalten eher eine Randerscheinung der Hochstapelei, die man normalerweise nur von Personen kennt, die kein nennenswertes Vermögen oder Einkommen haben, aber trotzdem die soziale Anerkennung brauchen.«

Ich unterbrach den Redefluss meines Kollegen. »Und jetzt hat sie versucht, die Jacht von Hans-Bernd Hopf zu kaufen.«

»Damit wollte sie sich ins Ausland absetzen«, ergänzte Jürgen. »Es laufen mehrere Strafverfahren gegen sie. Melissa hat einen exzellenten, aber halbseidenen Berater angeheuert, dem es gelang, durch ständige Änderungen ihrer Wohnadresse über Landesgrenzen hinweg, die meisten der Verfahren über die Verjährungsfristen zu retten. Wie ich den Aufzeichnungen entnehme, wird die Luft für sie aber immer dünner.«

Es klopfte an der Tür, und eine Beamtin der Schutzpolizei überreichte mir meinen Autoschlüssel. »Der wurde für Sie abgegeben.«

Ich bedankte mich und nahm die Unterbrechung zum Anlass, mir den Rest der Lebensgeschichte des Kunstwerks zu ersparen. »Könnt ihr bitte veranlassen, dass die Dame festgesetzt wird? Ich werde Feierabend machen, man ist ja nicht mehr der Jüngste.«

Da mir kein gehässiger Kommentar entgegenschlug, vermutete ich, dass ich wirklich eine Ruhepause nötig hatte und entsprechend übel aussah. »Wir sehen uns um 9 Uhr morgen früh, das sollte reichen. Wir müssen ja nichts überstürzen.«

»Dann wird das vermutlich eine große Runde«, meinte Jutta und zählte auf: »Wir, der Polizeipräsident, Doktor Metzger und Wallmen …«

»Sowie Dietmar Becker«, ergänzte ich. »Der wird bestimmt schon ab 7 Uhr vor dem Eingang warten. Mehr Personen werden es aber nicht.« Zu diesem Zeitpunkt wusste ich noch nicht, wie sehr ich mich irren sollte.

GEWINNER UND VERLIERER

»Papa, wir wissen, wo du warst«, schallte es mir aus dem Wohnzimmer entgegen, während ich mir im Flur die Schuhe auszog. Willkommen daheim.

»Guten Tag«, begrüßte ich meine Familie, die mit Ausnahme der Zwillinge Lisa und Lars geschlossen auf der Couch saßen und auf unseren neuen XXL-Fernseher schauten.

»Setz dich zu uns«, forderte mich Stefanie auf. »Du brauchst nichts zu erklären, ich weiß auch so schon Bescheid.«

»Was macht ihr da? Was sind das für komische Zeichen und kleine Bilder auf dem Bildschirm? Welches Programm soll das sein?«

»Oh Papa«, reagierte Melanie genervt. »Du mit deinem linearen Fernsehen, das ist doch völlig Mittelalter. Entweder laufen langweilige Sendungen, in denen ein paar alte Leute auf Sesseln sitzen und sich wichtigmachen und sinnlos herumschwallen, oder es werden Filme gezeigt, die vor 100 Jahren gedreht wurden. Oder noch früher.«

»Das ist *YouTube*«, erklärte mir Paul stolz. »Melanie hat unseren neuen Fernseher an das Internet angeschlossen. Echt geil, was man da …«

»Paul!«, mahnte meine Frau.

»Äh ja, echt toll, was man da alles sehen kann«, verbesserte er sich und drehte sich zu seiner Schwester. »Zeig ihm mal die Videos, die wir bisher gefunden haben.«

Stefanie sah mich relativ böse an, aber ich verstand immer noch nicht, was los war. Meine Tochter drückte auf der Fernbedienung herum, als wäre es ein Klavier.

»Der Clip wurde von der Konrad-Adenauer-Brücke in Ludwigshafen gedreht«, sagte sie schließlich. »Es gibt drei ähnliche Clips, die alle schon jeweils mehr als 5.000 Klicks haben.«

Mir rutschte das Herz in die Hose, als ich mehr oder weniger aus der Vogelperspektive sah, wie gefährlich unser Verfolgungsmanöver auf dem Rhein gewesen war. Zuerst sah man das kleinere Boot von Bissinger, kurz darauf kam die *Geldanlage* ins Bild, die kompromisslos hinterherjagte und reihenweise Kleinboote zur Seite scheuchte, die nur mit äußerst gewagten Manövern ausweichen konnten.

»Da, eben hat man dich kurz gesehen, Papa«, rief Paul. »Hast du da gerade gekotzt?«

»Paul!«, schimpfte Stefanie erneut.

»Sieht halt so aus«, verteidigte er sich. »Mach mal in Zeitlupe, Melanie.«

Meine Tochter startete stattdessen ein weiteres Video, das vermutlich einer der Angler neben der Zufahrt des Nordhafens der *BASF* gedreht hatte. »Mensch, Papa, wenn ihr in den Tanker reingerast wärt …«

»Dann wärst du jetzt Halbwaise«, antwortete ich trocken und schnappte mir das Telefon.

»Jürgen? Alles klar bei dir?«

»Was ist los, Reiner? Du hast dich vor gerade mal einer Viertelstunde verabschiedet. Willst du Gerhard und Jutta sprechen?«

»Nein, ich habe eine wichtige Information für dich. Neben der Kameraaufzeichnung auf KPDs Jacht gibt es im Internet ganz viele Amateurfilmchen über die Verfolgungsjagd. Vielleicht kann man da was erkennen?«

»Hältst du mich für einen Amateur? Sämtliche Clips, die bei *YouTube* und anderen Anbietern in Bezug zu eurem Abenteuer stehen, werden automatisch auf unserem Server gespeichert. Die Filme schaue ich mir später in Ruhe an. Mache dir aber nicht so viele Hoffnungen, die Clips haben fast immer eine miese Qualität, da sie mit Handys aus großer Entfernung gedreht wurden.«

Ich bedankte mich und beendete das Gespräch.

»Schau mal, Papa«, krähte Paul und gab mir einen Ellbogenrempler. »Cool, wie ihr das Boot auf die Insel katapultiert habt. Da wäre ich gerne dabei gewesen.«

»Ich hatte eine Heidenangst um dich«, sagte Stefanie. »Jutta konnte mich beruhigen, als ich bei ihr angerufen habe.« Sie schaute mich streng an. »Lieber wäre mir gewesen, wenn du mich angerufen hättest, damit ich mir nicht solche Sorgen hätte machen müssen.«

»Aber – äh … aber ich ahnte doch von den Filmen nichts«, stotterte ich. »Wenn ich das gewusst hätte …«

»Ist ja schon gut«, meinte sie müde. »Es wurde immerhin niemand ernsthaft verletzt. Wisst ihr schon, wer für den Schlamassel verantwortlich ist?«

»Noch nicht so richtig«, gab ich zu. »Wir sind aber nah dran. Morgen früh haben wir eine Besprechung mit dem Ludwigshafener Polizeipräsidenten. Der ist ein ganz anderes Kaliber als KPD: Mit seiner Unterstützung sollte es uns gelingen, des Täters schnell habhaft zu werden, höchstwahrscheinlich bereits morgen.«

»Ich denke, die Wormser Dienststelle ermittelt federführend bei den beiden Verbrechen?«

»Das stimmt schon«, relativierte ich. »Zumindest denken das die Wormser von sich. In Wirklichkeit sind wir mit unseren Ermittlungen viel weiter. Das haben wir vor allem der Unterstützung durch Henrik Baumann, den Polizeipräsidenten, zu verdanken. Bei KPD wäre das undenkbar gewesen.«

»Und was ist mit Herrn Diefenbach?« Stefanie schien noch nicht beruhigt.

»Der wird natürlich sofort aus der Untersuchungshaft entlassen, wenn wir den Mörder geschnappt haben. Das kann ja jetzt nicht mehr lange dauern. Ohne unsere Hilfe würden die in Worms immer noch im Nebel herumstochern und unseren Chef verdächtigen.«

Meine Frau stand auf. »Dann hoffe ich mal, dass das alles stimmt, was du mir sagst. Ich mache dir erst mal was zu essen.«

»Mach dir keine Umstände«, wehrte ich ab, da die gegessene Pizza riesengroß gewesen war. »Mir hat das Abenteuer auf den Magen geschlagen, wie man auf den Videos sieht. Ich werde demnächst ins Bett gehen, damit ich morgen fit bin.«

Mein Argument wurde als glaubwürdig angesehen, was mir ein gesundes Abendessen ersparte.

Am nächsten Tag fuhr ich mit einem mulmigen Gefühl zur Dienststelle. Die Nacht war sehr unruhig verlaufen, wie jedes Mal, wenn ein Fall kurz vor dem Abschluss stand. Zahlreiche Ideen mäanderten mir im Traum durch die Synapsen, eine befriedigende Lösung, die alle Aspekte des Falles berücksichtigte, hatte ich noch nicht gefunden. Ich hoffte, dass Jürgen die Lücken schließen konnte.

Ich stand im Empfangsraum der Dienststelle und wartete darauf, dass ein Beamter die Türschleuse öffnete, da vernahm ich lautes und mehrstimmiges Lachen. Ich war mir sicher, dass ich mindestens eine der Stimmen erkannte. Nachdem ich in den Flur getreten war, bekam ich den sprichwörtlichen Schock des Lebens: KPD stand mit Metzger und Wallmen lachend beisammen. Sie klopften sich gegenseitig auf die Schultern, wodurch die zahlreichen Orden an KPDs Uniform mit heftigen Bewegungen ein geräuschvolles Klimperkonzert lieferten.

»Palzki!« KPD hatte mich entdeckt. »Warum haben Sie mich nicht in Mannheim abgeholt? Ich musste ein gewöhnliches Bürgertaxi nehmen.«

»Weil ich von nichts wusste«, antwortete ich nach mehreren Schrecksekunden. Hatten uns die Wormser in der vergangenen Nacht auf der Zielgeraden überholt und den Täter entlarvt?

»Ich habe Ihnen doch eine Textnachricht aufs Handy geschickt«, erwiderte mein Chef.

»Das Gerät wurde im Einsatz beschädigt«, log ich. »Herzlich willkommen, Herr Diefenbach«, schwindelte ich weiter, ohne rot zu werden. »Sie haben Besuch mitgebracht?«

»Sie haben uns doch für heute einbestellt, Palzki«, erinnerte Doktor Metzger.

Wallmen überreichte mir ein kleines Päckchen. »Für Sie, mit besten Wünschen von meiner Schwiegermutter. Extrastarke Ernte.«

Die Situation war grotesk. Ich musste gleich hier und jetzt einiges klarstellen, bevor wir im Büro unnötige Zeit mit Nebensächlichkeiten verschwendeten. Ich sah Wallmen in die Augen. »Haben Sie Herrn Diefenbach das Missgeschick mit seinem Boot gebeichtet?«

»Boot? Welches Boot?«, KPD stutzte.

»Die *Geldanlage*«, erklärte ich ihm.

»Ach so, Sie meinen meine Jacht.«

»Die nur noch Schrottwert hat«, klärte ich ihn auf.

»Ja, was meinen Sie, warum wir uns so köstlich amüsieren, Palzki?«, erkundigte sich KPD, und ich verstand die Welt nicht mehr.

Ich stellte die Frage, obwohl ich sicher war, ihre Antwort zu kennen. »War das Boot, äh, die Jacht gut versichert?«

»I wo«, bestätigte er meine Vermutung. »Warum sollte

ich die *Geldanlage* versichern? Mir als gutem Chef kann schließlich nichts passieren.«

»Aber jetzt ist wohl etwas passiert«, hakte ich nach.

»Keine Stunde zu früh«, meinte KPD und verwirrte mich mit dieser Aussage noch mehr.

Metzger übernahm: »Herr Diefenbach hat seine Jacht kurz vor dem Crash rechtsverbindlich verkauft. Für die Entsorgung muss somit der Käufer aufkommen.«

»Verkauft?«, fragte ich überrascht. »Wie soll das gehen? Herr Diefenbach saß doch in Untersuchungshaft.«

KPD räusperte sich wichtigtuerisch und streckte seine Brust heraus. »Das habe ich als guter Chef auf höchster Ebene geklärt. Warum sollten die Beamten in Baden-Württemberg in Sachen Bestechung weniger empfänglich sein als in anderen Bundesländern?«

Ich glotzte ihn mit debilem Gesichtsausdruck an, ohne etwas erwidern zu können.

»Schauen Sie nicht so blöd, Palzki«, fuhr er fort. »Ich habe dem Direktor der Haftanstalt meine *Geldanlage* verkauft. Wir haben das notariell besiegelt, sodass ich auf jeden Fall aus dem Schneider bin.«

So langsam verstand ich. »Sie haben Ihre Freiheit gegen Ihr Boot eingetauscht?«

»Jacht, Herr Palzki. Meine *Geldanlage* ist eine Jacht und kein ordinäres Boot.« Er machte eine kurze Pause. »Meine Freiheit musste ich nicht eintauschen. Dass ich unschuldig bin, dürfte sowieso jedem klar sein. Die Wormser Polizeibehörde wird aufhören zu existieren, wenn ich mit deren Leiter fertig bin.« KPD schnaufte wie eine Dampflok.

»Das heißt, Sie wurden ganz legal entlassen?« So richtig konnte ich das alles immer noch nicht glauben.

»Was heißt schon legal?«, entgegnete mein Chef. »Ein klein wenig kam ich dem Direktor mit dem Kaufpreis entgegen. Wir vereinbarten, dass er das Inventar und die Waren, also den Champagner und die anderen Genussmittel, ohne Berechnung der Mehrwertsteuer übernimmt. Die Mehrwertsteuer ist sowieso reine Ländersache, daher sehe ich das nur als vernachlässigbare Bagatelle an.«

Meine Neugier war immer noch nicht gestillt. »Warum wollte der Direktor der Haftanstalt Ihr Boot, äh, Ihre Jacht kaufen?«

KPD rollte mit den Augen. »Mensch, Palzki, stellen Sie sich doch nicht so an. Er hat das gleiche Problem wie ich: übervolle Schwarzgeldkassen. Und das ausgerechnet bei den momentan herrschenden Strafzinsen statt einer ordentlichen Rendite, wie es früher üblich war.«

»Auch wir Selbstständigen kämpfen mit diesem leidigen Thema«, mischte sich der Not-Notarzt ein. »Einfache Angestellte und Beamte kennen dieses existenzielle Problem eher weniger«, fügte er hinzu.

Ich verzichtete darauf, tiefer in die Materie einzusteigen. Einen direkten Bezug zu den Verbrechen hatte der Verkauf der Jacht augenscheinlich nicht.

»Gehen wir hoch«, sagte ich zu meinem Chef und den beiden Pseudomedizinern.

»Wir gehen direkt in mein Büro«, befahl KPD. »Ich hoffe, dass während meiner Abwesenheit nichts in Unordnung gebracht wurde.«

»In Ihr Büro, selbstverständlich«, murmelte ich. Wohin auch sonst, dachte ich mit einer gewissen Häme.

KPDs erster Blick fiel auf die Stelle, an der seine Kaffeemaschine gestanden hatte. »Was ist denn hier passiert?«, rief er zornig. »Wer hat diesen Umbau veranlasst?« Er blickte mich böse an.

»Haben Sie vergessen, dass der Modellwechsel ansteht, Herr Diefenbach? Der Hersteller liefert in den kommenden

Tagen das neue Gerät. Unser Hausmeister hat die Technik und das Fundament vorbereitet.«

KPD beruhigte sich augenblicklich. »Wenigstens etwas, das geklappt hat.« Durch ein dezentes Hüsteln bemerkte er, dass mehrere Personen sich in seiner Besprechungsecke niedergelassen hatten. »Nanu?«

Auf der üppigen Sitzlandschaft saßen Gerhard, Jutta und Jürgen zwei weiteren Personen gegenüber: Dietmar Becker und Henrik Baumann. Während Becker artig aufstand und Diefenbach begrüßte, blieben alle anderen sitzen.

»Der Empfang hat uns angerufen, dass Sie wieder im Hause sind«, sagte Jutta nicht allzu euphorisch.

»Und warum wurde ich nicht abgeholt?«

»Sie kennen doch den Weg«, konterte Jutta. »Außerdem wollten wir unseren Gast nicht alleine lassen.«

Jetzt erst sah KPD Henrik Baumann, der ihm den Rücken zugedreht hatte. Schlagartig wurde er käseweiß, hatte sich aber sofort wieder im Griff. Er machte vor Baumann eine dämlich aussehende Verbeugung. »Guten Morgen, lieber Herr Polizeipräsident. Was verschafft mir die Ehre?«

»Welche Ehre?«, brummte dieser zurück, ohne seine bequeme Sitzhaltung zu verlassen. »Setzen Sie sich zu uns, wenn Sie unbedingt möchten.«

KPD nickte wie ein Wackeldackel auf Ecstasy. »Selbstverständlich, Herr Polizeipräsident, hat man Ihnen einen Kaffee und Gebäck angeboten? Die Lachsbrötchen kommen leider …« Mitten im Satz brach er ab.

»Darüber sprechen wir später«, entgegnete Baumann knapp.

Während KPD versuchte, sich bei seinem Vorgesetzten mit blumigen Worten einzuschmeicheln, reichte mir Jürgen die Zusammenfassung seiner Recherche. »Die kompletten Daten liegen auf dem Schreibtisch«, flüsterte er mir zu. »Du hattest mal wieder den richtigen Riecher, Reiner.«

Eine zentnerschwere Last fiel von meinen Schultern. Ohne von KPD, der sich nach wie vor voll auf Baumann konzentrierte, abgelenkt zu werden, konnte ich die Papiere in Ruhe durchsehen. Wahnsinn, dachte ich erschüttert. Auch wenn ich teilweise mit dem Ergebnis gerechnet hatte, konnte ich es immer noch nicht richtig fassen.

Irgendwann wurde ich durch die laute Stimme des Polizeipräsidenten in meinen Gedankengängen unterbrochen. »Wollen wir nicht langsam mit diesem Affentheater aufhören, Herr Diefenbach?«

Selten, genaugenommen noch nie, hatte ich meinen Chef derartig in der Defensive erlebt. Seine Nasenflügel vibrierten wie ein Kolibri in der Luft, während er in sich zusammengesunken wie ein altes Männlein auf der Couch hing. Nichts war von seiner ehemals stattlichen Erscheinung übrig geblieben. »Natürlich«, sagte KPD demütig, »selbstverständlich, Herr Polizeipräsident.«

»Während Sie in Untersuchungshaft saßen, hat Ihr Mitarbeiter, Reiner Palzki, gemeinsam mit seinen Kollegen den Fall so gut wie aufgeklärt. Wir sollten uns jetzt erst mal darauf konzentrieren, den Täter festzunehmen.«

»Herr Palzki, mein Mitarbeiter«, wiederholte KPD ohne seine übliche Einlassung, dass er keine Mitarbeiter, sondern Untergebene hatte. »Herr Palzki ist mein fähigster Mitarbeiter«, fuhr er mit seiner Heuchlerei fort, »darum ist er ja auch stellvertretender Leiter dieser Dienststelle, die durch mich sehr gut geführt wird. Wenn ich irgendwann mal ins Innenmini… äh, auf eine andere Stelle wechsle, wird Herr Palzki ein würdiger Ersatz für mich sein.«

Henrik Baumann starrte KPD an. »Man darf gespannt sein, wann dies der Fall sein wird.« Er wandte den Blick zu mir und zwinkerte. »Sie hatten übrigens recht mit Ihrer Vermutung.«

Ich nickte ihm dankbar zu. Die Bestätigung hatte ich bereits Jürgens Bericht entnommen.

»Dann müssen wir ja jetzt nur noch nach Worms fahren, um den Mörder festzunehmen«, meinte KPD, der sich damit eine Art Rettungsgasse bauen wollte. »Am besten, wir starten gleich.« Er stand auf.

»In diesem Punkt gebe ich Ihnen recht, Herr Diefenbach«, sagte Baumann streng. »Sie fahren mit mir in meinem Wagen. Dann können wir unterwegs ein paar wichtige Dinge besprechen. So von Chef zu Untergebenem.« Er schaute mit einem kaum sichtbaren Grinsen kurz zu mir herüber.

»Wie Sie meinen, Herr Polizeipräsident.« KPDs Hoffnungsschimmer schwand wieder dahin.

»Ihr Dienstwagen steht auf dem Gelände des Jachtklubs, Herr Diefenbach«, warf Dietmar Becker ein. »Ich habe mich nicht getraut, weite Strecken damit zu fahren.«

»Du kannst mit uns fahren, Dietmar«, erwiderte Doktor Metzger. »Wir fahren mit nach Worms, schließlich sind wir wichtige Zeugen.«

KPD sah hilflos um sich, da er weder die näheren Hintergründe noch die Ermittlungsergebnisse kannte.

»So machen wir es«, sagte ich. »Ich nehme Gerhard Steinbeißer und Jutta Wagner mit. Kollege Jürgen bleibt als eiserne Reserve im Büro.«

»Das ist ein hervorragender Plan.« Baumann war zufrieden. »Herr Palzki, Sie sind ein Mann der Tat. Lassen Sie uns nun nach Worms fahren, um diesem traurigen Schauspiel ein Ende zu bereiten.« Er schaute auf die Uhr. »Das Timing ist perfekt, ich habe mir nämlich erlaubt, die Kollegen aus Worms zu der Versammlung hinzu zu bitten.«

Während der Fahrt nach Worms geizten Jutta und Gerhard nicht mit Lob. »Deine Kombinationsgabe ist verblüffend, Reiner. Man könnte meinen, du bist ein ausgebildeter Kriminalpolizist«, stichelte Jutta humorvoll.

»War mal wieder viel Glück dabei«, ruderte ich bescheiden zurück. »Ohne euch hätte das so schnell nicht geklappt.«

»Vor allem Jürgen haben wir viel zu verdanken. Er hätte eine Beförderung auf alle Fälle verdient. Schade, dass KPD so schnell wieder zurück ist«, meinte Gerhard.

»Das wird eventuell nicht von Dauer sein. Mein Verhältnis zu Henrik Baumann hat sich intensiv gefestigt. Positiv gefestigt.« Ich schaute zu Gerhard, der auf dem Beifahrerplatz saß. »Wir werden uns ohne KPD zur Musterdienststelle in Rheinland-Pfalz entwickeln. Unsere Aufklärungsquoten werden weiter steigen.« Dass sie nach KPDs Berechnungen seit Jahren ausnahmslos über 100 Prozent lagen, hielt ich nicht für erwähnenswert.

»Reden wir jetzt nicht mehr über ungelegte Eier bezüglich unseres Chefs«, mahnte Jutta. »Sprechen wir lieber von der bevorstehenden Festnahme.«

»Da ist doch alles klar«, entgegnete ich. »Wir drei sind die Einzigen, die Bescheid wissen, von Jürgen mal abgesehen. Je nachdem, wie sich in Worms die Situation entwickelt, reagieren wir völlig spontan. Ihr müsst nur bereitstehen und zuschlagen. Ich gehe davon aus, dass unsere Zielperson unbewaffnet ist, möchte aber kein Risiko eingehen.«

»Was machen wir, wenn KPD Chaos stiftet und der Täter versehentlich Lunte riecht?«, fragte Gerhard.

»Das ändert unseren Plan kein bisschen«, gab ich ihm zu verstehen. »In diesem Fall legt ihr die Handschellen sofort an. Die Beweise sind in jedem Fall erdrückend.«

Während der restlichen Fahrt war jeder in seine eigenen Gedanken versunken. Als wir durch das offene Tor auf das

Gelände des Jachtklubs fuhren, sahen wir, wie Baumann und unser Chef in der Nähe der Baugrube aus dem Wagen stiegen. »Bei der Unterhaltung hätte ich gerne Mäuschen gespielt«, sagte Jutta mit einem spitzbübischen Grinsen. »Kommt es euch auch so vor, als wäre KPD zehn Zentimeter geschrumpft?«

Hinter uns kam mit einem hässlichen Quietschen ein ramponierter Renault R4 zum Stehen, der mit der Bezeichnung »Unfallwagen« schmeichelhaft beschrieben gewesen wäre.

»Wo hat Metzger dieses Ding aufgegabelt?«, wollte Gerhard wissen. »Der Karren muss schon mal in der Schrottpresse gewesen und danach ausgebeult worden sein.«

»Lasst uns zum Vereinsheim gehen«, empfahl Jutta. »Es ist für unseren Ruf besser, wenn wir nicht mit den beiden Pseudoärzten gemeinsam den Raum betreten.« Sie zeigte auf das Hafenbecken. »Übrigens, das havarierte Boot von Herrn Hopf wurde noch in der Nacht im Auftrag Baumanns geborgen und aus dem Hafen gebracht. Du weißt ja, warum.«

Ich rieb mir die Hände voller Vorfreude. »Ja, wir wissen es, die Wormser nicht.«

Das Vereinsheim war gut gefüllt. Unter den Mitgliedern des Jachtvereins hatte sich anscheinend herumgesprochen, dass heute ein besonderer Tag war. Vielleicht hatten sie auch nur die Videos der Verfolgungsjagd auf dem Rhein gesehen, die in zahlreichen Versionen im Internet kursierten. Ich nickte meiner Cousine und ihrem Mann Claus zu, die hinter der Theke standen und Gläser füllten. Stefan Baum und das Ehepaar Prangenberg standen einträchtig wie selten den Bissingers gegenüber. Sogar der Bootsbauer Oliver Allegro war gekommen. Er saß an einem Tisch mit mir unbekannten Personen.

»Palzki«, schrie der Westernheld quer durch den Saal, als er mich hereinkommen sah. Er hatte sich kleidungsmäßig herausgeputzt und sah so verwegen aus wie Klaus Kinski in einem Italo-Western. »Habe ich Ihnen nicht verboten, sich hier blicken zu lassen?«

In diesem Moment betraten Becker und die beiden Mediziner das Vereinsheim, was ihn ablenkte. »Und wer sind Sie? Wir haben heute eine geschlossene Gesellschaft.« Er stutzte. »Sie kenne ich doch von irgendwoher?« Er ging auf Doktor Metzger zu. »Ja, jetzt weiß ich es wieder«, dröhnte seine Stimme. »Sie sind …«

»Das ist völlig egal!«, bellte Henrik Baumann wütend durch den Saal. »Die Herren sind auf meine Veranlassung gekommen, genau wie Herr Palzki.«

Seine autoritäre Stimme ließ den Cowboy ein paar Schritte zurückweichen. Doch kampflos wollte er so schnell nicht aufgeben. »Auch wenn Sie der Ludwigshafener Polizeipräsident sind, hatten Sie nicht das Recht, Herrn Diefenbach aus der Untersuchungshaft zu entlassen. Haben Sie schon mal etwas von Gewaltenteilung oder gar Demokratie gehört?«

Gegen Baumann kam er nicht an. »Hören Sie gut zu: Erstens habe ich nicht veranlasst, dass Herr Diefenbach entlassen wird. Das ist eine reine Vermutung Ihrerseits. Zweitens sollten Sie ein paar Stufen von Ihrem hohen Ross herabsteigen. Ich habe mir erlaubt, ein paar Informationen über Sie einzuholen. Insbesondere die Aussage einer Imbissbesitzerin hat mich aufhorchen lassen. Just in diesem Moment sind mehrere Teams des Präsidiums Ludwigshafen in Worms unterwegs, um Verfehlungen, Ihre Person betreffend, zu protokollieren.«

Der Westernheld war schlagartig kein Westernheld mehr. Innerlich und äußerlich angeschlagen, plumpste er auf einen Barhocker. Würde es zu einer Schießerei kommen?

»Bravo«, traute sich KPD zu sagen und klatschte leise in die Hände.

Sofort wandte sich Baumann an meinen Chef. »Und Sie sind ebenfalls besser ganz leise, Herr Diefenbach. Am besten noch leiser als leise.«

Trotz der Raumgröße und der vielen Menschen hätte man eine in Watte gepackte Stecknadel fallen hören können.

Da weder eine Stecknadel fiel noch irgendjemand sich traute, einen Redebeitrag zu leisten, sagte Baumann schließlich in meine Richtung: »Bitte.« Nur diese zwei Silben, sonst nichts.

Einen kurzen Augenblick war ich verwirrt, doch dann übernahm ich, nachdem ich mich mehrfach geräuspert hatte, das Wort. »Guten Tag, liebe Anwesende«, begann ich. »Da sich die Ereignisse seit Samstag und noch mehr in den vergangenen Stunden dermaßen überschlagen haben, bin ich leider nicht optimal vorbereitet. Wenn mehr Zeit gewesen wäre, hätte ich ein gut strukturiertes Redemanuskript mitgebracht.« Dies war eigentlich als kleine auflockernde Einleitung gedacht, dennoch blickte ich weiterhin in ratlose Gesichter.

»Beginnen wir damit, ein paar Dinge zu klären, die für Verwirrung sorgten. Wie die Spurensicherung feststellte, wurde die Baugrube für die Erweiterung der Tankstelle und das Büro des Ersten Vorsitzenden mit der gleichen Substanz gereinigt.«

»Natürlich«, platzte der Cowboy aufgeregt in meine Erklärung. »Der Mörder hat das zweite Opfer in der Grube mit dem Wagenheber erschlagen und dann in das Büro geschleppt. Um diesen Vorgang zu vertuschen, hat er den Tatort gereinigt. Das ist doch sonnenklar!«

»Nein«, kam es aus Richtung hinter der Bar. »Kerstin und ich waren das.« Elke zeigte auf ihre Freundin Kerstin Prangenberg. »Das mit der Reinigung waren wir, mit dem Mord haben wir nichts zu tun.«

Ich grinste und drehte mich zum Cowboy. »Wenn Sie den Bericht der Spurensicherung richtig gelesen hätten, wüssten Sie, dass das Büro *vor* dem Ablegen der Leiche gereinigt wurde. Und das macht nun wirklich keinen Sinn. Außerdem wurde Herr Hopf nicht in der Grube mit dem Wagenheber erschlagen, sondern an Bord seines Bootes.«

»A… aber Sie haben doch …«, stotterte der Wormser, doch ich unterbrach ihn. »Gar nichts habe ich. Mit keinem Ton habe ich erwähnt, dass der Wagenheber in der Grube gelegen hatte. Das war ein reines Produkt Ihrer Fantasie.«

Henrik Baumann nickte mir zufrieden zu.

»Elke Bissinger und Kerstin Prangenberg haben gemeinsam geputzt. Mit dem Tod von Herrn Hopf haben sie nichts zu tun.«

Ich sah, wie Elke und Kerstin Prangenberg aufatmeten.

»Machen wir doch gleich weiter mit der Jacht von Herrn Hopf, die er an diese seltsame Frau verkaufen wollte.«

»Das muss die Mörderin sein«, unterbrach mich der Cowboy erneut. »Sie hat sich mir an den Hals geschmissen und gesagt, dass sie mich heiraten möchte. Alles reine Vertuschung.«

»Wieder nicht richtig«, konterte ich. »Auch mit dieser Vermutung sind Sie auf dem falschen Dampfer.« Ich musterte ihn herausfordernd von oben bis unten. »Obwohl Dampfer bei Ihnen die falsche Metapher ist.« Sein Mundwinkel zuckte, doch er beherrschte sich. »Das fürchterliche Kunstwerk heißt Melissa von Rosenhausen. Sie wurde als Elfriede Meier geboren und ist nichts weiter als eine Hochstaplerin und pathologische Lügnerin. Überdies werden der Dame vielfältige Wirtschaftsstraftaten vorgeworfen. Eine Mörderin ist sie nach unseren Erkenntnissen aber nicht. Zumindest nicht in diesem Fall.«

»Sie wurde inzwischen festgenommen«, warf der Polizeipräsident ein. »Dank der Vorarbeit Ihrer Kollegen, Herr Palzki«, fügte er an.

Den tödlichen Blick des Cowboys erwiderte ich mit einem zuckersüßen Lächeln.

Ich ging zwei oder drei Schritte auf die mir bekannten Gesichter des Jachtklubs zu. »Kommen wir zu Ihnen«, sagte ich. »Lösen wir das Geheimnis um die Führung des Vereins. Sie alle wissen, warum Sie unbedingt den Job des Ersten Vorsitzenden haben wollen, stimmt's?«

Wie erwartet, erhielt ich keine Reaktion. »Dann muss ich ausgerechnet meinen Vorgesetzten um Hilfe bitten.« Ich drehte mich auf dem Absatz zu KPD um. »Herr Diefenbach, wie lautete Ihr Angebot an Herrn Krebs?«

KPD wurde schlagartig rot. Verschämt schaute er zu Baumann, der ihm aufmunternd zunickte. »Zunächst muss ich bemerken, dass meine Pläne ausschließlich privater Natur sind, beziehungsweise waren. Einen Zusammenhang mit meinen dienstlichen Aufgaben als guter Chef der Schifferstadter Kriminalpolizei streite ich rundweg ab.«

»Ist ja schon gut, Herr Diefenbach«, unterbrach ihn Baumann. »Niemand will Ihnen deswegen im Moment einen Strick daraus drehen.«

Ich grinste in mich hinein. Die Einschränkung »im Moment« hatte ich deutlich vernommen.

KPD begann mit seiner Beichte. »Ich wollte mir als Prestige-Hobby ein kleines Jachtklubimperium aufbauen. Zunächst als Test auf den Rhein beschränkt, später auch in anderen Gewässern. Die verzettelten Vereinsstrukturen in den Dutzenden von Vereinen sind für solch ein Vorhaben natürlich sehr hinderlich. Aus diesem Grund wollte ich eine Dachholding als GmbH einrichten. Mehrere sogenannte Berater rieten mir zwar von solch einer Konstruktion ab, aber diese Berater taugen allesamt nichts. Ich bin nach wie vor immer noch mein bester eigener Berater. Um die einzelnen Vereine einzugliedern, musste ich enge Beziehungen zu den Vereinsvorsitzenden aufbauen. Aus meiner langjährigen Erfahrung heraus geht das nur mit finanzieller Unterstützung.«

»Bestechung?«, fragte ich.

Irritiert nickte KPD. »Mit was denn sonst, Palzki? Geld regiert die Welt, wie jedes Kind weiß. Als Gegenleistung bot ich den Vorsitzenden an, sie nach der Übernahme als Frühstücksdirektor einzusetzen. Selbstverständlich mit sehr guter Bezahlung.«

»Frühstücksdirektor? Was ist das?«

KPD rollte mit den Augen. »Repräsentieren, Palzki. Solche Posten sind mit viel Geld und wenig Arbeit verbunden. Die Direktoren sollten sich um das Vereinsleben und die eher unbedeutenden Interna kümmern. Alle taktischen und strategischen Aspekte würden allein durch mich entschieden. Habe ich Ihre Frage damit ausreichend beantwortet?«

»Mehr als das«, sagte ich. »Vielen Dank, Herr Diefenbach.«

»Ja, wollen Sie nicht …«

»Später«, unterbrach ich ihn. »Fürs Erste haben wir genügend Informationen.« Ich wandte mich erneut an die mir bekannten Vereinsmitglieder. »Sie waren allesamt in die geplante Übernahme involviert. Herr Krebs hat mit Ihnen darüber gesprochen. Daraufhin hat jeder Einzelne von Ihnen geplant, selbst Vorsitzender und damit früher oder später Frühstücksdirektor zu werden.«

Stefan Baum wehrte sich: »Und wenn schon. Meine juristische Expertise wäre sicherlich hilfreich gewesen. Aber wegen so etwas bringe ich doch niemanden um.«

»Ich auch nicht«, antworteten Manfred Prangenberg und Claus Bissinger unisono.

»Das glaube ich Ihnen gerne«, bestätigte ich. »Das Motiv für diese Verbrechen hat nichts mit der geplanten Vereinsübernahme zu tun. Damit ist auch mein Chef, Herr Diefenbach, in diesem Punkt entlastet.«

»Das ist ja unerhört«, bellte KPD. »Wollten Sie mich verdächtigen, die Morde begangen zu haben? Außerdem habe ich inzwischen das Interesse an dem Jachtklubimperium verloren. Ich konnte meine *Geldanlage* zu einem hervorragenden Preis verkaufen. Mein nächstes Projekt …«

»Worüber wir noch zu reden hätten«, unterbrach Henrik Baumann.

»Kommen wir nun zu den eigentlichen Verbrechen.« Wie zufällig lief ich durch das Vereinsheim. Direkt vor dem Bootsbauer blieb ich stehen. »Es war leicht, Ihnen auf die

Schliche zu kommen, Herr Allegro.« Ich machte eine kurze Pause, ein vielstimmiges Raunen ging durch den Raum.

Allegro spritzte von seinem Stuhl auf, doch meine Kollegen Jutta und Gerhard standen längst neben ihm. »Ich habe die beiden nicht ermordet«, schrie er.

Ich musterte ihn ausführlich und kam zu dem Schluss, dass er unbewaffnet war. »Herr Allegro, ich will es kurz machen: Unsere Polizeibehörde ist in Sachen Computertechnik hervorragend ausgestattet. Angeblich hat in Ihrem Unternehmen ein Unbekannter den PC zerstört, auf dem die Aufzeichnungen der Überwachungskameras gespeichert wurden. Unser IT-Fachmann hat allerdings aktuelle Spuren gelöschter Sicherungskopien auf einem Ihrer Server gefunden. Das bedeutet, dass der PC vor seiner Zerstörung eine Netzwerkkarte besaß und per Kabel an den Server angeschlossen war.« Ich schaute zu Dietmar Becker, der mich mit offenem Mund anstarrte. »Tja, Herr Becker. Jetzt haben Sie wieder mal etwas lernen dürfen. Nichts muss so sein, wie es den Eindruck erweckt. Hatten Sie den PC nicht selbst untersucht und waren davon überzeugt, dass er an kein Netzwerk angeschlossen ist?«

»Aber, das hat doch wirklich ...«

Ich unterbrach ihn brüsk. »Wir Polizeibeamte sind nicht so leichtgläubig.« Damit drehte ich mich wieder zum Geschäftsführer, der außerordentlich blass geworden war. »Wir konnten die gelöschten Daten rekonstruieren. Leider haben Sie in einem Punkt recht: Die Qualität und die Auflösung der Aufnahmen lassen nicht zu, die Einbrecher, die sich auf Ihrem Betriebsgelände herumgetrieben haben, zu identifizieren. Auf den Filmen kann man nur sehr grob zwei Personen erkennen, die sich in der Nacht von Sonntag auf Montag in der Winterlagerhalle zu schaffen machten. In der gleichen Nacht wurde auch in das versiegelte

Büro des Vereinsvorsitzenden eingebrochen. Haben Sie eine Vorstellung, wer das gewesen sein könnte?«

Ich vernahm ein deutliches Aufatmen. »Ich habe keine Ahnung. Trotzdem habe ich niemanden ermordet«, beharrte er nach wie vor.

Ich ging zurück zur Theke, Jutta blieb unauffällig in der Nähe des Bootsbauers stehen.

»Unser IT-Experte konnte weitere interessante Aspekte recherchieren. Laut des Hafenmeisters Claus Bissinger«, ich wählte bewusst die förmliche Anrede, »senden die Kameras auf dem Vereinsgelände ausschließlich Livebilder und werden nirgendwo gespeichert. Dies hat sich leider als richtig herausgestellt. Unser Experte hat aber etwas anderes herausgefunden: Jedes Mitglied hat einen individuellen Code, mit dem er das Tor des Geländes öffnen kann. Dieser Zugangscode wird auf einem Internetserver mit einer Zugangstabelle abgeglichen, damit keine unbefugte Personen Zugang erhalten. Dieser Abgleichvorgang wird mitsamt eines Zeitstempels für eine gewisse Zeit gespeichert. Ich hoffe, dass ich das einigermaßen korrekt und verständlich wiedergegeben habe.«

Ich machte erneut eine kurze Pause. Keiner der Anwesenden reagierte. Jetzt war es an der Zeit, die Tat aufzudecken.

»Montagfrüh um 0.30 Uhr betrat Claus Bissinger das Vereinsgelände, 25 Minuten später folgte Oliver Allegro, der seinen eigenen Code besitzt. Nach einer guten Stunde haben beide kurz nacheinander den Hafen wieder verlassen. Wenige Minuten danach erfassen die Überwachungskameras zwei Personen auf Allegros Betriebsgelände. Was für ein Zufall.«

Während Oliver Allegro deutlich zu zittern begann, blieb Claus kühl. »Und wenn schon«, sagte er, »unsere Aktion kann einen völlig anderen Hintergrund haben.«

»Theoretisch«, entgegnete ich knapp. »Aber ich bin noch nicht fertig: Im Laufe des Montags erfahrt ihr, dass Professor Hans-Bernd Hopf sein Boot verkaufen will, und zwar bereits am nächsten Tag. Aus einem bestimmten Grund geratet ihr in Panik. Laut dem Zeitstempel betrittst du das Gelände in der kommenden Nacht um 0.59 Uhr, Oliver Allegro folgt eine Dreiviertelstunde später.«

Jutta forderte Allegro auf, sich wieder zu setzen. Claus ließ sich nach wie vor nichts anmerken. Gerhard hatte sich inzwischen unauffällig hinter ihm platziert.

»In der Nacht ist etwas schiefgelaufen. Ihr habt nämlich nicht damit gerechnet, dass Herr Hopf an Bord seiner Jacht schlief. Claus Bissinger erschlägt ihn mit dem Wagenheber …«

»Ich?«, unterbrach Claus. »Wieso ich?«

»Dazu komme ich noch. Jedenfalls war es kein Mord im Affekt, denn du musstest zuvor den Schuppen aufbrechen, um an das Tatwerkzeug zu kommen, und gleichzeitig für den Notfall einen Einbruch vortäuschen, damit du nicht in Verdacht gerätst. Den Wagenheber wolltest du später verschwinden lassen, doch irgendetwas kam dazwischen. Vielleicht haben auch weitere Mitglieder auf ihren Booten übernachtet und wurden wach?«

»Quatsch«, wehrte sich Claus.

»Fakt ist aber, dass du zwecks Ablenkung die Leiche in das Büro des Vorsitzenden geschleppt hast. Wahrscheinlich hat dir Herr Allegro dabei geholfen.«

»Und warum sollte ich das tun?«, reagierte Claus herausfordernd.

»Es hat etwas mit der Jacht von Hopf zu tun«, erklärte ich allen Anwesenden. »Das ist nämlich die Gemeinsamkeit bei den beiden Taten. Letztendlich ging es nur um die Boote. Das Boot des ersten Opfers, Hans-Jürgen Krebs, stand bereits in Allegros Halle, das von Hans-Bernd Hopf lag noch im Hafen. Zumindest das Problem mit dem Verkauf des Bootes habt ihr verhindern können. Doch dann gab es neue Probleme.«

Während mir Henrik Baumann fröhlich zunickte, wurde der Gesichtsausdruck des Cowboys zusehends starrer. Dennoch trat ich vor den Wormser Beamten. »Diese Probleme hatten Bissinger und Allegro Ihnen zu verdanken.«

Mein Gegenüber blieb still, er war mit der Situation schlichtweg überfordert.

»In Ihrer Fantasie sahen Sie eine Straftat internationalen Ausmaßes. Sie waren im Begriff, das Bundeskriminalamt um Mithilfe zu bitten.«

Baumann mischte sich ein. »Ich konnte das inzwischen regeln und die Beamten vom BKA auf die richtige Fährte bringen. Mein Wormser Kollege wurde in Wiesbaden mit seiner These sowieso nicht allzu ernst genommen.«

»Das konnten unsere beiden Helden aber nicht wissen«, fuhr ich fort. »Sie vermuteten, dass das BKA das Versteck und das Geheimnis sofort herausfinden würden und sie keine Gelegenheit mehr hätten, das Boot in der Winterlagerhalle in den Ursprungszustand zu bringen.«

Der Cowboy versuchte einen Befreiungsschlag. »Warum reden Sie so lange um den heißen Brei herum? Welches Geheimnis soll mit den beiden Booten verbunden sein?«

»Dazu komme ich gleich.« Ich ließ mich nicht aus der Ruhe bringen.

Ich zeigte auf Claus. »Herr Bissinger beschloss, das Boot von Hans-Bernd Hopf zu versenken, um dem BKA den Zugriff zu erschweren oder gar zu verhindern.« Ich sah ihm in die Augen. »Von da an hast du nur noch Fehler gemacht, Claus.«

Er blieb stumm.

»Du hast versucht, alle Eventualitäten vorherzusehen. Deshalb hast du vorbeugend dein Boot an der Tankstelle geparkt. Ich weiß inzwischen, dass für einen Bootsstart mehrere Minuten Vorbereitungszeit notwendig sind. Nachdem du das Boot von Herrn Hopf gesprengt hattest, wolltest du ursprünglich zu Fuß fliehen. Da just in diesem Moment jemand auf den Zugangssteg kam, hast du auf Plan B umgeschwenkt und dein eigenes Boot gekapert, das du innerhalb von Sekunden starten konntest. Es ist ein wichtiges Indiz, dass du diese Art von Flucht vorbereitet hattest.«

»Beweise sehen anders aus.« Claus blieb cool und zuckte nur mit den Schultern.

»Du willst Beweise? Im Reffenthal konntest du dein Boot an der ehemaligen Anlegestelle der Pioniere unbemerkt verlassen. Dein Fehler war, dass du direkt vor Ort Oliver Allegro angerufen hast, damit er dich schnellstmöglich im Reffenthal abholt und zu seiner Firma bringt. Unterwegs hast du zunächst bei deiner Frau angerufen und so *zufällig* erfahren, was im Hafen passiert war. Danach hast du mich angerufen und gesagt, dass du gerade im Hafen angekommen wärst. Diesen Anruf hast du auf der B9 in der Nähe von Mutterstadt getätigt.« Ich schaute ihn ernst an. »Reicht das als Beweis? Deine Handydaten haben dich überführt.«

Gerhard zeigte ihm Handschellen, die er sich nur murrend anlegen ließ.

»Und jetzt kommen wir zu dem Grund der Morde«, sprach ich weiter. »Dass es um Schmuggel geht, hat wohl inzwischen jeder in diesem Raum verstanden. Drogen? Schwarzgeld? Wertvolle Antiquitäten? Alles falsch!«

»Organhandel?«, riet Doktor Metzger in die Stille. »Damit lässt sich viel Kohle machen.«

»Auch falsch«, beschied ich ihn. »Der Bootstransport würde viel zu lange dauern. Es geht um viel Schlimmeres: um Plutonium.«

Ich wurde durch ein allgemeines Aufschrecken unterbrochen, was Henrik Baumann zu einer Bemerkung veranlasste: »Das havarierte Boot von Herrn Hopf wurde in der vergangenen Nacht auf Radioaktivität überprüft, geborgen und in Sicherheit gebracht. Sie müssen sich keine Sorgen machen.«

»In der Tat haben Claus Bissinger und Oliver Allegro sehr umsichtig gehandelt. Sie wollten weder sich selbst noch andere in Gefahr bringen. Jedenfalls nicht direkt.«

Eine heftige Reaktion meiner Cousine unterbrach meinen Vortrag. Stinksauer schrie sie ihren Mann an: »Stimmt das alles, was Reiner sagt? Sag sofort, dass das nicht wahr ist!«

Als sie keine Antwort erhielt, verpasste sie ihrem Mann eine heftige Ohrfeige, verbunden mit einer lauten Schimpftirade. Ihre Freundin Kerstin versuchte, sie von Claus wegzuziehen und zu beruhigen. Offensichtlich hatte Elke nichts über die verbrecherischen Pläne ihres Mannes gewusst.

Da ich auch nicht so genau wusste, wie ich darauf reagieren sollte, sprach ich einfach weiter. »Es gibt verschiedene Versionen des Plutoniums. In unserem Fall geht es um das hochgiftige Isotop Plutonium 239. Das Inhalieren von 40 Nanogramm reicht aus, um den Grenzwert der Jahresdosis zu erreichen. Zehn Milligramm wären tödlich, wobei die Giftigkeit eigentlich sekundär ist, die Radioaktivität macht die Sache aber nicht besser. Unsere Ermittlungen haben ergeben, dass die beiden im letzten Jahr rund 100 Gramm Plutonium 239 aus Kroatien in die Niederlande geschmuggelt haben. Um genau zu sein, bestanden die 100 Gramm nur zu 88 Prozent aus Plutonium 239, der Rest aus Plutonium 240 und anderen Isotopen. Das mag sich kleinlich anhören, ist aber ein entscheidender Punkt. Ab 92 Prozent gilt Plutonium 239 nämlich als waffenfähig.«

Ich schaute in die Runde. »Sie möchten wissen, wie der Transport ablief? Die beiden wollten natürlich das persönliche Risiko minimieren. Daher haben sie Vereinsmitglieder überzeugt, an bestimmten Orten Urlaub zu machen. Vorher wurden durch Herrn Allegro im Winterquartier oder bei Wartungsarbeiten sichere Verstecke in den Booten eingebaut. Sicher im Sinne der Radioaktivität. Das Plutonium wurde, wenn die Besatzung auf einem Landgang war, an den Zielorten durch Mittelsmänner in Bleiboxen in die Geheimverstecke gebracht. Die Bleiboxen reichten aber nicht aus, um die Strahlengefahr zu verhindern, daher mussten weitere aufwendige Sicherungsmaßnahmen in den Booten installiert werden. Im Profibereich wird das durch Verglasen des Stoffes erreicht. Die hochradioaktiven Stoffe werden dabei fest in eine Glasstruktur eingebunden. Solch einen Aufwand konnten Bissinger und Allegro natürlich nicht betreiben, die nichtsahnenden Mitglieder hatten ein beträchtliches Transportrisiko.«

Inzwischen hatte auch Oliver Allegro Handschellen an. »Das Boot von Hans-Bernd Hopf war für seine Reise nach Kroatien schon vorbereitet. Es war ein Schock für die beiden, dass er es verkaufen und mit einer anderen Jacht in Urlaub fahren wollte. Sie mussten schnell handeln und die Schutzeinrichtung rückgängig machen. Wie wir inzwischen wissen, wurden Einrichtungen aus dem Vorjahr benutzt, die eine Reststrahlung besaßen. Diese Radioaktivität wurde heute Nacht auf dem Boot von Herrn Hopf gemessen. Zu dieser Stunde wird die Jacht von Hans-Jürgen Krebs sowie das komplette Betriebsgelände von Oliver Allegro von Strahlenexperten untersucht.«

Ich zog einen Zettel aus der Tasche, auf dem Jürgen mir ein paar Details notiert hatte. »Im letzten Jahr ging es um 100 Gramm Plutonium 239, vermutlich war es nur ein Testballon. Dieses Jahr wollten die beiden schon 650 Gramm Plutonium 239 sowie 1,8 Kilogramm nicht spaltbares Uran 238 von Kroatien in die Niederlande schmuggeln, natürlich ohne das Wissen der Bootsführer. Übrigens, allein der Wert des Urans beträgt rund neun Millionen Euro.«

»Wahnsinn!«, rief Dietmar Becker.

Ich nickte ihm zu. »Es gibt Hinweise, dass die beiden das Geschäft weiter ausbauen wollten. Mit der Erweiterung der Tankanlage sollte ein Zwischenlager für radioaktive Stoffe entstehen.«

»Und warum wurde Herr Krebs erschossen?«, fragte Dietmar Becker.

»Weil er uns erpresst hat«, brach es aus Claus Bissinger heraus. Anscheinend verlor er langsam die Nerven. »Er hat unseren Plan mit der Tankanlage durchschaut, weil er wegen der Rechnungen für die Bleimattenlieferung und eine kleine Verglasungsanlage stutzig wurde. Dass er selbst für uns mit seiner Jacht als Bote tätig war, wusste er nicht. Am Morgen des Hafenfestes sagte er mir, dass er die Rechnungen den Behörden übergeben will. Das war sein Todesurteil, ich musste schnell handeln. Die Waffe habe ich im Rhein versenkt.«

Ich klatschte in die Hände. »Das war's, meine sehr geehrten Damen und Herren. Soweit die bisherigen Ermittlungen, alles Weitere wird die nahe Zukunft zeigen. Ich bedanke mich für Ihre Aufmerksamkeit.«

»Lächerlich«, brüllte der Wormser Cowboy. »Hier gibt's keine Radioaktivität. Sie haben nur eine Show abgezogen, um unsere Zeit zu stehlen.«

Henrik Baumann trat ihm gegenüber. »Das können Sie gerne mit dem BKA besprechen. In einem kleinen Punkt lagen Sie richtig: Der Fall besitzt eine internationale Dimension. In allen anderen Punkten haben Sie großen Mist verzapft. Sie dürfen jetzt gehen! Über Ihre Pension werden die Gerichte zu entscheiden haben.«

Mit einem mörderischen Blick stand der Cowboy auf und stapfte Richtung Ausgang. »Ich hatte von der ersten Sekunde an den Hafenmeister des Vereins im Verdacht.«

»Ein unappetitlicher Mensch«, sagte KPD, als der Cowboy das Vereinsheim verlassen hatte. Er stellte sich in Positur. »Nachdem ich nun diesen Fall erfolgreich ...« Ein Räuspern Baumanns ließ ihn abbrechen. »Nachdem wir nun gemeinsam den Fall abgeschlossen und die Täter gefasst haben, wird mein Untergeb... äh, Mitarbeiter, Herr Palzki, den Rest abwickeln. Ich fahre zurück zur Dienststelle, um den Aufbau der neuen Kaffeemaschine zu koordinieren.«

Ich sah, wie Becker sein Genick einzog. Er dachte bestimmt an KPDs Dienstwagen, der seinen strengen Geruch in der Zwischenzeit sicherlich nicht abgelegt hatte.

Meine Cousine Elke wandte sich mit zornbebender Stimme an Dietmar Becker: »Vielleicht ist es doch keine so gute Idee, einen Krimi über den Jachtklub zu schreiben.«

»Tut mir leid«, entgegnete Becker, »der Plot steht bereits, das wird eines meiner bisher spannendsten Werke.«

ENDE

DANKSAGUNG

Ein Roman ist immer Fiktion. In Anlehnung an existierende Personen wurde das vorliegende Buch geschrieben.

Der Vorsitzende des MYC Worms, Dr. Hans-Jürgen Krebs, war bereits seit der Entstehung des Palzki-Krimis informiert und einverstanden, in der Handlung als Mordopfer vorzukommen. Vor der Veröffentlichung des Romans ist er unerwartet aus dem Leben gerissen worden. In Absprache mit seinen nächsten Angehörigen betrachten wir es als seinen Wunsch, die Geschichte - wie vorgesehen - zu belassen.

Im Namen des Vereins bedanken wir uns bei Hans-Jürgen, der die Entstehung des Buches begeistert verfolgt und mitgewirkt hat. Unser Dank gilt auch seiner Ehefrau und seinem Sohn, die es uns auch in dieser Weise ermöglichen, das Andenken unseres Vorsitzenden zu bewahren und unseren Freund und Clubkameraden in bester Erinnerung behalten.

Die Mitglieder des MYC Worms und der Autor Harald Schneider

Bereits zum 23. Mal (die Sonderbände nicht mit eingerechnet) durfte unser Kommissar Palzki ermitteln. Auch wenn das Thema »Rhein« bereits im vierten Fall *Wassergeld* ausgiebig in den Fokus der Ermittlungen geraten war, so sind die Themen und die Handlung des aktuellen Falles nicht vergleichbar. Remakes mag es bei den *James-Bond*-Filmen geben, nicht aber im offenen und unendlichen Palzkiversum.

Wie im vorliegenden Band beschrieben (wie stets authentisch, ich würde meine Leser niemals belügen ...), hatte Felix, der Sohn meiner Cousine Elke Bissinger, im Band *Pilger-spuren* eine kleine Nebenrolle. In den Folgejahren schlugen Elke und ihr Mann Claus vor, den Wormser Jachthafen mitsamt dem Verein in einen Palzki-Roman zu integrieren. Als Hafenmeister wusste Claus einiges an Interna zu berichten und hatte sogar die eine oder andere kriminelle Idee, mit der man Palzki konfrontieren könnte. Wie immer notierte ich mir die Ideen und den Handlungsrahmen in der To-do-Liste für zukünftige Fälle, die inzwischen auf mehrere Dutzend angewachsen ist. Es hat lange gedauert, doch nun wurde der *Jachtpalzki* geboren: Ich hoffe, dass Sie mit dem Resultat zufrieden sind. Mir hat die Recherche und die Zusammenarbeit mit allen Mitwirkenden wie immer riesigen Spaß bereitet. Außerdem durfte ich erneut viel lernen, was mir stets sehr wichtig ist. Ständig neue Impulse zulassen, so bleibt man auch im Kopf jung. Vielen Dank, Elke und Claus, für eure tatkräftige Unterstützung, die Korrekturen und die vielfältigen Anregungen, die Würze des vorliegenden Krimis.

Mein Dank geht natürlich auch an die Vereinsmitglieder Doktor Hans-Jürgen Krebs, Professor Hans-Bernd Hopf, Stefan Baum sowie Kerstin und Manfred Prangenberg, die diesen Spaß mitgemacht haben.

Falls Sie sich über den Jachtklub informieren möchten, sind Sie unter folgender Adresse richtig:

https://www.marina-worms.de/

Vielen Dank auch an Oliver Allegro, den Geschäftsführer der *Allegro Boote* in Worms, der ebenfalls Mitglied des Jachtklubs ist. Die Führung durch das Unternehmen war äußerst interessant, und ich habe viel Fachchinesisch gelernt. Falls Sie sich informieren möchten oder gleich eine hübsche Jacht kaufen wollen (sie muss ja nicht gleich so groß wie KPDs *Geldanlage* sein), können Sie das hier tun:

https://www.allegro-boote.de/

Günter Wallmen darf seit dem *Hambacher Frühling* in keinem Fall fehlen. Als treuer Kumpel des wahrscheinlich fiktiven Doktor Matthias Metzger (mehrere Leser berichteten mir, dass sie einen Arzt kennen, der Metzger ziemlich nahekommt) hat er sich mit seinen Ideen im Palzkiversum unersetzlich gemacht. Einerseits als »fiktive« Figur im vorliegenden Roman, andererseits als »realer« medizinischer Berater, denn Günter ist im wirklichen Leben als Oberarzt und Unfallchirurg in einem Speyerer Krankenhaus tätig. Wie er mir einigermaßen glaubhaft versicherte, sind die selbst gebackenen Kekse seiner Schwiegermutter reine Fiktion.

Es freut mich, dass nach längerer Pause Kommissar Palzkis Speyerer Lieblingskultimbiss *Currysau* erneut eine tragende Rolle spielt. Vielen Dank an den Inhaber Robert Schmidt, der für jeden Spaß zu haben ist. Ein Hinweis für das Finanzamt: Der Senfverbrauch wird selbstverständlich zukünftig von Robert streng kontrolliert und reglementiert.

Falls es wider Erwarten Palzki-Leser geben sollte, die noch nie bei der *Currysau* waren und den genialen Palzki-Burger probiert haben, können sich diese vorab unter der folgenden Adresse oder bei Facebook informieren:

https://www.currysau.de/

Falls Ihnen der vorliegende Roman gefallen hat, finden Sie auf der Internetseite des Palzkiversums viele weitere Informationen und einige Ratekrimis mit unserem Kommissar. Außerdem können Sie sich kostenlos und unverbindlich zu einem Newsletter anmelden. Unter allen Abonnenten verlose ich regelmäßig Echtrollen in einem Palzki-Roman. Mehrere Dutzend Leser wurden mit ihrem Auftritt bereits literarisch unsterblich.

https://www.palzki.de

JACHT ODER YACHT -
DAS IST HIER NICHT DIE FRAGE

Falls Ihnen die Schreibweise »Jacht« im vorliegenden Roman spanisch vorkam und Sie die fast allwissende Suchmaschine Google bemüht haben (Jacht: 17 Millionen Treffer, Yacht: 1,4 Milliarden Treffer) so möchte ich dennoch grundsätzlich die Duden-Rechtschreibung gegenüber der Massen-Rechtschreibung bevorzugen. Der Duden lässt zwar die »Yacht« als alternative Schreibung zu, empfiehlt aber die »Jacht«.

BONUS RATEKRIMI - PALZKI
UND DAS ZAHLENSCHLOSS

Es hätte so ein schöner Tag werden können.

Seit einigen Jahren wurden wir Kriminalbeamten bei unseren Einsätzen mit immer neuen sogenannten No-go-Areas konfrontiert, die wir aus Sicherheitsgründen stets mit mehreren Streifenwagenbesatzungen zugleich aufsuchten: Fußballplätze, speziell am Montag- und Donnerstagsfrüh Supermärkte, Wertstoffhöfe am Samstagvormittag sowie Schulen während der Elternsprechstunden.

Die gefährlichsten Einsätze erlebten die Kollegen, die sich um Streitereien in der Szene der Camper und Schrebergartenbesitzer kümmern mussten. Laut einer internen Polizeistatistik, die aus Daten- und Staatsschutzgründen bisher unveröffentlicht blieb, gehörte dieser Spezies Mensch ein hoher Anteil an Gaunern aller Art an. Diese These mag auf den ersten Blick wenig einleuchtend sein, doch sobald man hinter die Kulissen blickt, kommt oft Ungeheuerliches hervor. Wo hat man eine bessere Gelegenheit, einen unliebsamen Ehegatten oder den Erbonkel unauffällig zu beseitigen? Die übertrieben dicken Fundamente der Gartenhäuschen mit einbetonierten Leichen gehören in jeder größeren Anlage fast zum guten Ton. Mit Mensch gedüngte Rettiche und Radieschen sind eher die Regel als die Ausnahme. Und letztendlich sind Bade- und Angelseen in der Nachbarschaft ein weiteres beliebtes Entsorgungsterrain für humanes Gewebe. Leider ist unsere Vorderpfalz mit Campingplätzen, Schrebergärten und Badeseen reichlich gesegnet.

Im westlichen Schifferstadt hatte sich seit Jahrzehnten im Gebiet Müdichstraße, Kestenbergerweg und Holzgasse wegen fehlendem Bebauungsplan eine Flächennutzung etabliert, die so niemals gewollt war. Der ursprünglich vorherrschende Ackerbau wurde schleichend immer weiter zurückgedrängt, während die Anzahl der Gartenhäuschen, Stallungen, Baracken bis hin zu kleinen Backsteingebäuden Jahr für Jahr zunahm.

Eine besonders dreiste Vorgehensweise entdeckte gestern eine Streife eher zufällig: Sie wunderte sich, weil ihnen aus einem Feldweg ein mit Sand beladener Kipper entgegenkam. Neugierig geworden, entdeckten die Beamten, versteckt hinter hohem Gebüsch und einem blickdichten Bretterzaun, eine passable Baugrube, die auf eine größere Gebäudeplanung schließen ließ. Da die Beamten vor Ort keine Personen antrafen, entschlossen sie sich, zwecks Beweissicherung das umzäunte Gelände zu versperren. Hierzu verwendeten sie ein vierstelliges Zahlenschloss, das einer der Beamten zufällig dabeihatte. Zusätzlich hinterließen sie am einzigen Zugang eine Nachricht an den Eigentümer mit dem Hinweis, dass das Betreten des Geländes verboten war.

Bei uns auf der Kriminalinspektion schrillten sämtliche Alarmglocken. Die Kollegen hatten nämlich berichtet, dass in der Baugrube Vorbereitungen für das Gießen der Bodenplatte getroffen wurde. Vermisstenfälle lagen zurzeit zwar keine vor, doch hier war prophylaktisches und vor allem schnelles Handeln angesagt.

Gleich heute Früh rückten wir in größerer Beamtenzahl an. Wir wunderten uns, da das Zahlenschloss und der schriftliche Hinweis verschwunden waren. Stattdessen erwischten wir den Bauherrn, der offensichtlich dabei war, irgendwelche Gegenstände aus einem Baucontainer in seinen Pkw zu tragen.

»Was wollen Sie hier?«, blökte er uns sofort an. Nachdem wir ihn mit seinem Schwarzbau konfrontierten, wurde er jedoch zugänglicher. »Das macht doch hier jeder«, verteidigte er sich. »Warum die viele Polizei?« Ich stellte eine Gegenfrage: »Warum haben Sie das Zahlenschloss am Eingang entfernt?« Er grinste mich frech an. »Das haben bestimmt ein paar Jugendliche geklaut, denn ich weiß davon nichts. Überhaupt ist ein Zahlenschloss keine sehr effektive Sicherung. Wenn man für jede der 1.000 Möglichkeiten des vierstelligen Zahlenschlosses nur eine Sekunde benötigt, braucht man im schlimmsten Fall nur eine gute Viertelstunde, um es zu knacken.« »Das mag vielleicht sein«, konterte ich. »Nach dem Hinweis, den meine Kollegen am Tor hinterlassen haben, brauche ich wohl erst gar nicht zu fragen.« »Ich weiß nichts von einem Hinweis«, kam es wie aus der Pistole geschossen. »Darf ich jetzt weiterarbeiten? In einer Stunde wird der Beton für die Bodenplatte geliefert.« Ich schüttelte den Kopf. »Daraus wird nichts. Zuerst werden wir die Baustelle gründlich durchsuchen und danach das Bauvorhaben endgültig einstellen. Ob wir eine Leiche finden werden, weiß ich zwar noch nicht, aber angelogen haben Sie mich auf jeden Fall. Außerdem vermute ich, dass Sie in der Schule nicht sonderlich gut aufgepasst haben.«

Frage: Was war Kommissar Palzki aufgefallen?

Die Lösung finden Sie unter https://www.palzki.de

BONUS RATEKRIMI – PALZKI
UND DER MOTORRADFAHRER

Es hätte so ein schöner Tag werden können.

Von einem eintönigen Berufsbild konnte man bei einem Kriminalbeamten wirklich nicht sprechen. Am meisten Spaß machte mir mein Job, wenn ich über Tage und Wochen hinweg mit einer komplexen Ermittlungssache beschäftigt war und es mir und meinen Kollegen am Schluss gelang, den Täter zu fassen. Diese Zeiten waren jedoch ohne Zweifel regelmäßig sehr anstrengend. Daher genoss ich auch die Ruhezeiten zwischendurch, wenn es die Gauner dieser Welt gut mit uns meinten und ihre Füße stillhielten. Diese Ruhezeiten, in denen ich im Büro die eine oder andere Tasse Kaffee mehr trank als üblich und die Keksdosen meiner Kollegin Jutta plünderte, waren leider fast immer kürzer als erhofft. Denn neben dem lästigen Papierkram, mit dem jeder Polizeibeamte im Überfluss belästigt wurde, gab es ein weiteres unbeliebtes Betätigungsfeld: Befragungen, früher auch Vernehmungen oder Verhöre genannt.

Bei vorhersehbaren Befragungen versuchten wir, uns mit Tricks und vorgetäuschten Abwesenheiten davor zu drücken, in der Dienststelle war ein regelrechter Wettbewerb unter den Kollegen entstanden.

Doch manchmal traf es leider auch mich. Missmutig überflog ich kurz vor dem Termin die Akte: Harry Altenburger, 32 Jahre, wohnhaft in Rödersheim, wurde verdächtigt, an einem Raubüberfall auf ein Mannheimer Spielcasino beteiligt gewesen zu sein. Zeugen hatten sich das Kennzeichen seiner Harley gemerkt, mit der er in Tatortnähe gesehen wurde. Außerdem hatte er aufgrund einer Beinverletzung, die er sich während seiner Zeit in der Fremdenlegion im Norden Südamerikas zugezogen hatte, einen markanten schleppenden Gang. Im Zuge der Fahndung wurde Altenburger ein paar Stunden nach der Tat zu Hause widerstandslos von einem Spezialeinsatzkommando festgenommen. Ich hatte nun im Auftrag des Staatsanwaltes unter anderem zu prüfen, ob wegen Fluchtgefahr eine Untersuchungshaft beantragt werden sollte.

Das Verhalten von Harry Altenburger war von Anfang an sehr rüde und aggressiv. »Warum wurde ich überhaupt festgenommen?«, schrie er mich zur Begrüßung an. »Das ist Freiheitsberaubung. Ich will heute Nachmittag einen Bekannten in Stuttgart besuchen.« Ich blieb äußerlich völlig ruhig, denn das war das effizienteste Mittel, solchen Menschentypen die Luft aus dem Gehirn zu lassen. »Einen schönen guten Morgen, Herr Altenburger«, begrüßte ich ihn freundlich. »Lassen Sie uns bitte zunächst Ihre Personalien feststellen.« Noch zwei- oder dreimal versuchte er, sich lautstark Luft zu machen, dann war das Raubtier gezähmt. Er hatte bemerkt, dass er mit Schreien allein nicht weiterkam. »Ich kann das nicht gewesen sein«, sagte er in einem sozial verträglichen Umgangston. »Für die Zeit, als in Mannheim dieses Casino überfallen wurde, habe ich ein bombensicheres Alibi. Ich wurde mit meiner Harley zur fraglichen Zeit in Rödersheim in der Meckenheimer Straße geblitzt.« Er grinste mich breit an. »Ich wohne dort in einer Seitenstraße. Meine Freundin wartete zu Hause mit dem Essen, deswegen bin ich wohl eine Kleinigkeit zu schnell unterwegs gewesen. Und da war es auch schon passiert: Ich sah 20 Meter vor mir den roten Blitz aufleuchten. Fragen Sie auf dem Ordnungsamt in Rödersheim nach, mein Kennzeichen ist ja bekannt. Auf jeden Fall will ich jetzt gehen, Sie haben keinen auch noch so kleinen Grund, mich hier festzuhalten.« »Oh doch«, entgegnete ich. »Ob Sie für den Überfall verantwortlich sind, kann ich im Moment noch nicht beurteilen. Da Sie mich aber soeben dreist angelogen haben, werde ich für Sie Untersuchungshaft wegen Fluchtgefahr beantragen.«

Frage: Was war Kommissar Palzki aufgefallen?

Die Lösung finden Sie unter https://www.palzki.de

Hauptkommissar Palzki ermittelt:

Weitere Bücher von **Harald Schneider** finden Sie unter www.gmeiner-verlag.de

SPANNUNG

GMEINER

WWW.GMEINER-VERLAG.DE
Wir machen's spannend

Michael Boenke
Camping mortale
Kriminalroman
313 Seiten, 13 x 21 cm,
Premium-Klappenbroschur
ISBN 978-3-8392-0458-0

Die Ruhe auf Friedas Camping-Stellplatz wird nach-
haltig gestört, als der »Probecamper« und Ortsvor-
steher Eginbert Bilsner mit einem Zelthering im Kopf
von Bönles Sprössling Korbinian tot aufgefunden
wird. Als auch dem Hund des Ermordeten und der
Bienenkünstlerin Bibibee Böses widerfährt, und Tizian,
der beeinträchtigte Freund Korbinians, zum Sünden-
bock gemacht wird, überschlagen sich die Ereignisse im
herbstlichen Ried. Nachdem Vorahnungen einer blinden Seherin grausame Realität werden, ermittelt Bönle
mit seiner Motorrad-Gang auf eigene Faust.